어둠 속의
웃음소리

LAUGHTER IN THE DARK
by Vladimir Nabokov

Copyright ⓒ 1938 by Bobbs-Merrill Company, New York
Copyright renewed ⓒ 1965 by Vladimir Nabokov
Korean translation copyright ⓒ MUNHAKDONGNE Publishing Corp., 2016
All rights reserved.

Korean translation copyrights arranged with The Wylie Agency Ltd.
through Milkwood Agency, Seoul.

이 책의 한국어판 저작권은 밀크우드 에이전시를 통해
The Wylie Agency Ltd.와 독점 계약한 (주)문학동네에 있습니다.
저작권법에 의해 한국 내에서 보호를 받는 저작물이므로
무단 전재 및 무단 복제를 금합니다.

이 도서의 국립중앙도서관 출판예정도서목록(CIP)은 서지정보유통지원시스템 홈페이지(http://seoji.nl.go.kr)와
국가자료공동목록시스템(http://www.nl.go.kr/kolisnet)에서 이용하실 수 있습니다.
(CIP제어번호: CIP2016013355)

Laughter in the Dark
Vladimir Nabokov

어둠 속의
웃음소리

블라디미르 나보코프 장편소설

정영목 옮김

문학동네

일러두기

1. 주석은 모두 옮긴이주이다.
2. 본문 중 고딕체는 원서에서 이탤릭체로 강조한 부분이다.

1

옛날에 독일 베를린에 알비누스라는 사람이 살았다. 그는 부유하고, 품위 있고, 행복했다. 하지만 어느 날 어린 애인 때문에 아내를 버렸다. 그는 사랑했으나, 사랑받지는 못했다. 결국 그의 삶은 참담하게 끝이 났다.

이것이 이야기의 전부이며, 만일 이야기를 해나가는 과정에 이득이나 기쁨이 없었다면 이쯤에서 그만두는 편이 나았을지도 모른다. 사실한 인간의 삶을 축약한 이야기야 이끼로 장정된 묘비조차 꽉 채우지 못하는 것 아닌가. 늘 환영받는 것은 디테일이다.

그러니까 어느 날 밤 어쩌다 알비누스에게 아름다운 생각이 떠올랐다는 것이다. 물론, 콘라트(유명한 폴란드 태생 작가가 아니라 『건망증에 걸린 자의 회고록』과 고별 공연에서 감쪽같이 사라져버린 늙은 마술사에 관한 이야기를 쓴 우도 콘라트)의 한 구절에 암시된 적이 있기 때문에, 그의 독창적인 생각이라고는 할 수 없었다. 어쨌든 그는 그 생각을 좋아하고, 가지고 놀며, 자기 속에서 키워나가 자기 것으로 만들었다. 마음이라는 자유로운 도시에서는 그렇게 하면 그것은 적법한 소유물이 된다. 그는, 알비누스는 미술평론가이자 그림 전문가로서 종종 재미 삼아 자신이 현실 생활에서 마주치는 풍경이나 얼굴에 이런저런 옛 거장의 서명을 담아보곤 했다. 그렇게 하면 삶은 화랑으로 바뀌었다. 하나같이 마음에 쏙 드는 모작模作들이 걸려 있는 곳. 그러다가 어느 날 밤, 학식이 풍부한 자신의 정신에 휴가를 줄 겸 영화 예술에 관한 짤막한 에세이(그는 그다지 재능 있는 사람이라고는 할 수 없었기 때문에 대단한 에세이는 아니었다)를 쓰다가 아름다운 생각을 떠올리게 되었다.

그즈음 막 나타나기 시작한 색채 만화영화와 관련된 것이었다. 그는 생각했다. 그 방법을 이용해 유명한 그림 몇 점—네덜란드 유파의 것이면 더 좋겠지만—을 생생한 색깔로 화면에 완벽하게 재현한 뒤 생명을 부여하면 얼마나 매혹적일까. 동작과 몸짓이 원래 그림 속의 정적인 상태와 완벽한 조화를 이루도록 계속 시각적으로 전개해나가는 거야. 예를 들어 자그마한 사람들이 나무 탁자에서 술을 들이켜는 선술집과 해가 설핏 비쳐든, 안장 얹은 말들이 있는 뜰. 이 그림이 갑자기 생명을 얻어 빨간 옷을 입은 그 작은 남자는 큰 술잔을 내려놓고, 쟁반을 든 이 처녀는 몸을 비틀어 빠져나오고, 암탉은 문지방을 쪼기 시작하는 거야. 계속해서 이 작은 인물들이 밖으로 나와 같은 화가가 그린 풍경을 통과하게 할 수도 있었다. 갈색 하늘과 얼어붙은 운하, 사람들은 당시에 신던 예스러운 스케이트를 타고 그림에 나오듯이 구식의 곡선을 그리며 미끄러지고. 아니면 안개 속의 젖은 도로와 말을 탄 두 사람. 마지막에는 처음의 선술집으로 돌아가는 거지. 그 인물들과 빛을 조금씩 똑같은 순서로 불러들여, 말하자면 자리를 잡게 한 다음, 첫 그림으로 모든 걸 끝내는 거야. 아니면 이탈리아 그림들을 이용해볼 수도 있었다. 멀리 파란 원뿔 같은 언덕, 고리를 그리는 하얀 길, 구불구불 위로 올라가는 작은 순례자들. 종교적인 주제가 있는 그림도 해볼 만하겠지만, 작은 인물들이 나오는 것이어야 했다. 기획자는 해당 화가와 그 시대를 철저하게 파악하고 있어야 할 뿐 아니라, 자신이 만들어내는 움직임과 옛 거장이 고정시킨 움직임 사이에 충돌이 일어나는 것을 피할 만한 재능도 타고나야 했다. 그림을 보고 그 방법을 찾아내야 했다—아, 할 수 있어. 그리고 색깔…… 만화영화의 색깔보다는 당연히 훨씬 세련되어야 하지. 정말 멋진 이야기를 할 수 있을지도 몰라! 화가의 눈에 비친 세상에 관한 이야기. 눈과 붓의 행복한 여행. 그리고 화가 자신이 발견한 색조로 채워진, 그 화가의 기법으로 이루어진 세계!

얼마 후 알비누스는 영화제작자와 이 이야기를 해보았지만, 그는 전혀 흥미를 보이지 않았다. 그렇게 하려면 섬세한 작업이 필요한데, 그런 작업이 이루어지려면 만화를 움직이는 방법이 새로 개선되어야 하며, 거기에는 엄청난 돈이 들 거라고 했다. 그는 그런 영화라면 워낙 공을 들여야 하기 때문에 합리적으로 볼 때 상영 시간이 몇 분밖에 안 될 텐데, 그렇게 짧게 틀어도 대부분의 사람들이 지루해 죽을 것이고 다들 실망할 것이라고 덧붙였다.

알비누스는 다른 영화인과 이 문제를 이야기해보았지만, 그 또한 사업 제안에 코웃음을 칠 뿐이었다. "아주 간단한 것에서 시작할 수 있어요." 알비누스가 말했다. "스테인드글라스가 생명을 얻는다든가, 문장紋章이 움직인다든가, 작은 성자가 한두 명 나온다든가."

"안됐지만 소용없을 것 같은데요." 상대방이 말했다. "우리는 상상의 그림을 놓고 모험을 할 수 없습니다."

그래도 알비누스는 이 구상에 매달렸다. 결국 그는 악셀 렉스라는 똑똑한 사람 이야기를 듣게 되었다. 이 사람은 기이한 것을 능란하게 다루는데, 실제로 페르시아 동화를 기획하여 파리의 지식인들을 기쁘게 해주고 사업에 돈을 댄 사람을 망하게 한 일도 있었다. 그래서 알비누스는 그 사람을 만나보려 했지만, 막 미국으로 돌아가 삽화 신문에 만화를 그리고 있다는 이야기를 듣게 되었다. 얼마 후에 알비누스는 렉스와 간신히 연락이 닿았고, 렉스는 관심을 보였다.

3월 어느 날, 알비누스는 렉스에게서 긴 편지를 받았지만, 편지의 도착과 때를 맞추어 알비누스의 사적인—아주 사적인—생활에 갑작스럽게 위기가 닥쳤다. 그 바람에 그런 일만 아니었다면 계속 미적거리며 머물렀을, 아니, 어쩌면 벽을 찾아 거기 달라붙어 꽃을 피웠을 그 아름다운 생각은 지난 한 주 동안 묘하게도 흐릿하게 움츠러든 상태였다.

렉스는 할리우드 사람들을 계속 꾀어봐야 가망 없는 일이라면서, 알비누스는 돈이 있는 사람이니 자신의 구상에 직접 돈을 대라고 냉정하게 제안했다. 그럴 경우 렉스는 어느 정도의 돈(놀랄 만한 금액이었다)을 받고, 이를테면 브뤼헐 영화—예를 들어 〈네덜란드 속담〉*—나 아니면 알비누스가 맡기고 싶은 다른 영화들을 기획해볼 테니 그 돈 가운데 반은 선금으로 달라고 했다.

가슴 주머니의 가장자리를 연필 두 자루와 만년필 두 자루의 클립으로 장식한, 건장한 몸집에 인정 많은 처남 파울이 말했다. "내가 매형이라면 모험을 한번 해볼 것 같은데요. 보통 영화들은 돈이 더 들어요. 전쟁이 터지고 건물이 무너지는 영화들 말이에요."

"아, 하지만 그건 다 회수하잖아. 이 경우에는 그러지 못할 거야."

"내 기억에는," 파울이 시가를 빨며 말했다(그들의 저녁식사는 막바지에 이르렀다). "매형이 상당한 액수를 희생하겠다고 제안했던 것 같은데요. 그 사람이 요구한 액수와 거의 같은 돈을. 왜, 뭐가 문제죠? 얼마 전만큼 의욕적으로 보이지 않는데요. 포기하는 건 아니죠?"

"아, 모르겠어. 현실적인 면이 좀 마음에 걸려. 그것만 아니면 여전히 내 구상이 괜찮다고 생각해."

"무슨 구상이요?" 엘리자베트가 물었다.

그것은 그녀의 사소한 습관 가운데 하나였다—이미 그녀가 있는 자리에서 다 논의된 것을 다시 묻는 일. 머리가 나빠서도 아니고 주의력이 부족해서도 아니었다. 다만 조바심 때문이었다. 실제로 많은 경우

---

* 네덜란드 풍속화가인 피터르 브뤼헐이 1559년에 완성한 그림으로, 한 화면에 85가지 이상의 속담이 구현되어 있다.

그녀는 질문을 하는 그 순간, 무력하게 문장을 따라 미끄러져 내려가는 그 순간, 자신이 내내 답을 알고 있었다는 사실을 깨닫곤 했다. 남편도 이 사소한 습관을 잘 알고 있었으며, 전혀 개의치 않았다. 오히려 그런 질문을 받으면 가슴이 뭉클했고 재미도 있었다. 그는 보통 차분하게 자신이 하던 이야기를 그냥 이어나갔다. 곧 그녀가 스스로 자신의 질문에 답할 것임을 잘 알았기 때문이다(아니, 그러기를 고대했기 때문이다). 하지만 3월의 이날 알비누스는 짜증, 혼란, 고민이 뒤섞인 상태였기 때문에 갑자기 신경줄이 끊어져버리는 사태가 벌어졌다.

"방금 달에서 떨어진 거야?" 그가 거칠게 물었다. 그의 아내는 자기 손톱을 흘끗 보더니 달래듯이 말했다.

"아, 그래, 이제 기억났어요."

그러더니 접시 가득 담긴 초콜릿 크림을 지저분하게 먹고 있던 여덟 살 난 이르마를 돌아보며 소리쳤다.

"얘, 그렇게 빨리 먹지 마, 좀, 그렇게 빨리 먹지 말라고."

"내 생각에는," 파울이 입을 열더니 시가를 빨았다. "모든 새로운 발명품은 말이죠―"

알비누스는 묘한 감정들에 휘둘리며 생각했다. '도대체 내가 왜 이 렉스라는 자, 이 말도 안 되는 대화, 이 초콜릿 크림에 관심을 가져야 한단 말인가……? 나는 미쳐가는데, 아무도 그것을 모르고 있어. 나는 그 짓을 그만둘 수가 없어. 노력해봤자 헛일이야. 내일이면 나는 다시 거기에 가서 그 어둠 속에 바보처럼 앉아 있게 될 거야…… 믿어지지 않아.'

물론 믿어지지 않았다—결혼생활 구 년 내내 그는 자신을 억눌러왔기에 더욱더 믿어지지 않았다. 한 번도, 한 번도—그는 생각했다. '정말이지, 엘리자베트한테 그 이야기를 해야만 해. 아니면 엘리자베트와 잠깐 어디로 떠났다 오든가. 아니면 정신분석가를 만나든가. 아니면……'

안 돼, 권총을 가져다 알지도 못하는 여자를 쏘아버릴 수는 없어. 단지 그 여자한테 끌린다는 이유로.

2

알비누스는 연애에서는 그리 운이 좋았던 적이 없었다. 그는 차분하고 행실 좋은 쪽으로 잘생겼다는 느낌을 주는 남자였지만, 어쩐 일인지 여자들에게 풍기는 매력에서 실제로 이득을 본 적은 없었다. 그의 기분좋은 미소와 곰곰이 생각할 때면 약간 튀어나오는 온화한 파란 눈(그는 정신이 좀 느리게 움직이는 편이었기 때문에 그렇게 눈이 튀어나오는 일이 생각보다 잦았다)에는 분명히 매우 매력적인 데가 있었음에도. 알비누스는 이야기를 잘했다. 말에 아주 약간 머뭇거림이 있기는 했는데, 사실 이 더듬거림이 가장 큰 위력을 발휘하는 경우로, 가장 진부한 문장에도 새로운 매력이 더해졌다. 마지막으로, 그러나 다른 어느 것 못지않게 중요한 것으로(그는 점잔 빼는 독일 세계에 살고 있었으므로), 아버지가 건실하게 투자한 많은 돈도 물려받았다. 그럼에도 로맨스는 그에게 다가올 때면 묘하게도 밋밋해졌다.

학창 시절 그는 나이든 칙칙한 부인과 헤비급으로 지루한 간통을 한 적이 있었다. 그녀는 나중에 전선에 나가 있는 그에게 자주색 양말, 간질간질한 모직 속옷, 양피지에 알아볼 수 없는 난폭한 필체로 아주 빠르게 갈겨쓴 엄청난 양의 정열적인 편지를 보냈다. 그 부인 다음으로는 라인 강변에서 만난 교수 부인과 사귄 적이 있었다. 그녀는 어떤 각도, 어떤 빛에서 보면 예뻤지만, 너무 차갑고 수줍어하여 그는 곧 마음을 접었다. 마지막으로 결혼 직전에 베를린에서 못생긴 얼굴에 여위고 따분한 여자를 만난 적이 있었다. 그녀는 토요일 밤이면 찾아와 자신의 과거를 자세하게 이야기하곤 했다. 늘 염병할 똑같은 이야기를 되풀이한 뒤 그의 품에서 지친 표정으로 한숨을 쉬며, 자신이 아는 유일한 프랑스어 구절, "그게 인생이죠 C'est la vie"로 마무리를 하곤 했다. 큰 실수들, 암중모색들, 실망. 그를 돕는 큐피드가 왼손잡이에, 턱이 거의 없고, 상상력도 없는 것이 분명했다. 이런 맥없는 로맨스들과 더불어 그가 꿈꾸었지만 결코 알게 되지 못한 수많은 여자들이 있었다. 그들은 그냥 그의 옆을 미끄러져 지나갔고, 그러면 그는 하루이틀 동안 그 가망 없는 상실감에 시달렸다. 아름다움을 아름다움으로 만드는 상실감. 황금빛 하늘을 배경으로 멀리 외따로 서 있는 나무. 교량 안쪽의 굽은 곳으로 퍼지는 빛의 파문. 절대로 포착할 수 없는 것.

결혼을 했다. 엘리자베트를 사랑한 셈이지만, 그녀는 그가 갈망하다 지쳐버린 그 전율을 주지 못했다. 엘리자베트는 유명한 극장 지배인의 딸로, 나긋나긋하고 가냘픈 금발의 여자였으며, 뚜렷한 색깔이 없는 눈에 영국 여성 소설가들이 '들창코retroussée'(안전을 위해 두번째 'e'를 붙인 것에 유의하라)라고 부르는 작은 코 바로 위에 애처로워 보이는 작은 여드름이 몇 개 있었다. 그녀는 피부가 몹시 약하여 살짝 손만 대도 분홍빛 자국이 남았으며, 그 자국은 좀처럼 희미해지지 않았다.

그는 그냥 그렇게 되는 바람에 그녀와 결혼했다. 그녀와 함께 산에 여행을 갔다는 것, 그 자리에 그녀의 뚱뚱한 남동생과, 놀라울 정도로 운동을 잘했지만 다행스럽게도 폰트레시나에서 마침내 발목을 접질린 여자 사촌이 있었다는 것이 아마 그들이 결합하게 된 주요한 이유일 것이다. 엘리자베트에게는 아주 앙증맞은 데, 아주 하늘하늘한 데가 있었다. 또 웃음소리가 매우 선하게 느껴졌다. 그들은 베를린의 많은 지인이 쇄도하는 것을 피하려고 뮌헨에서 결혼했다. 밤꽃이 활짝 피었을 때였다. 그는 어딘지 잊어버린 공원에서 몹시 아끼던 담배 케이스를 잃어버렸다. 호텔의 한 웨이터는 칠 개 국어를 했다. 엘리자베트에게 보드랍고 작은 흉터가 있다는 것을 알게 되었다—맹장수술 흔적이었다.

엘리자베트는 사람에게 착 달라붙는 어린 영혼으로, 유순하고 부드러웠다. 그녀의 사랑은 백합 같았다. 그러나 이따금 불꽃으로 터져나왔으며, 그럴 때면 알비누스는 깜빡 넘어가 다른 어떤 사랑의 짝도 필요 없다고 생각하곤 했다.

엘리자베트는 임신을 하자 마치 자신의 새로운 내적 세계를 들여다보듯, 만족이 가득한 텅 빈 표정을 지었다. 거침없던 걸음걸이가 조심스럽게 어기적거리는 걸음으로 바뀌었고, 아무도 보지 않을 때 얼른 하얀 눈을 한 손 가득 퍼서 허겁지겁 삼키기도 했다. 알비누스는 최선을 다해 그녀를 돌보았다. 밖에 데리고 나가 느릿느릿 오랫동안 산책을 했다. 일찌감치 잠자리에 들게 했고, 돌아다닐 때 집안 물건 모서리에 걸리는 불편이 없도록 정리를 잘해놓았다. 그러나 밤이면 뜨겁고 쓸쓸한 해변에 팔다리를 뻗고 누워 있는 젊은 여자와 마주치는 꿈을 꾸었으며, 그런 꿈을 꾸다가 아내한테 들키는 공포에 사로잡혔다. 아침이면 엘리자베트는 옷장 거울로 자신의 부풀어오른 몸을 바라보며 만족에 겨운 신비한 미소를 지었다. 그러다 어느 날 그녀는 산원産院으로 들어갔고, 알비누스는 삼 주 동안 혼자 살았다. 혼자 무엇을 해야 할지 알 수가 없었다. 브랜디를 많이 마셨고, 두 가지 어두운 생각 때문에 고통을 겪었다. 하나는 아내가 죽을지도 모른다는 생각이었고, 또 하나는 조금만 더 배짱이 있으면 친근하게 구는 여자를 하나 찾아내 자신의 텅 빈 침실로 데려올 수 있을 것이라는 생각이었다.

아이가 태어나기는 할까? 알비누스는 회반죽을 바르고 에나멜을 칠한 희고 긴 통로를 오르내렸다. 층계 꼭대기에 악몽 같은 종려나무 화분이 있는 통로였다. 그는 그곳이 싫었다. 그 장소의 절망적인 흰색이 싫었고, 계속 그를 쫓아내려는, 머리에 흰 모자를 쓰고 부산스럽게 움직이는 뺨이 불그레한 간호사들도 싫었다. 마침내 보조 의사가 나타나 우울한 목소리로 말했다. "어, 다 끝났습니다." 알비누스의 눈앞에 아주 낡은 영화(움찔거리며 부리나케 앞으로 나아가는 장례 행렬이 나오는 1910년 영화로, 사람들 다리가 지나치게 빠르게 움직였다)의 깜빡거리는 화면처럼 가늘고 어두운 빗줄기가 나타났다. 그는 병실로 서둘러 달려갔다. 엘리자베트는 별 탈 없이 딸을 출산했다.

아기는 처음에는 바람이 빠지는 풍선처럼 주름이 잡히고 불그레했
다. 그러나 곧 얼굴이 만질만질하게 펴졌고, 일 년이 지나자 말을 하기
시작했다. 하지만 지금 여덟 살이 된 딸은 그때보다 말수가 훨씬 줄었
다. 자기 어머니의 과묵한 성격을 물려받았기 때문이다. 명랑한 면 또
한 자기 어머니와 비슷했다―눈에 잘 띄지 않는 독특한 명랑함이었다.
그것은 그저 자신의 삶에 대한 고요한 기쁨의 표현으로, 살아 있다는
사실 자체에 대해 익살맞게 놀라워하는 표정이 희미하게 묻어났다. 그
래, 그것이 그 명랑함의 핵심이었다―죽음을 아는 명랑함.

이 시절 내내 알비누스는 감정의 이중성에 무척 곤혹스러워하면서
도 아내에게 충실했다. 자신이 아내를 신실하게, 다정하게 사랑한다고
느꼈다. 실제로 자신이 한 인간을 사랑할 수 있는 최대치를 쏟는다고
느꼈다. 그의 삶을 태워 구멍을 내는 그 은밀하고 어리석은 갈망, 그
꿈, 그 욕정을 제외하면 모든 면에서 아내에게 완벽하게 솔직했다. 그
녀는 그가 쓰거나 받는 편지를 모두 읽었으며, 그가 하는 일의 세세한
면까지 알고 싶어했다―특히 낡고 거무튀튀한 그림의 갈라진 금들 사
이로 말의 엉덩이나 음울한 미소를 찾아내는 일과 관련된 것들을. 그
들은 함께 해외로 즐거운 여행을 떠났고, 집에서는 붉은 석양 위에 먹
으로 전선과 굴뚝을 그려놓은 파란 거리들 위로 높게 자리잡은 발코니
에 그녀와 함께 앉아 아련하게 아름다운 저녁을 수도 없이 보내며, 그
는 자신이 정말이지 과분하게 행복하다고 생각했다.

어느 날 저녁(악셀 렉스에 관한 이야기가 나오기 일주일 전이었다)

알비누스는 일 약속 때문에 카페로 가다가 손목시계가 제멋대로 날뛰어 앞서가는 바람에(처음 있는 일도 아니었다) 족히 한 시간이나 일찍 왔다는 것을 알았다. 어떤 식으로든 이용할 수 있는 공짜 선물이었다. 물론 도시 반대편에 있는 집으로 돌아가는 것은 말도 안 되는 일이었지만, 그렇다고 앉아 기다리고 싶은 기분도 아니었다. 카페에서 다른 남자들이 여자친구들과 어울리는 광경을 보면 늘 속이 편치 않았기 때문이다. 알비누스는 정처 없이 어슬렁거리다 하얀 눈 위로 주홍색 광채를 뿌리는 작은 영화관에 이르렀다. 그는 포스터(한 남자가 잠옷을 입은 아이가 있는 창문을 쳐다보고 있었다)를 흘끗 보고, 망설이다가―표를 샀다.

벨벳 같은 어둠 속으로 들어가자마자 손전등의 타원형 광선이 그를 향해 미끄러져 왔으며(보통 그렇듯이), 올 때처럼 빠르고 매끈한 솜씨로 그를 이끌고 부드러운 경사를 그리는 어두운 통로를 내려갔다. 빛이 손에 쥔 표 위에 떨어지는 순간 알비누스는 젊은 여자의 기울인 얼굴을 보았고, 이어 그녀 뒤를 따라 걸어가면서 아주 가냘픈 몸매를 희미하게 구분해냈고, 심지어 그녀의 침착한 동작이 의외로 빠르다는 것까지 알 수 있었다. 발을 질질 끌며 자리로 들어가면서 그는 고개를 들어 그녀를 찾았고, 공교롭게도 빛과 딱 마주친 눈의 투명한 반짝임, 그리고 위대한 화가가 음영이 풍부한 어둠을 배경으로 그려놓은 것처럼 보이는, 한쪽 뺨의 녹아내리는 윤곽을 다시 보았다. 이 모든 것에 특별하다고 할 수 있는 점은 별로 없었다. 이런 일은 전에도 그에게 일어났으며, 이런 일을 오래 생각하는 것은 지혜롭지 못하다는 것도 알고 있었다. 소녀는 멀어져 어둠 속으로 사라졌고, 그는 갑자기 따분하고 슬퍼졌다. 그는 영화가 끝날 무렵에 들어왔다. 마스크를 쓴 남자가 총을 겨누고 있었고, 한 소녀가 넘어진 가구들 사이에서 뒤로 물러나고 있었다. 앞부분을 보지 못했기 때문에 이해할 수 없는 사건들을 지켜보려니 재미가 없었다.

쉬는 시간에 불이 켜지자마자 그는 다시 소녀를 보았다. 그녀는 자신이 막 한쪽으로 걷어놓은 끔찍한 자주색 커튼 옆 출구에 서 있었고, 밖으로 나가는 사람들이 파도를 이루어 그녀 옆을 지나가고 있었다. 그녀는 수를 놓은 짧은 앞치마 주머니에 한 손을 넣고 있었으며, 검은 원피스는 딱 맞아 팔과 가슴이 꼭 끼는 듯했다. 알비누스는 두려움 비슷한 느낌에 사로잡혀 그녀의 얼굴을 물끄러미 바라보았다. 창백하고, 음침하고, 고통스러울 정도로 아름다운 얼굴이었다. 나이는 열여덟쯤 될 것 같았다.

이윽고 자리가 거의 비고 새로 들어온 사람들이 줄을 따라 옆걸음으로 발을 끌며 움직이기 시작하자, 그녀는 왔다갔다 움직이다가 몇 번 아주 가깝게 그를 스쳐가기도 했다. 하지만 그는 외면했다. 보는 것만으로도 아팠고, 얼마나 많은 아름다움—또는 그가 아름다움이라고 부르는 것—이 그의 옆을 지나 사라졌는지 기억하지 않을 수 없었기 때문이다.

그는 다시 삼십 분 동안 어둠 속에 앉아 튀어나온 눈을 화면에 고정했다. 그러다 일어서서 자리를 떠났다. 그녀가 그를 위해 커튼을 걷자 나무 고리들이 가볍게 달가닥거리는 소리를 냈다.

'아, 하지만 한 번만 더 볼래.' 알비누스는 비참한 기분으로 생각했다. 그녀의 입술이 약간 달싹인 것 같았다. 그녀는 커튼을 내렸다.

알비누스는 피처럼 붉은 웅덩이 속으로 발을 내디뎠다. 눈이 녹고 있었다. 밤은 축축했다. 가로등이 뿌리는 흐릿한 물감이 빠르게 번지다 스러지고 있었다. '아르고스'*—영화관 이름치고는 괜찮았다.

사흘이 지나자 알비누스는 이제 그 여자의 기억을 무시할 수 없었다. 다시 그곳에 들어갔을 때는 우스꽝스럽게도 흥분했다. 이번에도 중간에 들어갔다. 모든 것이 첫번째와 똑같았다. 미끄러져 오는 손전등, 루이니**풍의 긴 눈, 어둠 속의 빠른 걸음, 커튼을 한쪽으로 걷는, 검은 소매가 달린 팔의 예쁜 움직임. '보통 남자라면 이럴 때 어떻게 할지 알 텐데.' 알비누스는 생각했다. 차 한 대가 매끄러운 도로를 따라 급회전했다. 차는 심연 위로 우뚝 솟은 절벽에 매달린 급커브 길을 타고 나아가고 있었다.

알비누스는 나가면서 그녀의 눈을 잡으려 했으나 뜻대로 되지 않았다. 밖에는 비가 주룩주룩 내렸고 보도는 주홍색으로 빛났다.

두번째로 거기에 가지 않았다면 이 일탈 같지 않은 일탈을 잊을 수 있었을지도 모르겠지만, 이제는 너무 늦었다. 알비누스는 그녀에게 웃음을 짓겠다고 굳게 결심을 하고 세번째로 그곳에 갔다. 하지만 실제로 그렇게 했다면, 그 얼마나 필사적인 추파가 되었을까. 실제로는 가

---

* 그리스신화에 나오는 괴물로, 이야기에 따라 세번째 눈이 있다거나 온몸에 눈이 있다고 전해진다.
** 르네상스 시기의 이탈리아 화가 베르나르디노 루이니.

숨이 너무 심하게 쿵쾅거리는 바람에 기회를 놓치고 말았다.

다음날 파울이 저녁을 먹으러 와 함께 렉스 일을 의논했고, 귀여운 이르마는 초콜릿 크림을 게걸스럽게 먹었고, 엘리자베트는 평소처럼 질문을 던졌다.

"방금 달에서 떨어진 거야?" 알비누스는 그렇게 물은 뒤 뒤늦게 킥 킥거려 심술궂었던 것을 무마하려 했다.

저녁을 먹은 뒤 알비누스는 넓은 소파의 아내 곁에 앉아 여성 잡지에서 가운 같은 것을 보고 있는 그녀를 작은 입맞춤으로 콕콕 쪼며 멍하니 생각에 잠겼다.

'젠장, 다 소용없어. 나는 지금 행복해. 나한테 뭐가 더 필요해? 어둠 속에서 미끄러져 다니는 그것…… 그 아름다운 목을 눌러버리고 싶어. 뭐, 어차피 죽은 거나 다름없지. 이제 나는 거기 가지 않을 거니까.'

3

소녀의 이름은 마르고트 페터스였다. 아버지는 주택 관리인으로, 참
전했다가 전쟁신경증을 심하게 앓았다. 그는 불만과 비애를 계속 확인
하듯이 허옇게 센 머리를 쉴새없이 흔들었으며, 조금만 자극해도 격한
감정에 빠져들었다. 어머니는 아직 젊다고 할 수 있었지만, 남편과 마
찬가지로 많이 상했다. 거칠고 냉담한 이 여자의 붉은 손바닥은 온갖
매질이 담긴 완벽한 풍요의 뿔이었다. 그녀는 일하는 동안 먼지가 묻
지 않도록 보통 머리에 수건을 쓰고 있었지만, 토요일 대청소—주로
엘리베이터에 교묘하게 연결한 진공청소기를 이용했다—후에는 옷을
차려입고 나들이에 나섰다. 그녀는 오만한데다가 매트에 발을 털고 들
어가라고 심술궂게 명령했기 때문에 세입자들에게 인기가 없었다. '층
계'는 그녀의 삶의 주된 우상이었다. 명예로운 상승의 상징이라서가

아니라, 멋지게 광택을 유지할 대상으로서 그러했다. 따라서 그녀의 가장 끔찍한 악몽(감자와 양배추절임을 너무 너그럽게 퍼주는 것 다음으로)은 하얀 계단에 검은 장화 자국이 처음에는 오른쪽, 그다음에는 왼쪽, 그다음에는 다시 오른쪽으로 층계 꼭대기까지 나 있는 것이었다. 실로 가엾은 여인으로, 결코 조롱거리로 삼을 수 없었다.

마르고트의 오빠 오토는 동생보다 세 살 위였다. 그는 자전거 공장에서 일했으며, 아버지의 유순한 공화주의를 경멸했고, 근처 선술집에서 정치 이야기를 장황하게 늘어놓았으며, 탁자를 주먹으로 두드려대며 소리쳤다. "인간이 제일 먼저 해야 하는 일은 배를 가득 채우는 거야." 이것이 그를 이끄는 지도 원리였으며, 실제로 아주 견실한 원리이기도 했다.

어린 시절 마르고트는 학교에 다녔는데, 그래도 그곳에서는 집에서보다 따귀를 덜 맞았다. 새끼 고양이에게서 가장 흔히 볼 수 있는 동작은 가만히 있다가 갑자기 연거푸 폴짝 뛰어오르는 것이다. 마르고트의 경우에는 왼쪽 팔꿈치를 잽싸게 들어올려 얼굴을 막는 동작이었다. 그래도 마르고트는 밝고 활기찬 소녀로 자라났다. 겨우 여덟 살 때 소리를 지르고 몸을 비벼대는 축구 시합에 참가하여 환희를 맛보았다. 축구라 하지만, 사실 남자아이들이 길 한가운데서 오렌지만한 고무공을 차는 것에 불과했다. 열 살 때는 오빠의 자전거를 타는 법을 배웠다. 마르고트는 팔의 맨살을 드러내고 땋아 늘인 검은 머리를 휘날리며 포장도로를 빠르게 오르내렸다. 그러다 자전거를 멈추고 한 발을 갓돌에 올려놓은 채 생각에 잠긴 표정으로 서 있곤 했다. 열두 살 때는 활기가 좀 가라앉았다. 문간에 서서 석탄장수의 딸과 낮은 목소리로 수다를 떨며 세든 남자를 찾아온 여자에 대한 의견을 교환하고, 지나가는 사람들의 모자에 관해 토론하는 것이 무엇보다도 좋던 시절이었다. 한번은 계단에서 구불구불한 가는 머리카락 한 올이 달라붙은 작은 아몬드 비누 조각과 야릇한 사진 대여섯 장이 담긴 해진 핸드백을 발견했다. 또 한번은 놀 때 늘 딴죽을 걸곤 하던 붉은 머리 남자아이가 마르고트의 목덜미에 입을 맞추었다. 그러다가 어느 날 밤에는 히스테리 발작을 일으키는 바람에 찬물을 뒤집어쓰고 흠씬 두들겨 맞았다.

일 년 뒤 마르고트는 놀랍도록 예쁘게 성장했고, 짧은 빨간색 원피스를 입고 다녔으며, 영화에 푹 빠졌다. 나중에 인생의 이 시기를 기억할 때면 그녀는 이상하게 마음이 답답해지곤 했다. 밝고 따뜻하고 평화로운 저녁들. 밤에 가게들이 빗장을 지르는 소리. 문밖의 의자에 걸터앉아 파이프를 피우며 고개를 까닥이는 아버지. 두 손을 허리에 얹은 어머니. 난간 위로 몸을 기댄 라일락 덤불. 녹색 망태기에 장을 본 물건을 담아 집으로 가는 폰 브로크 부인. 그레이하운드 한 마리, 털이 빳빳한 테리어 두 마리와 함께 길을 건너려고 기다리는 하녀 마르타…… 점점 어두워졌다. 오빠는 억센 동지 두어 명을 데리고 오곤 했으며, 그 친구들은 그녀 주위에 모여 그녀를 밀치고 맨살이 드러난 팔을 꽉 쥐곤 했다. 한 명은 눈이 영화배우 파이트를 닮았다. 거리의 주택들은 위층이 아직 노란 불빛에 잠겨 있었지만, 소리는 완전히 사라졌다. 다만 길 건너 발코니에서 카드를 치는 대머리 남자 둘이 왁자지껄 웃으며 쿵쿵거리는 소리는 고스란히 전해지고 있었다.

마르고트는 막 열여섯이 되었을 때 모퉁이의 작은 문구점에서 카운터 일을 보는 소녀와 친해졌다. 이 소녀의 여동생은 벌써 화가의 모델로 쏠쏠하게 수입을 올리고 있었다. 그래서 마르고트도 모델이 되고, 그다음에는 은막의 별이 되는 꿈을 꾸었다. 그렇게 이동해가는 것이 아주 간단한 일로 보였다. 하늘은 그녀의 별이 뜨기를 기다리고 있었다. 그 무렵 마르고트는 춤을 배웠으며, 이따금 문구점 소녀와 함께 파라다이스 댄스홀에 갔다. 그곳에서는 나이든 남자들이 재즈 밴드의 요란하게 흐느끼는 소리에 맞추어 아주 솔직한 제안을 했다.

어느 날 마르고트가 거리 모퉁이에 서 있는데, 빨간 오토바이를 탄 남자가 갑자기 다가와 태워주겠다고 했다. 전에 한두 번 눈여겨본 적이 있는 남자로, 아맛빛 머리는 뒤로 빗어 넘겼고 셔츠는 그가 몰고 온 바람에 한껏 부풀어 뒤로 너울거렸다. 마르고트는 웃음을 짓고 그의 뒤에 올라타 치마를 매만졌다. 다음 순간 오토바이는 맹렬한 속도로 달려가고, 남자의 타이가 그녀의 얼굴로 날아왔다. 남자는 도시 밖으로 나가 오토바이를 세웠다. 화창한 저녁이었다. 각다귀 작은 무리가 한군데 모여 공기를 깁듯이 계속 오가고 있었다. 아주 고요했다. 소나무와 작은 헤더 꽃들의 고요. 그는 오토바이에서 내리더니, 도랑 가장자리의 그녀 옆에 앉아 작년에 바로 이런 식으로 스페인까지 밀고 올라갔다고 말했다. 이어 그녀 몸에 팔을 두르고 주무르고 더듬다 격렬하게 키스하는 바람에 그녀가 그날 느끼던 불편이 어지러움으로 바뀌었다. 마르고트는 몸을 비틀어 빠져나와 울기 시작했다. "키스는 해도 좋아요." 그녀는 훌쩍였다. "하지만 이런 식으로는 싫어요, 정말." 젊은 남자는 어깨를 으쓱했다. 그는 오토바이의 시동을 걸고 달려가다 펄쩍 뛰는가 싶더니 옆으로 갑자기 방향을 틀어 사라져버렸다. 혼자 남은 그녀는 이정표에 앉아 있었다. 그녀는 걸어서 집으로 돌아왔다. 그녀가 오토바이에 탄 것을 보았던 오토는 주먹으로 그녀의 목을 내리치고, 솜씨 좋게 그녀를 걷어찼다. 그녀는 넘어지며 재봉틀에 부딪혀 멍이 들었다.

이듬해 겨울 문구점 소녀의 여동생은 마르고트를 레반돕스키 부인에게 소개해주었다. 풍만한 몸에 태도가 고상한 나이 지긋한 부인이었지만, 말하는 것이 왠지 난한 데가 있고, 뺨에는 손바닥만한 커다란 자주색 반점이 있어 인상이 조금 나빴다. 부인은 그것이 어머니가 자기를 가졌을 때 불에 놀라 겁을 먹어서 생긴 것이라고 설명했다. 마르고트는 부인의 아파트에 딸린 작은 하녀 방으로 이사했고, 그녀의 부모는 그녀를 치우게 된 것에 감사했다. 그들은 어떤 일이든 돈을 벌기만 하면 신성해지는 것이라 여겼기 때문에 더욱 감사했다. 가난한 사람들의 딸을 돈으로 사는 자본가들을 위협적인 말로 욕하던 오빠는 다행히도 브레슬라우로 일하러 가서 한동안 집에 없었다.

처음에 마르고트는 여자 미술학교 교실에서 모델을 했다. 그러다 나중에는 진짜 스튜디오에서 모델을 했는데, 이때는 여자만 아니라 남자들도 그녀를 그렸다. 대부분은 아주 젊었다. 그녀는 윤기 있는 검은 머리를 멋지게 자르고 완전히 벌거벗은 채 조그만 바닥깔개 위에 앉았다. 발은 몸 밑으로 구부려 집어넣고, 파란 정맥이 드러난 팔에 몸을 기댔다. 앞으로 약간 구부러진 늘씬한 등(한쪽 어깨는 불타오르는 뺨쪽으로 세우고, 예쁜 두 어깨 사이에는 광채가 나는 고운 솜털이 덮여 있었다)은 뭔가를 그리워하다 지친 것처럼 보였다. 그녀는 곁눈질로 학생들이 눈을 들었다 내리는 모습을 보고, 이런저런 곡선에 명암을 넣는 연필이 희미하게 사각거리며 종이를 스치는 소리를 들었다. 그녀는 그저 따분했기 때문에 가장 잘생긴 남자를 골라, 그가 이마에 주름을 잡고 입을 벌린 채 얼굴을 들어올릴 때마다 거무스름한 액체 같은 눈길을 던졌다. 그러나 한 번도 그의 관심의 색깔을 바꾸지 못했고, 그 때문에 약이 올랐다. 전에 이렇게 빛의 웅덩이 속에 홀로 앉아 수많은 눈에 노출된 자신의 모습을 그려볼 때는 꽤나 유쾌할 것이라고 상상했다. 그러나 막상 해보니 몸만 뻐근해질 뿐, 다른 느낌은 없었다. 그녀는 모델을 할 때는 재미 삼아 화장을 했다. 마르고 뜨거운 입에 칠을 하고, 그러지 않아도 아주 어두운 편인 눈까풀을 더 어둡게 바꾸었다. 한번은 심지어 젖꼭지에 립스틱을 살짝 바르기도 했는데, 이 때문에 레반돕스키 부인한테 한참 야단을 맞았다.

이렇게 하루하루가 지나갔고, 마르고트는 자신이 진정으로 목표로 삼고 있는 것에 관해 아주 흐릿한 생각밖에 없었다. 물론 자신이 은막의 미녀로서 눈부신 모피로 몸을 감싸고, 커다란 우산을 든 눈부신 호텔 문지기의 도움을 받아 눈부신 차에서 내리는 모습을 늘 그려보기는 했다. 그러면서 계속 스튜디오의 빛바랜 바닥깔개에서 곧장 다이아몬드처럼 빛나는 세계로 뛰어들 방법을 궁리하고 있었다. 그때 레반돕스키 부인이 처음으로 상사병에 걸린 지방 출신 청년의 이야기를 했다.

"남자친구 없이 살 수는 없잖아." 부인은 커피를 마시며 사근사근한 목소리로 말했다. "너는 생기가 넘치는 처녀라서 동반자가 반드시 필요해. 그런데 이 겸손한 젊은이는 이놈의 사악한 도시에서 순수한 영혼을 찾고 있다잖아."

마르고트는 허벅지에 레반돕스키 부인의 뚱뚱한 노란 닥스훈트를 올려놓고 있었다. 그녀는 부드러운 비단 같은 개의 귀를 잡아당겨 두 끝을 말랑말랑한 머리 위에서 이으며(귓속은 오래 사용해서 진분홍색이 된 압지 비슷했다) 눈을 내리깐 채 대답했다.

"아, 아직 그런 건 필요 없어요. 저는 이제 겨우 열여섯이잖아요? 그리고 그런 게 무슨 소용 있어요? 그렇게 하면 뭐가 좋아지나요? 저도 그런 사람들 잘 알아요."

"너는 바보로구나." 레반돕스키 부인이 차분하게 말했다. "난 지금 무슨 불량배 이야기를 하는 게 아니야. 거리에서 너를 보고 그뒤로 만날 네 꿈만 꾸는 관대한 신사 이야기를 하는 거야."

"비실거리는 노인네겠죠, 뭐." 마르고트가 대꾸하며 개의 뺨에 난 사마귀에 입을 맞추었다.

"바보." 레반돕스키 부인이 또 그렇게 말했다. "서른 살이야. 말끔하게 면도를 했고, 품위 있고, 실크 타이를 맸고, 황금 담뱃대를 갖고 다녀."

"가자, 가서 산책이나 하자." 마르고트가 개한테 말하자, 닥스훈트는 그녀의 허벅지에서 바닥으로 쑥 미끄러져 내리더니 종종걸음으로 복도를 따라 달려갔다.

레반돕스키 부인이 말한 신사는 시골 출신의 수줍은 청년과는 거리가 멀었다. 그는 브레멘에서 베를린까지 먼길을 오는 임항열차에서 함께 포커를 치던 친절한 두 외판원을 통해 부인과 접촉했다. 처음에는 가격을 두고 아무런 이야기가 없었다. 뚜쟁이는 그냥 개를 품에 안고 눈에 해를 받으며 웃음을 짓는 소녀의 스냅 사진을 보여주었을 뿐이고, 밀러(그것이 그가 말한 이름이었다)는 고개를 끄덕였을 뿐이다. 정해진 날 부인은 케이크를 사고, 커피를 많이 만들었다. 주도면밀하게도 마르고트에게는 낡은 빨간 원피스를 입으라고 충고했다. 여섯시쯤 초인종이 울렸다.

'어떤 모험도 하지 않을 거야. 안 해.' 마르고트는 생각했다. '싫으면 즉시 말할 거야. 싫지 않아도 시간을 두고 천천히 생각해볼 거야.'

그러나 안타깝게도 밀러를 어떻게 판단할지 결정하는 것은 그리 간단한 문제가 아니었다. 무엇보다도 얼굴이 대단히 특이했다. 대충 뒤로 빗어 넘긴 광택 없는 검은 머리는 약간 긴 편에 묘하게 물기가 없는 듯했는데, 유난히 가발 같은 느낌을 주었지만 가발은 분명히 아니었다. 두 뺨은 튀어나온 광대뼈 때문에 움푹 꺼져 보였고, 피부는 분을 얇게 발라놓은 듯 흐릿한 하얀색이었다. 날카롭게 반짝거리는 눈과 스라소니를 연상시키는 우스꽝스러운 삼각형 콧구멍은 잠시도 가만히 있지를 않았다. 입꼬리 쪽에 움직임 없는 골이 두 개 파인, 묵직한 하관은 그 반대였다. 아주 파란 셔츠에 밝은 파란색 타이 하며, 짙푸른 양복에 통이 엄청나게 큰 바지 하며, 차림새는 외려 이국적이었다. 그는 키가 크고 늘씬했으며, 각진 어깨는 레반돕스키 부인이 벨벳을 씌워둔 가구 사이를 멋들어지게 헤집고 다녔다. 마르고트는 완전히 다른 모습을 그렸던 터라, 밀러가 눈으로 한껏 그녀를 삼키는 동안 약간 충격을 받고 언짢은 기분에 팔짱을 꼭 끼고 앉아 있었다. 밀러는 삐걱거리는 목소리로 이름을 물었다. 마르고트는 대답해주었다.

"나는 귀여운 악셀이야." 그는 짧게 웃음을 터뜨리더니 그녀에게서 후딱 고개를 돌려 레반돕스키 부인과 대화를 이어나갔다. 그들은 점잖게 베를린의 명소에 관한 이야기를 나누었지만, 그가 여주인을 대하는 예의바른 태도에는 조롱이 섞여 있는 듯했다.

이윽고 그가 갑자기 침묵에 빠져들더니 담배에 불을 붙이고 두툼하고 새빨간 입술에 달라붙은 담배 종잇조각을 떼어내며(황금 담뱃대는 어디로 갔을까?) 말했다.

"좋은 생각이 있습니다, 부인. 바그너 극의 일등석 표가 한 장 있거든요. 틀림없이 마음에 드실 겁니다. 그러니 보닛을 쓰고 나가보시지요. 택시를 타세요. 그 돈도 내가 내겠습니다."

레반돕스키 부인은 고맙다고 말하면서도, 약간 위엄을 내세우는 태도로 그냥 집에 있는 게 좋다고 덧붙였다.

"잠시 말씀 좀 나눌까요?" 밀러는 짜증이 역력한 얼굴로 의자에서 일어났다.

"커피나 더 드시지요." 부인이 쌀쌀맞게 대꾸했다.

밀러는 입맛을 다시며 다시 자리에 앉았다. 그러다가 웃음을 짓고, 새로 온화한 태도로 자기 친구에 관한 재미있는 이야기를 시작했다. 그 친구는 오페라 가수인데, 한번은 〈로엔그린〉에서 술에 취해 제때 백조에 올라타지 못해, 다시 백조가 오기를 고대하며 멍하니 기다리고 있었다는 것이다. 마르고트는 입술을 깨물다가, 갑자기 몸을 앞으로 접으며 영락없는 소녀처럼 발작적인 웃음을 터뜨렸다. 레반돕스키 부인도 웃음을 터뜨렸다. 커다란 가슴이 부드럽게 흔들렸다.

'됐어.' 밀러는 생각했다. '이 늙은 년이 내가 상사병에 걸린 바보 역을 해주기를 원한다면 그러지 뭐—열심히 해줘야지. 이년이 기대하는 것보다 훨씬 철저하게, 멋지게 해낼 거야.'

그래서 그는 다음날도 왔고, 그다음에도 계속 왔다. 선금으로 소액만 받아 나머지도 다 받기를 원했던 레반돕스키 부인은 잠시도 두 남녀만 있을 틈을 주지 않았다. 그러나 마르고트가 저녁 늦게 개 산책을 시킬 때면 어둠에서 갑자기 밀러가 나타나 옆에서 따라 걸었다. 그녀는 당황하여 자기도 모르게 개는 생각지도 않고 발을 빠르게 움직였고, 그러면 개는 줄에 비스듬히 매달려 뒤뚱거리며 종종걸음으로 끌려왔다. 레반돕스키 부인은 이 밀회를 눈치채고, 이후로는 직접 닥스훈트를 산책시켰다.

이런 식으로 일주일 이상이 흘렀다. 마침내 밀러는 행동하기로 결심했다. 늙은 여자의 도움이 없어도 원하는 것을 얻을 참이었기 때문에 그녀가 요구한 거액을 주는 것은 말도 안 된다고 생각했다. 어느 날 밤 그는 부인과 마르고트에게 웃기는 이야기를 세 개 더 해주고—그들이 들은 가장 웃기는 이야기였다—커피를 세 잔 더 마시고, 레반돕스키 부인에게 다가가 그녀를 두 팔로 끌어안아 화장실 안으로 몰아간 다음, 재빨리 열쇠를 뽑아내 밖에서 문을 잠갔다. 가엾은 여자는 완전히 허를 찔렸기 때문에 적어도 오 초 동안은 소리도 내지 못했다. 그러다가—오, 맙소사!……

"얼른 짐을 싸서 따라와." 그가 말하며 방 한가운데 서서 두 손으로 머리를 누르고 있는 마르고트를 돌아보았다.

밀러는 전날 마르고트를 위해 세낸 작은 아파트로 그녀를 데려갔고, 그녀는 문지방을 넘자마자 아주 오랫동안 숨어서 자신을 기다리던 운명에 열정 어린 마음으로 기쁘게 굴복했다.

마르고트는 밀러를 엄청나게 좋아했다. 그의 손이 쥐는 느낌, 두툼한 입술이 닿는 감촉에는 무척 만족스러운 데가 있었다. 그는 말은 별로 많지 않았지만, 그녀를 무릎에 올려놓고 알 수 없는 뭔가를 곰곰이 생각하며 조용히 웃음을 터뜨리곤 했다. 그가 베를린에서 무엇을 하는지, 그의 정체가 무엇인지 그녀는 짐작도 할 수 없었다. 그가 묵는 호텔을 알아내지도 못했다. 한번은 그의 주머니를 뒤지려 하다가 호되게 야단을 맞는 바람에 다음에는 들키지 않도록 잘해야겠다고 결심했지만, 그가 워낙 조심하는 바람에 뜻을 이룰 수가 없었다. 그가 나갈 때마다 그녀는 그가 다시는 돌아오지 않을 것이라는 두려움에 사로잡혔다. 그것만 아니면 아주 행복하여, 늘 함께 있기를 바랐다. 밀러는 이따금 실크 스타킹이며 분첩 같은 그리 비싸지 않은 선물을 주었다. 하지만 좋은 식당과 영화관, 그리고 나중에는 카페에 데려갔다. 한번은 두어 탁자 건너에 유명한 영화배우가 앉아 있어 그녀가 입을 딱 벌리자, 밀러는 그 남자를 흘끗 보더니 인사를 나누었다. 그녀는 더욱더 사랑스럽게 입을 벌릴 수밖에 없었다.

밀러는 밀러대로 마르고트를 좋아하게 되어, 나가려다가도 갑자기 모자를 구석에 집어던지고(그녀는 그 모자 안을 보고 그가 뉴욕에 간 적이 있다는 사실을 알게 되었다) 그냥 머물기로 하는 일이 자주 생겼다. 이 모든 일이 꼭 한 달 동안 지속되었다. 어느 날 밀러는 평소보다 일찍 일어나더니 떠나야 한다고 말했다. 그녀는 얼마나 오래 걸리느냐고 물었다. 밀러는 그녀를 빤히 보더니 자주색 파자마 차림으로 마치 손을 씻듯 두 손을 비비며 방을 어슬렁거렸다.

"아마 영원히가 될 것 같은데." 그는 갑자기 그렇게 말하더니 그녀를 보지 않고 옷을 입기 시작했다. 그녀는 그가 농담을 하는 건지도 모른다고 생각했다. 방이 무척 더웠기 때문에 그녀는 이불을 걷어차고, 벽 쪽으로 돌아누웠다.

"네 사진이 없는 게 아쉽군." 그는 신을 신으려고 발을 쿵쿵 구르며 말했다.

이윽고 그가 아파트에 잡동사니를 가져올 때 사용하는 작은 옷가방에 짐을 싸고 잠그는 소리가 들렸다. 몇 분 뒤에 그가 말했다.

"움직이지 말고 돌아보지도 마."

그녀는 꼼짝도 하지 않았다. 저 사람이 뭘 하는 걸까? 그녀는 맨살이 드러난 어깨를 움찔했다.

"움직이지 마." 밀러가 다시 말했다.

잠시 정적이 흘렀다. 왠지 익숙하게 느껴지는, 희미하게 사각거리는 소리뿐이었다.

"이제 돌아봐도 돼." 그가 말했다.

그러나 마르고트는 여전히 꼼짝도 하지 않았다. 그는 그녀에게 다가

오더니 귀에 입을 맞추고 얼른 나갔다. 그 키스가 그녀의 귓속에서 한동안 노래를 불렀다.

그녀는 하루종일 침대에 누워 있었다. 그는 돌아오지 않았다.

다음날 아침 그녀는 브레멘에서 전보를 받았다. '방세 7월까지 납부 안녕 아름다운 악마.'

"어쩌나, 그 사람 없이 어떻게 살지?" 마르고트는 중얼거렸다. 그녀는 창으로 달려가 문을 활짝 열고 밖으로 몸을 던지려 했다. 그 순간 빨간색과 금색으로 칠한 소방차가 큰 소리로 씨근거리며 달려와 맞은편 집 앞에 멈추었다. 사람들이 이미 모여 있었고, 지붕 위로 연기구름이 너울너울 펼쳐졌다. 새까맣게 탄 종잇조각들이 바람에 떠다녔다. 마르고트는 불에 정신이 팔려 자신이 왜 창가에 왔는지도 잊어버렸다.

남은 돈은 거의 없었다. 고민에 빠진 마르고트는 영화에서 버림받은 처녀들이 그렇듯이 댄스홀로 갔다. 일본인 신사 두 명이 다가와 말을 걸었고, 주량 이상의 칵테일을 마신 그녀는 그들과 밤을 보내기로 했다. 다음날 아침 마르고트는 이백 마르크를 요구했다. 일본인 신사들은 잔돈으로 삼 마르크 오십 페니히를 주더니 부산을 떨며 그녀를 쫓아냈다. 그녀는 앞으로는 용의주도하게 행동해야겠다고 결심했다.

어느 날 밤 바에서 무른 배 같은 코가 달린 뚱뚱한 늙은이가 그녀의 보드라운 무릎에 주름진 손을 얹더니 그리움에 잠긴 목소리로 말했다.

"다시 만나 반가워, 도라. 지난여름에 우리가 얼마나 즐거웠는지 기억나지?"

마르고트는 웃음을 터뜨리며 사람 잘못 보았다고 대꾸했다. 늙은이는 한숨을 쉬며 무엇을 마시겠느냐고 물었다. 나중에 차로 집에 데려다줄 때 늙은이가 차의 어둠 속에서 완전히 짐승처럼 구는 바람에 마르고트는 뛰어내리고 말았다. 늙은이는 그녀를 따라오며 제발 다시 만나달라고 눈물을 흘릴 듯이 애걸했다. 마르고트는 그에게 전화번호를 주었다. 늙은이가 11월까지 방세를 내주고 모피외투를 살 만한 돈도 주자 그녀는 그가 밤에 자고 가는 것을 허락했다. 그는 편안한 잠자리 친구로, 잠깐 귀찮게 군 뒤 끝내자마자 바로 폭 잠이 들었다. 그러다 만나기로 한 날에 나타나지 않는 바람에 기다리다못해 사무실로 전화를 했더니 죽었다는 답이 돌아왔다.

마르고트는 모피외투를 팔아 그 돈으로 봄까지 버텼다. 그러나 팔기 이틀 전에 눈부신 모습을 부모에게 과시하고 싶은 뜨거운 갈망을 느끼고 택시를 불러 집 앞을 지나갔다. 토요일이었다. 어머니는 앞문 손잡이에 윤을 내고 있었다. 그녀는 딸을 보자 그 자리에서 동작을 멈추었다. "어머, 나는 정말이지!" 어머니는 많은 감정을 담아 소리쳤다. 마르고트는 말없이 웃음을 짓고 다시 택시에 탔다. 뒤쪽 창문으로 오빠가 집에서 달려나오는 모습이 보였다. 그녀의 뒤에 대고 뭐라고 소리치며 주먹을 휘두르고 있었다.

마르고트는 싼 방으로 옮겼다. 반쯤 벗은 채 침대 가장자리에 앉아 작은 발에 신발도 신지 않고 짙어지는 어둠 속에서 끝도 없이 담배를 피우곤 했다. 동정심 많은 여주인이 이따금 들러 감정을 쏟아내며 수다를 떨다 갔는데, 어느 날 자기 사촌이 아주 잘나가는 작은 영화관 주인이라는 이야기를 해주었다. 그해 겨울은 그 어느 해 겨울보다도 추운 것 같았다. 마르고트는 전당포에 맡길 물건을 찾아 주위를 두리번거렸다. 저 석양이나 잡혀볼까?

'이제 어떡하지?' 마르고트는 생각했다.

용기가 치솟던 어느 쌀쌀하고 파란 아침, 마르고트는 기막히게 화장을 하고 이름이 널리 알려지기 시작한 영화사를 찾아가 매니저를 사무실에서 만나기로 약속을 잡을 수 있었다. 만나보니 매니저는 나이 지긋한 남자로, 오른쪽 눈에는 검은 붕대가 감겨 있었지만 번득이는 왼쪽 눈은 사람을 찌르는 듯했다. 마르고트는 우선 전에 연기를 해본 적이 있다고 큰소리쳤다―그것도 큰 성공을 거둔 연기였다고.

"어떤 영화요?" 매니저는 흥분한 그녀의 얼굴을 자비롭게 바라보며 물었다.

마르고트는 대담하게 어떤 회사, 어떤 영화 이름을 댔다. 남자는 입을 다물었다. 이윽고 왼쪽 눈을 감더니(다른 쪽 눈이 보였다면 윙크가 되었을 것이다) 말했다.

"나한테로 오다니 아가씨는 운이 좋은 사람이로군. 이 자리에 만일 다른 사람이 있었다면 아가씨의…… 어…… 젊음에 유혹을 당하여 멋진 약속을 잔뜩 했을 거요―어, 그래서 아가씨는 모든 육신이 가는 길로 갔을 거고, 절대 로맨스에 나오는 은빛 유령은 되지 못했을 거요―적어도 우리가 다루는 그 특급 로맨스에 나오는 건 말이오. 하지만 아가씨도 보다시피, 나는 이제 젊지 않고, 내가 인생에서 아직 보지 못한 것은 볼 가치가 없는 것뿐이라오. 아마 내 딸이 아가씨보다 나이가 많을 거요. 그런 이유 때문에 아가씨한테 이야기를 좀 해주겠소. 아기는 자식이라 여기고 말이오. 아가씨는 배우였던 적이 없고, 앞으로도 배우가 될 가능성은 전혀 없소. 집에 가서, 다시 생각해보고, 부모와 이야기를 해보시오. 혹시 부모와 이야기를 하는 사이라면 말이오. 그런 사이가 아닐 거라고 보지만……"

마르고트는 장갑으로 책상 모서리를 후려치고 벌떡 일어나 성큼성큼 걸어나왔다. 얼굴이 분노로 일그러졌다.

같은 건물에 다른 영화사 사무실이 있었지만, 그곳에는 들어가지도 못했다. 그녀는 격노하여 집으로 갔다. 여주인은 달걀 두 개를 삶아주고 어깨를 두드려주었다. 마르고트는 분노에 차 탐욕스럽게 먹어치웠다. 그러자 착한 여자는 브랜디와 작은 잔 두 개를 가져와, 떨리는 손으로 잔을 채우고 병을 코르크로 꼼꼼하게 막더니 다시 들고 나갔다.

"네 행운을 위하여." 돌아온 여주인이 쓰러질 듯한 탁자에 앉으며 말했다. "모든 게 잘될 거야, 애. 내일 사촌을 만날 건데, 네 이야기를 좀 할 거야."

그 이야기는 아주 잘되었고, 비록 자신의 영화 경력을 그런 식으로 시작한다는 것이 약간 모욕적으로 느껴지기는 했지만 마르고트는 처음에는 새로운 직업을 즐겁게 받아들였다. 그러나 사흘이 지나자 평생 어둠 속에서 더듬거리는 사람들을 자리로 안내하는 일만 해온 것 같은 느낌이 들었다. 그러나 금요일이면 프로그램이 바뀌었고, 그러면 기운이 솟았다. 그녀는 어둠 속에서 벽에 기대 그레타 가르보를 지켜보았다. 그러나 시간이 더 지나자 완전히 질려버렸다. 또 한 주가 지나갔다. 밖으로 나가던 사람이 출구에서 머뭇거리며, 수줍고 무력한 표정으로 그녀를 흘끔거렸다. 이틀인가 사흘이 지나자 밤에 다시 왔다. 완벽한 옷차림이었으며, 파란 눈은 굶주린 듯 그녀를 물끄러미 바라보았다.

'아주 점잖게 생긴 사람이구나. 약간 따분한 쪽이겠지만.' 마르고트는 생각했다.

그러다가 남자가 네번째인가 다섯번째 나타나자—늘 같은 영화였으니 영화를 보러 온 것이 아님은 분명했다—마르고트는 유쾌한 흥분에 희미하게 몸이 떨려오는 것을 느꼈다.

하지만 이 남자는 얼마나 소심한지! 어느 날 밤 그녀는 집으로 가다가 길 건너편에서 그 남자를 보았다.

마르고트는 돌아보지 않고 천천히 걸어갔지만, 양쪽 눈꼬리를 토끼 귀처럼 뒤로 젖히고 있었다. 그가 따라오기를 기대하면서. 하지만 그는 따라오지 않았다. 그냥 희미하게 사라졌다. 그러다가 다시 아르고스에 나타났을 때 그는 창백하고 병적인 분위기를 보였다. 아주 흥미로웠다. 마르고트는 일이 끝나자 가벼운 걸음으로 거리에 나섰고, 발을 멈추었고, 우산을 폈다. 그는 또다시 맞은편 보도에 서 있었다. 그녀는 차분하게 길을 건너 그에게로 갔다. 하지만 그녀가 다가오는 것을 보자 그는 바로 자리를 떴다.

그는 바보가 된 것 같았고 속이 울렁거렸다. 그녀가 뒤에 있다는 것을 알았기 때문에 혹시 그녀가 자신을 놓칠까 두려워 너무 빨리 걷지도 못했다. 동시에 너무 속도를 늦추어 그녀가 그를 따라잡는 일이 생길까봐 두렵기도 했다. 다음 건널목에서는 차가 연달아 빠르게 지나가는 바람에 멈추어 기다릴 수밖에 없었다. 여기에서 그녀가 그를 따라

잡아, 이륜트럭 밑으로 미끄러질 뻔하다가 뒤로 펄쩍 뛰어 물러나며 그와 부딪쳤다. 그는 그녀의 가는 팔꿈치를 잡았고, 둘은 함께 길을 건넜다.

'시작되고 말았구나.' 알비누스는 그렇게 생각하며, 어색하게 그녀와 보폭을 맞추었다. 지금까지 이렇게 작은 여자와 함께 걸어본 적이 없었다.

"흠뻑 젖으셨네요." 그녀가 웃음을 지으며 말했다. 그는 그녀의 손에서 우산을 받아들었다. 그녀는 그에게 더 바짝 붙었다. 잠시 그는 심장이 터지지나 않을까 두려웠지만, 갑자기 뭔가가 느슨하게 풀리며 기쁨이 찾아왔다. 이제 자신이 느끼는 환희, 머리 위의 팽팽한 비단을 타다닥, 타다닥 두드려대는 물기 어린 환희의 곡조를 이해한 것 같았다. 이제 그의 말은 자유롭게 흘러나왔으며, 그는 그들 사이에 새로 태어난 편안함을 즐겼다.

비가 그쳤지만, 그들은 여전히 우산을 쓰고 걸었다. 그녀의 현관문 앞에서 걸음을 멈추었을 때, 그는 그 축축하고, 반들반들하고, 아름다운 것을 접어 그녀에게 돌려주었다.

"아직 가지 마." 그가 간절한 목소리로 말했다(그러면서 한 손을 주머니에 넣고 엄지로 결혼반지를 밀어내려고 애를 썼다). "가지 마." 그가 되풀이했다(반지가 빠졌다).

"늦었어요." 그녀가 말했다. "숙모가 화내실 거예요."

그는 그녀의 두 손목을 잡고 수줍음 때문에 오히려 난폭해져 그녀에게 키스하려 했지만, 그녀가 머리를 숙여 피하는 바람에 그의 입술은 그녀의 벨벳 모자에 닿고 말았다.

"보내주세요." 그녀가 고개를 숙인 채 중얼거렸다. "이러면 안 된다는 거 아시잖아요."

"그래도 가지 마." 그가 소리쳤다. "나한테는 세상에 너밖에 없어."

"안 돼요, 안 돼요." 그녀는 대답하며 문에 열쇠를 넣고 돌리면서 작은 어깨로 큰 문을 밀었다.

"내일 또 기다리겠어." 알비누스가 말했다.

그녀는 유리창 너머에서 미소를 짓더니 뒤뜰로 통하는 침침한 통로를 달려갔다.

그는 깊은 숨을 쉬고 손수건을 더듬어 찾아 코를 푼 다음 외투 단추를 하나하나 채웠다가 다시 풀었다. 손이 헐벗고 가벼워진 느낌이 들어 얼른 반지를 꼈다. 반지는 아직도 따뜻했다.

4

집에 와보니 아무것도 변하지 않았는데, 이 자체가 대단해 보였다. 엘리자베트, 이르마, 파울은 말하자면 다른 시대에 속해 있었으며, 초기 이탈리아 화가들이 그린 배경처럼 맑고 고요했다. 파울은 사무실에서 하루종일 일한 뒤 누이의 집에서 고요한 저녁을 보내는 걸 좋아했다. 그는 알비누스를, 그의 학식과 취향을, 그를 둘러싼 아름다운 것들을, 식당에 걸린 시금치 색깔의 고블랭 직물 벽걸이—숲속의 사냥을 묘사한 것이었다—를 깊이 존중하는 마음을 품고 있었다.

알비누스는 아파트 문을 열면서 잠시 후 아내가 보일 것이라는 생각이 들자 위의 바닥이 묘하게 푹 꺼지는 느낌이 들었다. 그녀가 그의 얼굴에서 배신을 읽어내지 않을까? 빗속의 그 산책은 실제로 배신이었기 때문이다. 그전에 지나간 모든 것은 생각과 꿈에 불과했지만. 혹시 어떤 무시무시한 불운 때문에 그의 행동을 누가 보고 이른 것은 아닐까? 혹시 그 아이가 뿌린 달착지근한 싸구려 향수 냄새가 나는 것은 아닐까? 그는 복도로 들어가면서 머릿속에서 얼른 편하게 늘어놓을 수 있는 이야기를 지어냈다. 젊은 화가, 그녀의 가난과 재능, 자신이 그녀를 도우려 한다는 것. 그러나 변한 것은 아무것도 없었다. 통로 끝 딸이 잠들어 있는 곳을 가린 하얀 문도, 외투걸이(붉은 비단을 씌운 특별한 옷걸이였다)에 평소처럼 차분하고 품위 있게 걸린 처남의 거대한 외투도.

그는 응접실로 들어갔다. 그곳에 그들이 있었다—낯익은 체크무늬 트위드 드레스 차림의 엘리자베트, 시가 연기를 내뿜는 파울, 그들이 알고 지내는 나이든 부인. 그녀는 남작 미망인으로 인플레이션 때문에 궁핍해져 지금은 바닥깔개와 그림을 거래하는 작은 사업을 하고 있었다…… 그들이 무슨 이야기를 하고 있었건, 일상의 박자가 너무 편안한 나머지 그는 발작 같은 기쁨을 느꼈다. 들키지 않은 것이다.

그러다가 나중에 침침하게 불을 밝혀놓은 수수하게 장식한 침실에서 아내 곁에 누워 평소처럼 중앙난방장치(흰색으로 칠했다)의 일부가 거울에 비친 모습을 흘끗 보다가 알비누스는 자신의 쪼개진 본성에 놀랐다. 엘리자베트를 향한 애정은 완벽하게 안정된 상태로 전혀 줄어들지 않았지만, 동시에 그의 마음속에서 생각 하나가 불타오르고 있었던 것이다. 어쩌면 바로 내일—그래, 틀림없이 내일—

그러나 그렇게 쉽게 풀리지는 않았다. 다음에 만났을 때 마르고트가 능숙하고 요령 있게 그의 구애를 피했기 때문이다. 그녀를 호텔로 데려갈 수 있는 기회는 전혀 생기지 않았다. 그녀는 자기 이야기를 별로 하지 않았다. 그저 자기가 고아이고, 화가의 딸이고(묘한 우연의 일치였다, 그것은), 숙모와 함께 산다는 것 정도였다. 그리고 돈에 몹시 쪼들리기는 하지만, 진이 빠지는 일을 그만두고 싶은 마음이 간절하다는 것.

알비누스는 급히 지어낸 시퍼밀러라는 이름으로 자신을 소개했고, 그녀는 씁쓸한 생각이 들었다. '또 밀러네—이렇게 금세.' 그러다가 다시 든 생각. '아, 당연히 거짓말이겠지.'

3월에는 비가 많이 왔다. 알비누스는 밤에 우산을 쓰고 걸어다니는 것이 괴로웠기 때문에 이내 카페에 들어가자고 했다. 그는 아는 사람을 만나지 않을 것이라고 자신할 수 있는 지저분하고 조그마한 곳을 골랐다.

탁자에 자리를 잡으면 바로 담뱃갑과 라이터를 꺼내놓는 것이 그의 습관이었다. 마르고트는 담뱃갑에서 그의 이름 약자를 발견했다. 그녀는 아무 말도 안 했지만, 잠시 생각해본 뒤 전화번호부를 갖다달라고 부탁했다. 그가 날개를 퍼덕거리는 듯한 느린 걸음걸이로 전화부스로 걸어가는 동안 그녀는 의자에 있던 그의 모자를 집어들고 얼른 안감을 살폈다. 거기에 그의 이름이 있었다(파티 같은 데서 얼빠진 화가가 들고 가는 것을 막으려고 거기에 새겨놓았던 것이다).

곧 그가 전화번호부를 성경책처럼 들고 돌아와 부드럽게 웃음을 지었다. 그가 아래로 내리깔린 그녀의 긴 속눈썹을 물끄러미 보는 동안, 마르고트는 A를 빠르게 넘기더니 알비누스의 주소와 전화번호를 찾아냈다. 그러더니 손때가 묻은 파란 책을 조용히 덮었다.

"코트를 벗지그래." 알비누스가 중얼거렸다.

그녀는 굳이 일어서지도 않고 꿈틀거려 소매를 빼내더니, 예쁜 목을 기울이며 처음에는 오른쪽, 그다음에는 왼쪽 어깨를 앞으로 내밀었다. 알비누스는 그녀를 도와주다가 훅 풍겨오는 제비꽃 냄새를 맡았다. 어깨뼈가 움직이는 것이 보였다. 두 어깨뼈 사이의 창백한 피부가 물결을 치다 다시 잔잔해졌다. 이어 그녀는 모자를 벗고, 손거울을 들여다보고, 검지에 침을 묻혀 관자놀이의 검은 애교머리를 토닥였다.

알비누스는 그녀 옆에 앉아 모든 것이 무척이나 매혹적인 그 얼굴을 보고 또 보았다—타오르는 두 뺨, 체리브랜디로 반짝이는 입술, 긴 개암빛 눈의 천진한 엄숙함, 왼쪽 눈 바로 밑의 부드러운 곡선 위에는 솜털이 어른거리는 작은 점.

'이 때문에 목을 매야 할지라도 계속 이 아이를 보고 있을 거야.' 그는 생각했다.

심지어 그녀가 사용하는 천박한 베를린 속어도 그녀의 쉰 목소리와 크고 흰 치아의 매력을 높여주었다. 그녀는 웃음을 터뜨릴 때면 반쯤 눈을 감았고 뺨에는 보조개가 춤을 추었다. 그는 그녀의 작은 손을 만졌으나 그녀는 얼른 손을 뺐다.

"너는 나를 미치게 해." 그가 말했다.

마르고트가 그의 소매를 두드리며 말했다.

"자, 착하게 굴어야죠."

이런 식으로 계속될 수는 없어, 이런 식으로는. 그것이 다음날 아침 그의 머리에 떠오른 첫번째 생각이었다. 그 아이에게 방을 얻어줘야 해. 그 빌어먹을 숙모. 우리는 둘이 있을 거야, 단둘이. 초보자를 위한 사랑의 교과서. 아, 내가 그 아이에게 가르쳐줄 것들. 그렇게 어리고, 그렇게 순수하고, 그렇게 사람 미치게 하는……

"자요?" 엘리자베트가 작은 소리로 물었다.

그는 완벽한 하품을 해내고 나서 눈을 떴다. 엘리자베트는 옅은 파란색 나이트가운을 입고 더블베드 가장자리에 앉아 우편물을 넘기고 있었다.

"재미있는 게 있어?" 알비누스가 물으며, 무딘 경이감에 사로잡혀 그녀의 하얀 어깨를 바라보았다.

"아이고, 또 돈 얘기를 하네요. 부인과 장모가 아프고, 사람들이 자기를 해치려는 음모를 꾸미고 있다면서. 물감 살 돈도 없대요. 또 도와 줘야 할 것 같아요, 아마도."

"그래, 그래야지." 알비누스의 마음속에는 마르고트의 죽은 아버지 모습이 아주 생생하게 떠오르고 있었다. 그 또한 삶으로부터 가혹한 대접을 받은 초라하고, 성질 더럽고, 별 재능 없는 화가였을 것이 틀림 없었다.

"그리고 화가 클럽에서 초대장이 왔어요. 이번에는 가야 돼요. 미국에서도 편지가 왔네요."

"읽어줘." 그가 부탁했다.

"선생님께, 안타깝게도 전할 소식은 별로 없지만, 그래도 지난번 저의 긴 편지, 괄호 시작이에요, 아직 답장을 해주지 않으셨습니다만, 괄호 끝, 에 보태고 싶은 것이 몇 가지 있습니다. 제가 가을에는 갈 수도 있기 때문에……"

그 순간 침대맡 탁자에서 전화벨이 울렸다. "쯧, 쯧." 엘리자베트가 소리를 내며 몸을 앞으로 기울였다. 알비누스는 멍하니 눈으로 그녀의 섬세한 손가락들이 하얀 수화기를 들고 움켜쥐는 동작을 따라갔다. 이윽고 반대편에서 아주 작은 유령 같은 목소리가 끽끽거렸다.

"어머, 안녕하세요." 엘리자베트가 소리치는 동시에 남편을 향해 어떤 표정을 지었다. 남작 부인이 전화를 걸었는데 통화가 길어질 것이라는 표시였다.

그는 미국에서 온 편지를 향해 손을 뻗어 날짜를 흘끗 보았다. 아직 지난 편지에 답장을 하지 않았다니 이상했다. 이르마가 매일 아침 하던 대로 부모에게 인사를 하러 왔다. 아이는 말없이 아버지에게, 이어 어머니에게 입을 맞추었다. 아이 어머니는 눈을 감고 전화에 귀를 기울이며, 이따금 소리를 내어 엉뚱한 곳에서 맞장구를 치거나 짐짓 놀라는 시늉을 했다.

"오늘은 아주 착한 딸이로구나." 알비누스가 딸에게 소곤거렸다. 이르마가 웃음을 지으며 주먹을 펼쳐 손에 가득한 공깃돌을 보여주었다.

아이는 전혀 예쁘지 않았다. 창백하게 튀어나온 이마는 주근깨에 덮여 있고, 속눈썹은 지나치게 옅은 색이었고, 코는 얼굴에 비해 너무 길었다.

"아무렴요." 엘리자베트는 말하며, 안도의 한숨과 함께 전화를 끊었다.

알비누스는 편지를 계속 읽을 준비를 했다. 엘리자베트는 딸의 손목을 잡고 뭔가 재미있는 이야기를 하고, 웃음을 터뜨리고, 입을 맞추고, 한마디가 끝날 때마다 아이를 살짝 잡아당겼다. 이르마는 바닥에서 신발을 질질 끌면서 계속 새침하게 웃음만 지었다. 다시 전화벨이 울렸다. 이번에는 알비누스가 처리했다.

"안녕하세요, 알베르트." 여자 목소리였다.

"누구—" 알비누스는 말을 하다가, 갑자기 엘리베이터가 아주 빨리 내려갈 때처럼 메스꺼움을 느꼈다.

"나한테 가짜 이름을 댄 건 그다지 착한 행동이 아니었어요." 목소리가 쫓아왔다. "하지만 용서해드리죠. 난 그냥 이야기를 하고 싶—"

"잘못 걸었습니다." 알비누스는 잠긴 목소리로 말하고 전화기를 쿵 내려놓았다. 동시에 자기가 남작 부인의 아주 작은 목소리를 들었던 것처럼 엘리자베트도 뭔가 들었을지 모른다는 생각이 들어 당황했다.

"뭐예요?" 그녀가 물었다. "왜 그렇게 빨개졌어요?"

"어떻게 이런 일이! 이르마, 아가야, 이리 오렴, 그렇게 안절부절하지 말고. 정말 말도 안 돼. 이틀에 열 번이나 잘못 걸린 전화가 오다니. 그 친구는 연말에 여기에 올지도 모른다고 하는군. 만나게 되어서 잘됐어."

"누가 온대요?"

"맙소사! 사람이 하는 말을 전혀 듣지 않는군. 미국에서 편지한 사람 말이야. 렉스라는 친구."

"렉스가 누구예요?" 엘리자베트가 무심하게 물었다.

5

그날 밤 그들의 만남은 폭풍 같았다. 알비누스는 그녀가 다시 전화를 할지도 모른다고 생각하여 공황에 빠져 하루종일 집에 있었다. 그녀가 아르고스에서 나오자 그는 자제하지 못하고 말했다.

"야, 잘 들어, 나한테 전화하지 마. 소용없어. 내가 너한테 이름을 밝히지 않았다면, 거기에는 그럴 만한 이유가 있는 거야."

"아, 그건 괜찮아요. 아저씨하고는 끝났으니까." 마르고트는 덤덤하게 대꾸하고 걸어가버렸다.

그는 그 자리에 우두커니 서서 무력하게 그녀의 뒷모습만 바라보았다.

이런 멍청한 짓이! 입을 다물었어야지. 그러면 결국 이 아이는 자기가 잘못했다고 생각하게 되었을 것이다. 알비누스는 그녀를 따라잡아 옆에서 나란히 걸었다.

"용서해줘." 그가 말했다. "나한테 화내지 마, 마르고트. 너 없이는 살 수 없어. 나 좀 봐, 다 생각을 해봤어. 일을 그만둬. 나는 부자야. 방을 갖게 해줄게. 아파트를. 뭐든 네가 원하는 걸……"

"아저씨는 거짓말쟁이, 겁쟁이, 바보야." 마르고트가 말했다(그를 상당히 명쾌하게 요약하고 있었다). "그리고 아저씨는 결혼했잖아요—그래서 매킨토시 코트 주머니에 반지를 감추고 있는 거잖아. 아, 당연히 결혼했지. 그렇지 않고서야 전화를 걸었을 때 그렇게 무례하지 않았을 테니까."

"결혼했으면?" 그가 물었다. "그럼 나를 더 안 만날 거야?"

"그게 나하고 무슨 상관이에요? 부인을 속여요. 부인이 참 좋아하겠네요."

"마르고트, 그만." 알비누스가 신음을 토했다.

"나 좀 놔줘요."

"마르고트, 내 말 들어. 그건 맞아. 나한테는 가족이 있어. 하지만 제발, 제발, 그걸 가지고 놀리지 마…… 아, 가지 마." 그는 소리치며 그녀를 붙들었다가 놓치자, 그녀의 초라한 작은 핸드백을 움켜쥐었다.

"꺼져!" 그녀는 소리치더니 그의 얼굴에 대고 문을 탕 닫았다.

6

"점을 쳐보고 싶어요." 마르고트가 여주인에게 말했다. 그러자 여주인은 빈 맥주병들 뒤에서 낡아빠진 카드 한 묶음을 꺼냈다. 대부분 귀퉁이가 사라져 거의 원형으로 보였다. 머리가 검은 부자, 괴로움, 잔치, 긴 여행……

'그 사람이 어떻게 사는지 알아내야겠어.' 마르고트는 두 팔꿈치를 탁자에 기대며 생각했다. '어쩌면 실제로는 부자가 아닐지도 모르잖아. 그럼 고민할 가치가 없는 거고. 아니면 모험을 해볼까?'

다음날 아침 정확히 같은 시간에 그녀는 다시 전화를 걸었다. 엘리자베트는 욕실에 있었다. 알비누스는 한쪽 눈으로 문을 보며 거의 소곤거리는 소리로 말했다. 공포 때문에 구역질이 치미는 듯했지만, 용서를 받았다는 것이 미치도록 행복했다.

"내 귀염둥이." 그는 중얼거렸다. "내 귀염둥이."

"그래, 아저씨 마누라는 언제 집에서 나가나요?" 그녀가 웃음을 터뜨리며 물었다.

"잘 모르겠는걸." 그는 오싹해져 몸을 떨며 대답했다. "왜?"

"잠깐 들르고 싶어서요."

그는 입을 다물었다. 어딘가에서 문이 열렸다.

"그만 끊어야 돼." 알비누스가 중얼거렸다.

"내가 가면 아저씨한테 키스할지도 모르는데."

"오늘은, 모르겠어. 안 돼." 그가 더듬거렸다. "가능한 일이 아닌 것 같아. 내가 갑자기 전화를 끊더라도 놀라지 마. 오늘밤에 보러 갈게. 그럼 우리는……" 그는 전화를 끊고 그 자리에 앉은 채 잠시 꼼짝도 하지 않고 가슴이 두근거리는 소리에 귀를 기울였다. '나는 정말 겁쟁이인 것 같아.' 그는 생각했다. '저 사람은 욕실에서 삼십 분은 더 꾸물거릴 게 틀림없는데.'

"작은 부탁이 하나 있어." 그는 마르고트를 만났을 때 말했다. "택시를 타지."

"지붕 없는 걸로요." 마르고트가 말했다.

"아니, 그건 너무 위험해. 내가 점잖게 행동하겠다고 약속할게." 그는 가로등 불빛을 받아 아주 하얘 보이는, 위로 들어올린 그녀의 앳된 얼굴을 사랑스럽게 바라보며 덧붙였다.

"잘 들어." 택시에 자리를 잡자 그가 입을 열었다. "첫째로 물론 네가 전화한 것 때문에 화가 난 건 아니지만, 부탁하는데, 간청하는데,

다시는 전화하지 말아줘, 이 사랑스러운 귀염둥이야." ('좀 낫군.' 마르고트는 생각했다.)

"그리고 둘째로, 내 이름을 어떻게 알아냈는지 말해줘."

그녀는 전혀 필요하지 않은 일이었지만 거짓말을 했다. 아는 여자가 그들이 거리에 함께 있는 모습을 보았는데, 그 여자가 알비누스도 알더라고 말이다.

"그게 누군데?" 알비누스는 공포에 사로잡혀 물었다.

"아, 그냥 일하는 여자예요. 아마 그 여자 여동생인가가 아저씨네 집에서 식모나 가정부로 일을 한 적이 있나봐요."

알비누스는 필사적으로 기억을 뒤졌다.

"어쨌든, 그 여자가 잘못 봤다고 말했어요. 이래 봬도 내가 똑똑하거든요."

택시 안의 어둠은 차가 이 창에서 저 창으로 가로지를 때마다 창백한 빛의 사각형이 때로는 온전하게, 때로는 반이나 사분의 일로 쪼개지면서 미끄러지기도 하고 흔들리기도 했다. 마르고트가 아주 가까이 앉아 있었기 때문에 그는 그녀의 몸에서 기분좋은 동물의 온기를 느꼈다. '이 아이를 갖지 못하면 나는 죽거나 내 머리를 날려버릴 거야.' 알비누스는 생각했다.

"그리고 세번째로." 그가 소리를 내어 말했다. "살 곳을 찾아봐. 그러니까 방 두세 개에 부엌이 딸린 곳으로. 내가 이따금 찾아가게 해주는 조건으로 말이야."

"알베르트, 내가 오늘 아침에 제안한 걸 벌써 잊었어요?"

"하지만 그건 너무 위험해." 알비누스가 신음을 토하듯 말했다. "있잖아…… 내일은, 예를 들어 말인데, 한 네시부터 여섯시까지는 혼자 있겠지만, 그래도 무슨 일이 있을지 모르는 거라고……" 그러면서 그는 아내가 잊고 간 것을 가지러 되돌아올지도 모른다고 상상했다.

"하지만 내가 키스해준다고 했잖아요." 마르고트가 작은 소리로 말했다. "그리고, 있잖아요, 세상에는 어떤 식으로든 이유를 댈 수 없는 일이란 없어요."

그래서 다음날 엘리자베트와 이르마가 차를 마시러 나갔을 때 그는 하녀 프리다(다행히도 식모는 쉬는 날이었다)에게 멀리 떨어진 곳에 책 두 권을 보내는, 시간이 오래 걸리는 심부름을 시켰다.

이제 그는 혼자였다. 손목시계는 몇 분 전에 멈추어 있었지만, 식당의 벽시계는 정확했고, 또 창으로 목을 길게 빼면 교회 시계를 볼 수 있었다. 네시 십오분. 4월 중순의 바람 부는 밝은 날이었다. 맞은편 집의 햇빛을 받는 벽에는 굴뚝 그림자에서 나오는 연기 그림자가 빠르게 옆걸음질치고 있었다. 조금 전 소나기가 내린 뒤 아스팔트는 군데군데 말랐지만, 물기는 여전히 괴상한 검은 해골 형태로 남아 있었다. 도로에 가로로 물감을 칠해놓은 듯했다.

네시 반. 그녀가 당장이라도 올 것 같았다.

마르고트의 늘씬한 소녀 같은 몸매, 비단 같은 살결, 제대로 관리하지 못한 우스꽝스러운 두 손의 촉감을 생각할 때마다 그는 거의 고통스러울 정도로 욕망이 치솟는 것을 느꼈다. 약속된 키스를 그려보자, 이보다 더 강렬해질 수 없다는 느낌이 들 정도의 희열이 그를 사로잡왔다. 그리고 그 너머에, 거울들로 이루어진 길게 뻗은 풍경 먼 곳에, 아직 닿지 못한 그녀의 몸의 침침하고 하얀 형체가 있었다. 미대생들이 아주 꼼꼼하게, 하지만 아주 형편없는 솜씨로 스케치했던 바로 그 형체였다. 물론 화실에서의 그 지루한 시간들을 알베르트는 짐작도 하지 못했다. 사실 묘한 운명의 장난으로 그는 자기도 모르게 이미 그 나신의 형체를 이미 보았지만. 가족 주치의인 늙은 람페르트가 이 년 전 아들이 그린 목탄화 몇 장을 보여준 적이 있는데, 그 가운데 단발머리 소녀의 그림도 있었다. 바닥깔개에 앉아 무릎을 꿇은 듯한 자세로 뻣뻣한 팔에 몸을 기대고 있었다. 뺨이 어깨에 닿은 모습이었다. "아니, 나는 꼽추가 이것보다 나은 것 같은데요." 그는 그렇게 말하며 턱수염이 무성한 장애인을 그린 다른 그림으로 돌아갔다. "그래요, 그 아이가 미술을 포기한 건 정말 안타까운 일이에요." 그는 그렇게 덧붙이며 화첩을 닫았다.

다섯시 십 분 전. 벌써 이십 분이 늦었다. "다섯시까지만 기다려보고 나갈 거야." 그가 중얼거렸다.

갑자기 그녀가 보였다. 그녀는 마치 모퉁이 너머에 사는 것처럼 코트도 안 입고 모자도 안 쓴 채 길을 건너고 있었다.

'층계를 달려내려가 이제 너무 늦었다고 말할 여유가 아직은 있어.' 그러나 알비누스는 그렇게 하는 대신 뒤꿈치를 들고 숨을 헐떡이며 복도로 나갔다. 그리고 아이처럼 콩콩대는 그녀의 발소리가 계단을 올라오자 소리 없이 문을 열었다.

두 팔을 드러낸 짧고 빨간 드레스를 입은 마르고트는 거울을 보고 웃음을 짓더니 뒤꿈치에 중심을 두고 빙글 돌며 자신의 뒤통수를 손으로 쓰다듬었다.

"좋은 데 사시네요." 그녀의 빛나는 눈이 크고 화려한 그림들이 걸리고, 구석에 도자기가 놓이고, 벽지 대신 크림색 크레톤이 덮인 복도를 떠돌았다. "이쪽인가요?" 그녀는 물으며 문을 밀어 열었다. "어머!" 그녀가 내뱉었다.

그는 떨리는 손으로 그녀의 허리를 감고 마치 낯선 집에 온 것처럼 그녀와 함께 수정 샹들리에를 쳐다보았다. 그러나 눈앞에 아지랑이가 물처럼 흐르는 것 같았다. 그녀는 다리를 꼬더니 선 채로 가볍게 몸을 흔들었다. 눈이 여기저기를 떠돌고 있었다.

"아저씨 정말 부자네요." 그녀는 다음 방으로 들어서면서 말했다. "어머, 이 바닥깔개 좀 봐!"

그녀가 식당의 찬장에 완전히 압도당한 사품에 알비누스는 슬쩍 그녀의 갈빗대, 그리고 그 위의 뜨겁고 부드러운 근육을 어루만질 수 있었다.

"계속 가봐요." 그녀가 열띤 목소리로 말했다.

그는 지나는 길에 거울로 창백하고 심각한 표정의 신사가 일요일 드레스를 입은 여학생과 나란히 걷는 모습을 보았다. 그는 조심스럽게 그녀의 매끄러운 팔을 쓰다듬었고, 그 순간 거울은 침침해졌다.

"어서요." 마르고트가 말했다.

그는 그녀를 다시 서재로 데리고 가고 싶었다. 그렇게 하면 아내가 예상보다 일찍 돌아와도 간단하게 처리할 수 있었다. 도움이 필요한 젊은 여성 화가.

"저 안에는 뭐가 있어요?" 그녀가 물었다.

"저기는 육아실이야. 이제 다 본 거야."

"가볼래요." 그녀가 말하며 어깨를 움직였다.

그는 숨을 깊이 들이마셨다.

"귀여운 것, 거기는 육아실이라니까. 그냥 육아실일 뿐이야―아무 것도 볼 게 없어."

하지만 그녀는 안으로 들어갔고, 갑자기 그는 그녀에게 소리를 지르고 싶은 생소한 충동을 느꼈다. "제발, 아무것도 손대지 마." 하지만 그녀는 이미 자주색 플러시 천으로 만든 코끼리를 들고 있었다. 그는 코끼리를 낚아채 구석에 집어던졌다. 마르고트는 웃음을 터뜨렸다.

"아저씨의 귀여운 딸이 여기서 호화롭게 살고 있군요." 그녀는 말하더니 옆방 문을 열었다.

"됐어, 마르고트." 알비누스가 간청했다. "우리는 지금 복도에서 너무 멀리 와 있어. 현관에서 소리가 나도 듣지 못해. 엄청나게 위험하단 말이야."

그러나 그녀는 장난꾸러기처럼 그를 떨쳐버리고 통로를 통해 침실로 들어갔다. 침실에서 그녀는 거울 앞에 앉아(그날 거울은 할 일이 많았다), 은으로 등을 댄 빗을 쥐고 돌려보고, 은 마개로 막은 병에 코를 대고 킁킁거렸다.

"아, 그만!" 알비누스가 소리쳤다.

그녀는 그의 옆을 교묘하게 빠져나가 더블베드로 달려가더니 가장

자리에 앉았다. 아이처럼 스타킹을 끌어올려 밴드를 잡아당겼다 놓더니 혀를 쏙 내밀었다.

'······이러다 자살하고 말 거야.' 알비누스는 생각했다. 갑자기 이성을 잃고 있었다.

그는 두 팔을 벌리고 휘청거리며 다가갔지만, 그녀는 즐겁게 지저귀는 소리를 내며 껑충 내달려 그를 지나 방에서 뛰쳐나갔다. 그는 뒤늦게 그녀를 따라 달려갔다. 마르고트는 문을 쾅 닫더니 숨을 헐떡이며 깔깔대고 나서 밖에서 열쇠를 돌렸다. (아, 예전에 그 가엾은 뚱뚱한 여자는 얼마나 문을 두드리고 발을 구르고 소리를 질러대던지!)

"마르고트, 당장 열어." 알비누스가 작은 소리로 말했다.

그녀의 발이 춤을 추며 멀어지는 소리가 들렸다.

"열어." 그가 조금 커진 목소리로 되풀이했다.

정적.

'조그만 여우 같으니라고.' 그는 생각했다. '이 무슨 말도 안 되는 상황이야!'

그는 겁에 질렸다. 몸이 달아올랐다. 방을 뛰어다니는 데는 익숙지 않았다. 좌절된 욕망 때문에 괴로웠다. 그녀가 정말로 가버린 것일까? 아냐, 누가 아파트를 돌아다니고 있어. 그는 주머니에 있는 열쇠 몇 개를 넣고 돌려보았다. 그러다 성질이 나 문을 세차게 흔들었다.

"당장 열어. 들려?"

발걸음이 가까워졌다. 마르고트가 아니었다.

"어라. 무슨 일이에요?" 예상치 못했던 목소리가 물었다—파울의 목소리였다! "갇힌 건가요? 빼내드릴까요?"

문이 열렸다. 파울은 깜짝 놀란 표정이었다. "무슨 일입니까, 매형?" 그는 그 말을 되풀이한 다음, 바닥에 떨어져 있는 빗을 멍하니 바라보았다.

"아, 이런 어처구니없는 일이…… 곧 이야기하지…… 뭐 한잔 마시자고."

"매형 때문에 깜짝 놀랐잖아요." 파울이 말했다. "도대체 어찌된 일인지 알 수가 없군요. 그래도 내가 와서 다행이네요. 누나는 여섯시쯤 집에 온다고 했어요. 내가 좀 일찍 와서 다행이에요. 누가 가둔 거예요? 설마 하녀가 미친 건 아니죠?"

알비누스는 그에게 등을 돌리고 브랜디를 준비하느라 바빴다.

"층계에서 누구 만나지 않았어?" 그는 또박또박 말하려고 애썼다.

"엘리베이터를 타고 왔는데요."

'살았군.' 알비누스는 생각했다. 그는 그런대로 정신을 차리고 있었다. (하지만 파울도 아파트 열쇠를 갖고 있다는 걸 잊다니 얼마나 위험하고 어리석은가!)

"믿어져?" 그가 브랜디를 마시며 말했다. "도둑이 들어왔다는 게. 물론 엘리자베트한테는 말하지 마. 아마 집에 아무도 없다고 생각했나 봐. 갑자기 현관문이 묘하게 움직이는 소리가 들리더라고. 왜 문이 딸각거리는지 보려고 서재에서 나왔지. 그런데 어떤 남자가 침실로 슬그머니 들어가는 거야. 그래서 뒤쫓아가서 잡으려는데, 도둑은 돌아나가고 내가 안에 갇히게 된 건가봐. 그놈이 도망가다니 정말 분하네. 처남이 만났을지도 모른다고 생각했는데."

"무슨 농담을." 파울은 소스라치게 놀랐다.

"아니, 절대 농담이 아니야. 나는 서재에 있었는데 현관문이 딸깍거리는 소리가 들렸어. 그래서 뭔가 보려고 갔다가……"

"그럼 뭘 훔쳤을지도 모르겠네요. 가서 봐요. 그리고 경찰한테도 알려야죠."

"아, 그놈은 그럴 여유가 없었어." 알비누스가 말했다. "순식간에 일어난 일이니까. 나 때문에 겁을 먹고 달아난 거야."

"어떻게 생겼는데요?"

"아, 그냥 모자를 쓴 남자였어. 몸집은 좀 크고. 아주 힘이 세 보이던데."

"잘못하면 다칠 수도 있었네요! 정말 불쾌한 경험이었겠어요. 가요, 한번 둘러봐야겠어요."

그들은 방들을 살펴보았다. 자물쇠를 확인했다. 모든 게 그대로였다. 그들이 조사를 거의 끝내고 서재를 지날 때 갑자기 알비누스는 공포가 몸을 날카롭게 관통하는 것을 느꼈다. 서재의 책꽂이들 사이 모퉁이, 회전하는 서가 바로 뒤로 선홍색 드레스 끝자락이 보였다. 무슨 기적이 일어났는지, 파울은 꼼꼼히 살피면서도 그것을 보지 못했다. 다음 방에는 세밀화 수집품들이 있었다. 그는 기울인 잔을 들여다보았다.

"그만 됐네, 파울." 알비누스가 쉰 목소리로 말했다. "계속 이러지 않아도 돼. 아무것도 가져가지 않은 게 분명하니까."

"매형은 큰 충격을 받은 얼굴인데요." 파울이 서재로 돌아오며 소리쳤다. "불쌍한 사람! 보세요, 여기 자물쇠를 바꿔야 해요. 아니면 늘 빗장을 걸어놓거나. 경찰은 어떡할까요? 내가 가서—"

"쉿." 알비누스가 작고 날카로운 소리로 말했다.

목소리들이 다가오더니 엘리자베트가 들어왔고, 이르마, 보모, 이르마의 어린 친구가 그 뒤를 따랐다. 이르마의 친구는 뚱뚱한 아이였는데, 수줍고 둔감해 보이는 표정에도 불구하고 금방 떠들썩하게 굴곤했다. 알비누스는 이 모든 것이 악몽 같았다. 마르고트가 집안에 있다는 것은 소름 끼치는 일이었고, 견딜 수 없는 일이었다…… 하녀가 돌아왔다. 책을 그냥 들고 왔다. 그 주소를 찾아내지 못했다는 것이다. 당연한 일이었다! 악몽은 걷잡을 수 없는 상태로 치달았다. 그는 밤에 극장에 가자고 했지만, 엘리자베트는 피곤하다고 했다. 저녁식사 때는 수상쩍은 바스락 소리라도 들릴까봐 귀를 곤두세우고 있느라 뭘 먹는지도 모를 지경이었다(사실 피클과 차가운 쇠고기였다). 파울은 계속 주변을 흘끔거리며 작게 기침 소리를 내거나 콧노래를 불렀다. 이 참견하기 좋아하는 바보가 어슬렁어슬렁 돌아다니지 말고 제발 자기 자리에 좀 있어주면 좋으련만. 알비누스는 생각했다. 하지만 또하나의 무시무시한 가능성이 있었다. 아이들이 방마다 돌아다니며 놀지도 몰랐다. 그렇다고 가서 서재 문을 잠글 수는 없었다. 그렇게 했다가는 상상도 못할 만큼 일이 복잡해질 수 있었다. 다행히도 이르마의 어린 친구는 곧 떠났고, 그는 이르마를 얼른 침대에 집어넣었다. 하지만 긴장은 그대로였다. 알비누스는 그들 모두가, 엘리자베트, 파울,

하녀, 그 자신이 한군데 함께 모여 있지 못하고 온 집안에 제멋대로 퍼져 있는 느낌을 받았다. 마르고트에게 집을 빠져나갈 기회를 주려면 모두 모여 있어야 하는데. 물론 그 아이가 집에서 나갈 생각이 있어야겠지만.

마침내, 열한시쯤 파울이 떠났다. 평소처럼 프리다는 체인과 빗장으로 문을 잠갔다. 이제 마르고트는 나갈 수가 없었다!

"심하게 졸린데." 알비누스가 아내에게 말하고 신경질적으로 하품을 했다. 그뒤로 하품을 멈출 수가 없었다. 그들은 침대로 갔다. 집안은 완전히 적막했다. 엘리자베트가 불을 끄려고 했다.

"당신은 자." 그가 말했다. "나는 가서 책 좀 읽을까 해."

그녀는 그의 태도가 모순된다는 것도 의식하지 못하고 졸린 얼굴로 웃음을 지었다. "들어올 때 나 깨우지 마요." 그녀가 중얼거렸다.

사방이 너무 고요해 오히려 부자연스러웠다. 마치 정적이 위로, 위로 솟아오르는 것 같았다. 갑자기 넘쳐흐르며 와자한 웃음으로 부서질 것 같았다. 그는 침대에서 빠져나가, 잠옷과 펠트 슬리퍼 차림으로 소리 없이 복도를 따라 내려갔다. 이상했다. 모든 두려움이 사라졌다. 악몽은 녹아버리고 절대적 자유의 짜릿하고 달콤한 감각, 죄 많은 꿈에 찾아들곤 하는 그 감각만 남아 있었다.

알비누스는 살금살금 걸어가면서 잠옷의 목을 풀었다. 온몸이 떨리고 있었다. '곧—이제 곧 그애는 내 것이 돼.' 그는 생각했다. 그는 소리 없이 서재 문을 열고 갓을 씌워 은은하게 비추는 등을 켰다.

"마르고트, 이 미친 것, 귀여운 것." 그는 속삭이기 시작했다.

그러나 그것은 그 자신이 며칠 전 노넨마허의 『미술사』—이절판 열 권짜리였다—를 볼 때 쭈그려 앉느라 갖다놓은 주홍색 비단 쿠션일 뿐이었다.

7

마르고트는 집주인 여자에게 곧 나갈 것이라고 알렸다. 모든 일이
멋지게 진행되고 있었다. 그녀는 자신을 사모하는 남자의 집에 가서
그의 부가 탄탄하다는 것을 확인했다. 게다가 침대맡 탁자에 놓인 사
진으로 판단하건대, 그의 부인은 그녀가 상상했던 것과는 완전히 달랐
다. 험상궂은 표정에 쇳덩이 같은 손으로 꽉 쥐고 흔드는 큰 몸집의 당
당한 여자가 아니었다. 반대로 별문제 없이 길을 비켜줄 조용하고 모
호한 종류의 인간으로 보였다.

또 그녀는 알비누스가 무척 마음에 들었다. 그는 탤컴파우더*와 좋
은 담배 냄새가 나는 깔끔한 신사였다. 물론 첫 연애의 황홀경이 반복

---

* 화장품의 한 종류.

되기를 바랄 수는 없었다. 그러나 그녀는 밀러를, 백묵처럼 하얀 움푹 꺼진 뺨을, 헝클어진 검은 머리를, 길고 재주가 좋은 손가락들을 생각하지 않으려 했다.

알비누스는 그녀를 달래주고 그녀의 열을 가라앉힐 수 있었다—염증이 생긴 곳에 바르면 편안해지는 시원한 질경이잎처럼. 그리고 또다른 것이 있었다. 그는 부자일 뿐 아니라, 무대와 영화에 쉽게 다가갈 여유가 있는 세상에 속해 있었다. 그녀는 종종 문을 닫아걸고 화장대 거울을 위해 온갖 멋진 표정을 지어 보이거나 가상의 리볼버 총신 앞에서 몸을 움츠려보곤 했다. 자신이 보기에는 어떤 은막의 여배우 못지않게 억지웃음도 짓고 비웃음도 날릴 줄 아는 것 같았다.

그녀는 공을 들여 철저하게 찾아본 끝에 아주 좋은 동네에서 방이 여럿인 아주 예쁜 아파트를 찾아냈다. 그녀의 방문으로 알비누스가 너무 당황했던 터라 안쓰러운 마음이 들어 더는 까다롭게 굴지 않고 함께 저녁 산책을 할 때 그가 그녀의 가방에 밀어넣어준 두툼한 지폐 뭉치를 받았다. 게다가 현관의 눈에 띄지 않는 곳에서 그에게 키스하게 해주었다. 이 키스의 불은 그가 집으로 돌아온 후에도 마치 화려한 후광처럼 그의 주위에서 여전히 타오르고 있었다. 그는 검은 펠트 모자와는 달리 그것을 현관에 내려놓을 수가 없었다. 그래서 침실에 들어갔을 때 아내 눈에도 틀림없이 그 후광이 보였을 것이라는 생각이 들었다.

그러나 엘리자베트, 서른다섯 살의 평온한 엘리자베트에게는 남편이 자신을 속일지도 모른다는 생각은 떠오르지도 않았다. 그녀는 남편이 결혼 전 작은 일탈을 한 적이 있다는 것을 알고 있었다. 또 그녀 자신도 어린 소녀였을 때 아버지를 찾아와 농장의 소리들을 아름답게 흉내내 저녁식사 자리의 활기를 돋우곤 했던 늙은 배우를 몰래 사랑한 적이 있다는 것도 기억했다. 남편과 아내가 늘 서로 속인다는 이야기도 듣고 글도 읽었다. 사실 간통은 뒷공론, 낭만적인 시, 재미있는 이야기, 유명한 오페라의 핵심이었다. 그러나 그녀는 자신의 결혼은 아주 특별하고 귀중하며, 절대 끊어질 리 없는 순수한 유대라고 아주 단순하게, 또 굳게 믿고 있었다.

자신의 영화 구상에 관심을 보이는 화가들과 만난다는 구실로 이루어지는 남편의 저녁 외출을 그녀는 조금도 의심하지 않았다. 그가 짜증을 내고 쉽게 흥분하는 것은 5월치고는 아주 특이한 날씨 탓이라고 여겼다. 더운가 하면, 곧바로 얼음처럼 차가운 비가 퍼붓곤 했다. 비에 섞인 우박이 아주 작은 테니스공처럼 창턱에서 튀었다.

"어디 여행이나 갈까요?" 그녀가 어느 날 무심코 물었다. "티롤? 로마?"

"가고 싶으면 가." 알비누스가 대답했다. "나는 할 일이 많아, 여보."

"아니에요, 그냥 공상을 해본 거예요." 그녀는 그렇게 말하고 이르마와 함께 새끼 코끼리를 보러 동물원에 갔다. 새끼 코끼리는 아직 코가 거의 나오지 않았고, 등을 따라 술 장식 같은 짧은 털이 바짝 서 있었다.

그러나 파울은 달랐다. 문이 잠긴 사건 때문에 묘하게 마음이 불편했다. 알비누스는 경찰에 신고를 하지 않았을 뿐 아니라, 파울이 그 문제를 다시 이야기하려 들면 진짜로 짜증을 냈다. 그래서 파울은 혼자 끙끙 앓을 수밖에 없었다. 그는 집안으로 들어와 엘리베이터 쪽으로 걸어가다가 혹시 자신이 진짜로 어떤 수상쩍은 인물을 보았던 것은 아닌지 기억을 되살려보려 했다. 그는 관찰력이 아주 좋다고 자부하는 편이었다. 예를 들어 길을 가다 옆에서 튀어올라 정원 울타리의 막대들 사이로 미끄러지는 고양이도, 문이 닫히지 않도록 잡아주며 먼저 가게 했던 빨간 옷을 입은 여학생도, 평소처럼 라디오를 켜놓은 경비실에서 들리는 방송의 웃음소리와 노래도 놓치지 않았다. 그래, 강도는 내가 엘리베이터로 가는 동안 층계로 달려내려간 게 틀림없어. 그런데 왜 이렇게 기분이 찜찜한 걸까?

누나의 행복한 결혼은 그에게 신성한 것이었다. 며칠 뒤 알비누스에게 전화를 했다가 그의 통화가 끝나지 않은 상태에서 연결이 되는 바람에 몇 마디를 듣게 되었을 때(운명이 애용하는 고전적인 방법인 엿듣기), 그는 하마터면 이를 쑤시던 성냥개비를 삼킬 뻔했다.

"나한테 묻지 마. 그냥 마음에 드는 걸 사."

"하지만 내 말이 뭔 말인지 몰라요, 알베르트……?" 천박하고 변덕스러운 여자 목소리가 말했다.

파울은 마치 어쩌다가 뱀이라도 잡은 것처럼 몸을 떨며 수화기를 내려놓았다.

그날 저녁 누나, 매형과 함께 앉았을 때 파울은 할말이 전혀 떠오르지 않았다. 그저 자리에 앉아 눈치를 보며 조바심을 내고, 턱을 문지르고, 통통한 다리를 이쪽으로 꼬았다 저쪽으로 꼬고, 시계를 보았다가 그 바늘도 없는 텅 빈 것을 다시 조끼 주머니에 집어넣었다. 그는 다른 사람이 큰 실수를 하면 자기가 죄를 지은 양 얼굴을 붉히는 그런 예민한 유형이었다.

내가 사랑하고 숭배해온 이 사람이 엘리자베트를 속일 수 있을까? '아냐, 아냐, 착각일 거야. 말도 안 되는 오해일 거야.' 그는 속으로 그렇게 되뇌며 알비누스를 흘끗 보았다. 알비누스는 차분한 얼굴로 책을 읽고, 이따금 헛기침을 하고, 아주 세심하게 상아 종이칼로 페이지를 잘랐다…… '말도 안 돼! 그때 침실 문이 잠기는 바람에 내가 이런 생각을 하게 된 거야. 내가 들은 말로 아무 문제 없이 깨끗하게 설명이 되잖아. 누가 어떻게 엘리자베트를 속일 수 있겠어?'

엘리자베트는 소파 한구석에 웅크린 채, 자신이 본 연극의 줄거리를 천천히, 상세하게 이야기하고 있었다. 밑에 희미한 주근깨를 거느린 옅은 색깔의 눈은 자기 어머니의 눈만큼이나 솔직했다. 분을 바르지 않은 코가 애처롭게 빛을 발했다. 파울은 고개를 끄덕이며 웃음을 지었다. 그녀가 러시아 말을 하고 있다 해도 상관없었다. 그때 갑자기, 아주 짧은 순간이었지만, 손에 쥔 책 너머로 자신을 보는 알비누스와 눈이 마주쳤다.

8

한편 마르고트는 아파트를 빌리고, 냉장고를 필두로 수많은 가정용
품을 사들였다. 알비누스는 많은 돈을 심지어 어느 정도 좋은 기분으
로 주었지만, 어떻게 쓰는지는 확인하지 않았다. 그는 아파트를 보지
도 않았고, 심지어 주소도 몰랐다. 완성될 때까지 기다렸다가 보면 재
미있을 거라고 그녀가 말했기 때문이다.

일주일이 지났다. 그는 그녀가 토요일에는 전화를 할 것이라고 생각
하고 하루종일 전화를 지켰다. 그러나 전화기는 어렴풋하게 빛만 발할
뿐 입을 꾹 다물고 있었다. 월요일이 되자 그는 그녀가 자신을 속이고,
영원히 사라져버린 거라고 결론을 내렸다. 저녁에 파울이 왔다. 이제
이러한 방문은 둘 다에게 지옥이었다. 더 심각한 것은 엘리자베트가
집에 없다는 점이었다. 파울은 서재에서 알비누스 맞은편에 앉아 시가

를 피우다 그 끝을 바라보았다. 그는 최근 들어 심지어 여위기까지 했다. '이 친구는 모든 걸 알고 있어.' 알비누스는 울적한 마음으로 그렇게 생각했다. '그래, 하지만 알면 어쩔 건데? 이 친구는 남자야. 이해를 해줘야 돼.'

이르마가 종종걸음으로 걸어오자 파울의 얼굴이 밝아졌다. 그는 아이를 무릎에 앉히고 아이가 편안하게 자리를 잡으며 작은 주먹으로 그의 배를 찌르자 작고 우스꽝스러운 소리를 냈다.

이윽고 엘리자베트가 차를 마시며 카드놀이를 하는 모임에서 돌아왔다. 알비누스는 저녁을 먹고 나서도 긴 시간을 함께 보낼 생각을 하자 갑자기 도저히 견딜 수 없을 것 같았다. 그는 집에서 저녁을 먹지 않겠다고 말했다. 아내는 온화한 목소리로 진작 이야기해주지 그랬냐고 대꾸했다.

그에게는 한 가지 소망밖에 없었다. 어떤 대가를 치르더라도 즉시 마르고트를 찾아내는 것. 그에게 그렇게 많은 약속을 해놓고 이제 와서 그를 속일 권리가 운명에게는 없었다. 그는 필사적이었기 때문에 과감하게 행동하기로 결심했다. 그는 그녀가 옛날에 살던 곳을 알았고, 그곳에서 숙모와 함께 살았다는 것도 알았다. 그는 그곳으로 갔다. 뒷마당을 가로질러 들어가자 일층의 열린 창문으로 어린 하녀가 침대를 정리하는 모습이 보여 그녀에게 물었다.

"페터스 양이요?" 그녀가 주먹으로 팡팡 치던 베개를 안고 되묻더니 말을 이어갔다. "아, 이사한 것 같은데요. 하지만 직접 확인해보세요. 오층, 왼쪽 문이에요."

눈이 충혈된 단정치 못한 여자가 문의 체인을 풀지 않고 빼꼼히 문을 열더니 무슨 일이냐고 물었다.

"페터스 양의 새 주소를 알고 싶어서요. 여기에서 숙모하고 함께 살았거든요."

"아, 그래요?" 여자가 갑자기 관심을 보이며 말했다. 그녀는 체인을 풀고, 좁디좁은 응접실로 그를 안내했다. 조금만 움직여도 물건들이 온통 흔들리고 덜거덕거렸다. 갈색으로 둥글게 때가 탄 가짜 에나멜을 바른 유포油布 조각 위에 으깬 감자 한 접시, 찢어진 종이봉투에 든 소금, 빈 맥주병 세 개가 놓여 있었다. 그녀는 수수께끼 같은 미소를 지으며 그에게 앉으라고 권했다.

"내가 그 아이 숙모라면," 그녀가 한쪽 눈을 찡긋하며 말했다. "외려 그애 주소를 알기가 힘들겠지요. 하지만, 없어요." 여자는 약간 힘을 주어 덧붙였다. "그애한테 숙모 같은 건 없어요."

'취했군.' 알비누스는 지친 마음으로 생각했다. "보세요." 그가 말했다. "페터스 양이 어디로 갔는지 말해줄 수 없을까요?"

"그애는 나한테서 방을 빌린 거였어요." 여자가 서글픈 표정으로 말했다. 자신에게 부자 친구와 더불어 새 주소를 숨긴 마르고트의 배은망덕을 생각하자 씁쓸했던 것이다. 물론 새 주소를 알아내는 데 별 어려움은 없었지만.

"내가 어쩌면 좋을까요?" 알비누스가 소리쳤다. "말 좀 해보세요."

그래, 몹시 배은망덕한 거지. 내가 그렇게 도와줬는데. 그녀는 주소를 말해주는 것이 마르고트를 돕는 것인지 아니면 그 반대인지 알 수 없었지만(그녀는 반대이기를 바랐다), 이 안달을 하는 크고 눈이 파란 신사가 너무 불행해 보여 한숨을 쉬면서 그가 알고 싶은 것을 이야기해주었다.

"나도 남자들이 쫓아오곤 했는데, 예전에는." 그녀는 중얼거리며 고개를 끄덕였고, 그는 밖으로 나갔다. "그랬다니까."

일곱시 반이었다. 불이 켜지기 시작하여, 그 부드러운 오렌지 빛깔이 옅은 어스름 속에서 아주 예뻐 보였다. 하늘은 여전히 짙푸른 색이었고, 멀리 연어 빛깔의 구름이 하나 걸려 있었다. 이 빛과 어스름 사이의 불안정한 균형 때문에 알비누스는 무척 어지러웠다.

'잠시 후면 나는 낙원에 있을 거야.' 그는 생각했다. 그를 태운 택시는 속삭이는 듯한 소리를 내는 아스팔트 위를 빠르게 달렸다.

지금 그녀가 살고 있는 커다란 벽돌집 앞에는 키 큰 포플러가 자라고 있었다. 문에는 그녀의 이름을 새긴 황동 명패가 새로 박혀 있었다. 팔이 생고기 덩어리 같은 거대한 여자가 그가 왔다고 알리러 갔다. '벌써 식모를 뒀구나.' 그는 애정 어린 마음으로 생각했다. "안으로 들어오세요." 식모가 돌아와 말했다. 그는 성긴 머리카락을 쓰다듬어 가라앉히며 안으로 들어갔다.

기모노를 입은 마르고트는 사라사 무명이 덮인 끔찍한 소파에 두 팔을 베고 누워 있었다. 펼쳐진 책이 배를 덮어 표지가 눈에 보였다.

"빨리 왔네요." 그녀가 말하며 께느른하게 손을 뻗었다.

"어라, 나를 보고도 놀라는 것 같지 않네." 그가 작은 소리로 중얼거렸다. "내가 주소를 어떻게 알아냈는지 맞혀봐."

"내가 주소를 써줬잖아요." 그녀가 한숨을 쉬며 두 팔꿈치를 들어올렸다.

"좀 재미있었지." 알비누스는 그녀의 말에 아랑곳 않고 계속 말을 이어갔다. 그저 그녀의 색을 칠한 입술을 보는 것만으로도 흡족했다. 그 입술이 이제 곧…… "좀 재미있었어―특히 너의 레디메이드 숙모로 나를 놀려서 말이야."

"거기는 왜 갔어요?" 마르고트가 갑자기 뾰로통해지며 물었다. "내가 주소를 적어 줬잖아요. 꼭대기 오른쪽 구석에. 아주 분명하게."

"꼭대기 구석? 분명하게?" 알비누스가 되물으며 어리둥절한 표정으로 얼굴을 찌푸렸다. "도대체 무슨 소리를 하고 있는 거야?"

그녀는 쾅 소리를 내며 책을 덮더니 소파에 일어나 앉았다.

"내 편지는 받은 거죠?"

"무슨 편지?" 알비누스가 물었다. 갑자기 손으로 입을 가리고 눈을 크게 떴다.

"오늘 아침에 편지를 보냈는데." 그녀는 비스듬하게 앉아 호기심 어린 표정으로 그를 물끄러미 바라보았다. "저녁에 편지를 받고 부리나케 온 건 줄 알았는데."

"설마!" 알비누스가 소리쳤다.

"설마는 무슨 설마. 내가 뭐라고 썼는지도 다 기억나는데. '사랑하는 알베르트, 자그마한 보금자리가 마련되어 작은 새가 당신을 기다리고 있어요. 다만 나를 너무 세게 안지만 마세요. 그러면 당신의 귀염둥이가 그 어느 때보다 우쭐할 테니까요.' 대충 그게 다예요."

"마르고트." 그가 쉰 목소리로 소곤거렸다. "마르고트, 무슨 짓을 한 거야? 나는 도저히 그 편지를 받을 수 없는 시간에 집에서 나왔다고. 우편배달부…… 그 사람은 여덟시 십오 분 전에야 온다고. 지금은―"

"뭐, 그게 내 잘못은 아니잖아요." 그녀가 말했다. "정말이지 아저씨는 비위를 맞추기가 너무 어려워. 정말 달콤한 편지였는데."

그녀는 어깨를 으쓱하고 책을 집어들더니, 그에게 등을 돌렸다. 오른쪽 페이지에 그레타 가르보의 사진이 있었다.

알비누스는 자기도 모르게 생각하고 있었다. '얼마나 이상한가. 재앙이 닥치고 있는데 여전히 사진을 알아볼 수 있다니.' 여덟시 이십 분 전이었다. 마르고트는 누워 있었다. 곡선을 그리는 그녀의 몸은 조금도 움직이지 않았다. 도마뱀처럼.

"네가 박살을……" 그는 목청껏 소리치기 시작했다. 그러나 문장을 끝낼 수 없었다. 그는 밖으로 나가 아래층으로 달려 내려갔다. 택시에 올라타자 좌석 끄트머리에 엉덩이를 걸치고 몸을 앞으로 기울인 채(그런 식으로 몇 센티미터 더 앞으로 나아갈 수 있었다) 기사의 뒤통수를 노려보았다. 그 뒤통수는 절망적이었다.

도착하자마자 그는 밖으로 뛰쳐나가 영화에서 그러듯이 돈을 냈다. 보지도 않고 동전 하나를 밀어넣은 것이다. 정원 울타리 사이로 깡마른 안짱다리 우편배달부의 눈에 익은 형체가 키는 작지만 어깨가 떡 벌어진 문지기와 이야기를 나누는 모습이 보였다.

"나한테 온 편지는 없나요?" 알비누스가 숨을 헐떡이며 물었다.

"방금 배달했는데요, 선생님." 우편배달부가 친근하게 싱글거리며 대답했다.

알비누스는 위를 올려다보았다. 그의 아파트 창문들은 환하게 불이 밝혀져 있었다. 모든 창문이—평소 같지 않은 일이었다. 그는 엄청난 노력을 기울여 집으로 들어가 위층으로 올라가기 시작했다. 그는 첫번째 층계참에 이르렀다—이어 두번째 층계참. "내가 설명할게…… 가난한 젊은 화가가 있는데…… 머리가 온전치 않아서, 모르는 사람한테 연애편지를 쓰곤 해." ……말도 안 된다—게임은 끝난 것이다.

그는 문에 도착하기 전에 갑자기 몸을 돌려 다시 아래로 달려내려갔다. 고양이 한 마리가 정원의 좁은 길을 가로질러 민첩하게 철책 사이로 미끄러져 나갔다.

십 분 뒤 그는 조금 전에 아주 명랑하게 들어갔던 방으로 돌아가 있었다. 마르고트는 여전히 같은 자세로 소파에서 곡선을 그리고 있었다—움직이지 않는 도마뱀. 책은 여전히 같은 페이지가 펼쳐져 있었다. 알비누스는 그녀에게서 조금 떨어진 곳에 앉아 손가락 관절을 꺾기 시작했다.

"그러지 마요." 마르고트가 고개를 들지도 않고 말했다.

그는 멈추었다가 곧 다시 시작했다.

"그래, 편지는 갔어요?"

"아, 마르고트." 그가 말하고 나서 몇 번 헛기침을 했다. "너무 늦었어, 너무 늦었다고." 그는 처음 들어보는 날카로운 목소리로 외쳤다.

그는 일어서서 방을 왔다갔다하다가 코를 풀고 다시 의자에 앉았다.

"집사람은 내 편지를 다 읽어." 그는 축축한 아지랑이 너머로 구두

코를 물끄러미 내려다보며, 양탄자의 떨리는 무늬에 구두코를 맞추어 보려 했다.

"뭐, 애초에 그런 걸 금지했어야죠."

"마르고트, 너는 이해 못해…… 우리는 늘 그랬어―습관이지, 즐거운 일이고. 가끔 내가 읽기도 전에 치우기도 해. 온갖 종류의 재미있는 편지들이 있었지. 너는 어떻게 그럴 수가 있어. 지금 집사람이 뭘 하고 있을지 상상이 안 돼. 기적적으로, 이번 한 번만…… 혹시 집사람이 뭔가로 바쁘다면…… 혹시…… 아냐!"

"뭐, 그러니까 여기로 오면 아저씨는 나타나지 마세요. 내가 혼자 만날 테니까. 현관에서."

"누가? 언제?" 그가 물었다. 조금 전에 보았던 술 취한 노파가 희미하게 기억났다―아주 오래전 일 같았다.

"언제요? 당장이라도 올 것 같은데. 이제 내 주소를 갖고 있잖아요, 안 그래요?"

알비누스는 여전히 이해하지 못했다.

"아, 네 말이 그 말이구나." 그가 마침내 중얼거렸다. "너는 참 멍청하구나, 마르고트! 장담하는데, 그건, 어쨌든, 완전히 불가능해. 다른 건 몰라도…… 그건 아니야."

'그럼 더 좋지 뭐.' 마르고트는 생각했다. 갑자기 마음이 몹시 들떴다. 그녀는 편지를 보냈을 때 훨씬 하찮은 결과를 예상했다. 그가 편지를 보여주려 하지 않고, 부인은 난폭해지고, 발을 구르고, 발작을 일으키고. 그렇게 처음으로 의심이 생겨나고, 그것으로 앞길이 편해진다.

그러나 이제 우연이 그녀를 도와 길이 한 방에 뻥 뚫려버렸다. 그녀는 책이 바닥으로 미끄러지도록 놓아두고 웃음을 지으며, 풀이 죽어 씰룩거리는 얼굴을 보았다. 행동할 때가 왔구나, 그녀는 생각했다.

마르고트는 기지개를 켜며, 늘씬한 몸 안이 기분좋게 근질거리는 것을 느꼈다. 그녀는 천장을 보며 말했다. "이리 와요."

그는 다가와 소파 가장자리에 앉아 낙담한 표정으로 고개를 저었다.

"키스해줘요." 그녀는 눈을 감았다. "내가 위로해줄게요."

9

5월의 어느 아침, 서베를린. 하얀 모자를 쓰고 거리를 청소하는 남자들. 낡은 에나멜 구두를 배수로에 버린 사람들은 누구일까? 담쟁이덩굴에서 부산스럽게 바스락거리는 참새들. 빵빵한 타이어를 달고 우유를 배달하러 크림처럼 굴러가는 전기 밴. 녹색 기와가 덮인 경사진 지붕의 다락방 창문에서 눈부시게 빛나는 태양. 아직 어리고 신선한 공기는 먼 차량들의 경적에 익숙하지 않았다. 공기는 부드럽게 그 소리를 받아들여 쉽게 깨지는 귀중품처럼 실어날랐다. 앞쪽 정원에는 페르시아 라일락이 꽃을 피웠다. 하얀 나비들이 서늘한 아침 공기에도 시골의 과수원 속인 양 벌써 날개를 나풀대며 돌아다니고 있었다. 이것이 밤을 보낸 집에서 걸어나오는 알비누스를 둘러싼 풍경이었다.

그는 묵지근한 불편을 의식하고 있었다. 배가 고팠다. 면도도 목욕도 하지 않았다. 어제 입은 셔츠가 피부에 닿는 느낌 때문에 몹시 짜증이 났다. 완전히 소진된 느낌이었다—사실 당연한 일이었다. 오랫동안 꿈꿔온 밤이었으니까. 그가 그녀의 솜털이 덮인 등에 처음 키스했을 때 그녀는 어깨뼈를 한껏 오므리며 가르랑거리는 소리를 냈다. 그 순간 그는 자신이 얻고자 하는 것을 얻게 될 것임을 알았다. 그가 얻고 싶은 것은 순결의 냉기가 아니었다. 실제로 그의 가장 무모한 환상에서와 다름없이 모든 것이 허용되었다. 이 새롭고 자유로운 세계는 호놀룰루가 흰곰을 알지 못하듯이 깐깐하고 제약이 많은 청교도의 사랑을 알지 못했다.

그녀의 벗은 몸은 마치 오래전부터 그가 꿈꿔온 해변을 달려온 듯 자연스러웠다. 침대에서 그녀의 행동은 어딘가 유쾌한 곡예 같은 데가 있었다. 나중에 그녀는 침대에서 나가 저녁에 먹다 남은 마른 롤빵을 뜯어먹고 소녀 같은 엉덩이를 흔들면서 방안을 깡충깡충 뛰어다녔다.

전깃불이 사형수 독방처럼 노란색으로 변하고 창문이 유령처럼 푸르스름해질 때, 그녀는 문장 한가운데서 말을 끊는 것처럼 갑자기 잠이 들어버렸다. 그는 욕실로 들어갔지만, 수도꼭지는 아무리 구슬려도 녹빛의 물 몇 방울만 떨어뜨릴 뿐이었다. 그는 한숨을 쉰 뒤, 늘어진 목욕용 수세미를 욕조에서 두 손가락으로 집어들었다가 조심스럽게 내려놓고, 미끈거리는 분홍색 비누를 살핀 다음, 마르고트에게 청결의 규칙을 가르쳐줘야겠다고 생각했다. 그는 이를 덜거덕거리며 옷을 입은 뒤, 달콤한 잠에 빠진 마르고트의 몸 위에 오리털 이불을 덮어주고, 헝클어진 따뜻한 검은 머리카락에 입을 맞추고, 탁자에 연필로 메모를 남겨놓고 조용히 나왔다.

　그는 온화한 햇빛 속을 천천히 걷다가 곧 응보應報가 찾아올 것임을 깨달았다. 엘리자베트와 그렇게 오랫동안 살아온 집을 다시 보았을 때, 팔 년 전 창백하고 행복해 보이는 아내가 아기를 품에 안은 보모와 함께 탔던 그 승강기를 타고 올라갔을 때, 자신의 학자풍 이름이 은은하게 빛을 발하는 문 앞에 섰을 때, 알비누스는 기적이 일어나주기만 한다면 전날 밤 일을 다시는 되풀이하지 않겠다는 각오라도 할 마음이었다. 엘리자베트가 그 편지를 읽지만 않았다면 어떤 식으로든 외박을 설명할 자신이 있었다. 전에 저녁을 먹으러 왔던 일본인 화가의 방에서 장난삼아 아편을 피워보았다고 말할 수도 있었다. 그 정도면 아주 그럴듯할 터였다.

　하지만 이제 문을 열고, 걸어들어가, 눈으로 봐야 했다…… 무엇을 보게 될까?…… 어쩌면 아예 들어가지 않는 게 최선이 아닐까—그냥 모든 것을 있는 그대로 놓아두고 달아나는 게, 사라지는 게?

　갑자기 전쟁에 나가 엄폐물을 떠날 때 너무 심하게 허리를 굽히지 않으려고 애를 쓰던 기억이 났다.

　그는 현관에 꼼짝도 않고 서서 귀를 기울였다. 아무런 소리도 들리지 않았다. 보통 아침 이 시간이면 아파트는 온갖 소음으로 시끄러웠다. 어딘가에서 물이 나오고, 보모는 이르마에게 큰 소리로 이야기를 하고, 하녀는 식당에서 그릇을 달그락거리고…… 그러나 아무 소리도 없었다! 구석에 엘리자베트의 우산이 세워져 있었다. 그는 거기에서 어떤 위안을 찾으려 했다. 그렇게 서 있는데, 갑자기 프리다가 앞치마도 두르지 않고 통로에서 나타나 그를 물끄러미 보더니 이윽고 비참한 표정으로 말했다.

"아, 선생님, 어젯밤에 다 떠났는데요."

"어디로?" 알비누스가 그녀를 보지 않고 물었다.

그녀는 모든 이야기를 해주었다. 빠르게, 평소답지 않게 큰 목소리로 말했다. 그러더니 울음을 터뜨리며 그의 모자와 지팡이를 받아들었다.

"커피 좀 드시겠어요?" 그녀가 흐느꼈다.

침실의 무질서가 모든 것을 이야기해주고 있었다. 아내의 이브닝가운은 침대에 늘어져 있었다. 서랍 하나가 서랍장에서 빠져나와 있었다. 세상을 뜬 장인의 작은 초상화는 탁자에서 사라졌다. 바닥깔개의 모서리가 말려올라가 있었다.

알비누스는 침실에 등을 돌리고 조용히 서재로 걸어갔다. 책상에 열어본 편지가 몇 통 있었다. 아, 거기에 있었다—얼마나 유치한 필체인지! 엉터리 철자, 엉터리 철자. 드라이어 부부가 보낸 점심 초대장. 얼마나 멋진가. 렉스가 보낸 짧은 편지. 치과 청구서. 훌륭해.

두 시간 뒤 파울이 나타났다. 저 친구가 엉성하게 면도를 한 게 보이는군. 통통한 뺨에 검은 반창고가 열십자로 붙어 있었다.

"물건을 가지러 왔습니다." 파울이 지나가면서 말했다.

알비누스는 그를 뒤따라가 바지 주머니의 동전을 짤랑거리며, 파울과 프리다가 기차를 놓치지 않으려는 듯이 서둘러 트렁크를 싸는 모습을 말없이 지켜보았다.

"우산 잊지 마." 알비누스가 멍한 표정으로 말했다.

이윽고 그는 다시 그들을 따라갔다. 육아실에서도 짐 싸기가 되풀이 되었다. 보모 방에는 대형 여행가방이 준비되어 있었다. 그들은 그것도 가져갔다.

"파울, 한마디만." 알비누스가 중얼거리며 헛기침을 하고 서재로 들어갔다. 파울이 들어와 창가에 섰다.

"이건 비극이야." 알비누스가 말했다.

"한 가지만 말하죠." 파울이 마침내 소리치더니 창밖을 내다보았다. "엘리자베트가 이 충격을 견디고 살아남으면 엄청나게 운이 좋은 거예요. 누나는―"

그는 말을 끊었다. 뺨의 검은 십자가가 올라갔다 내려왔다.

"지금도 이미 죽은 여자 같아요. 매형은…… 매형은…… 정말이지 매형은 악당이에요, 비할 데 없는 악당입니다."

"자네 좀 무례한 것 아닌가?" 알비누스가 말하며 웃음을 지으려 했다.

"이건 극악무도한 짓입니다!" 파울이 소리치며 처음으로 매형을 보았다. "그 여자는 어디서 주운 겁니까? 그 매춘부가 어떻게 매형한테 감히 편지를 쓴 겁니까?"

"살살, 살살." 알비누스가 말하며 입술을 핥았다.

"당신을 패버리겠어. 못 패면 내가 인간도 아니야!" 파울이 더 큰 소리로 외쳤다.

"프리다를 잊지 마." 알비누스가 말했다. "뭐든지 다 들을 수 있단 말이야."

"대답해봐!" 파울이 멱살을 잡으려 했지만, 알비누스는 병적인 웃음을 지으며 그의 손을 찰싹 때렸다.

"나는 이런 식으로 반대신문을 받을 생각이 없어." 그가 작은 소리로 말했다. "이 모든 일이 지극히 고통스러워. 이게 끔찍한 오해라는 생각은 할 수 없나? 만일—"

"거짓말!" 파울이 고함을 지르며 의자로 바닥을 내리쳤다. "이 상스러운 놈! 내가 방금 그 여자를 보러 갔다 왔어. 소년원에 가 있어야 마땅한 작은 매춘부를 말이야. 네가 거짓말을 할 줄 알았어, 이 상스러운 놈. 네가 어떻게 그럴 수 있어? 이건 단순한 악덕이 아니야, 이건……"

"그만, 됐어." 알비누스가 거의 들리지 않는 소리로 말을 끊었다.

화물차가 달려 지나갔다. 유리창이 약간 흔들렸다.

"오, 알베르트." 파울이 예기치 않게 차분하고 우울한 목소리로 말했다. "누가 이런 일을 상상이나 했겠어요……?"

파울은 밖으로 나갔다. 프리다는 울며 기다리고 있었다. 누군가 짐을 밖으로 내갔다. 이윽고 정적이 깔렸다.

10

그날 오후 알비누스는 옷가방을 싸서 마르고트의 아파트로 갔다. 빈 아파트에 남아달라고 프리다를 설득하기가 쉽지 않았다. 프리다는 그녀가 사귀는 청년인 훌륭한 경사警査를 보모의 침실로 쓰던 방에 와 있게 하자고 제안했을 때에야 마침내 동의했다. 전화가 오면 알비누스는 가족과 함께 갑자기 이탈리아에 갔다고 이야기하기로 했다.

마르고트는 그를 냉랭하게 맞아들였다. 그날 아침 그녀는 매형을 찾아온 성난 뚱뚱한 남자 때문에 잠을 깼다. 그는 그녀에게 욕을 했다. 결국 아주 힘이 좋은 식모가 그를 밖으로 밀어내주었다. 고맙게도!

"이 아파트는 사실 딱 일인용이에요." 그녀가 말하며 알비누스의 옷가방을 흘끗 보았다.

"오, 제발." 그가 애처롭게 중얼거렸다.

"어차피 우리가 해야 할 얘기가 많으니까. 나는 아저씨네 멍청한 친척한테 모욕을 당하고 있을 생각이 없다고요." 그녀는 빨간 비단 목욕 가운을 입고 방안을 걸어다녔다. 오른손을 왼쪽 겨드랑이에 집어넣고 담배를 뻑뻑 뿜어댔다. 거무스름한 머리가 이마를 덮어 집시처럼 보였다.

차를 마신 뒤 그녀는 축음기를 사러 차를 타고 나갔다. 웬 축음기? 하필이면 오늘…… 머리가 깨질 듯한 두통으로 완전히 진이 빠진 알비누스는 끔찍한 응접실 소파에 누워 생각했다. '말도 못할 만큼 끔찍한 일이 벌어졌는데, 나는 정말이지 너무 차분하네. 엘리자베트는 이십 분 넘게 기절해 있었고, 그뒤에는 비명을 질렀다지. 아마 그 소리는 무시무시했을 거야. 그런데도 나는 아주 차분해. 엘리자베트는 여전히 내 아내이고, 나는 그 사람을 사랑해. 물론 내 잘못으로 엘리자베트가 죽으면 나는 총으로 자살할 거야. 파울의 아파트로 이사를 가고 그렇게 허둥지둥 엉망진창이 된 걸 이르마한테는 어떻게 설명했는지 모르겠네. 프리다가 해주는 말만 들어도 역겹던데. "그리고 마님은 비명을 질렀어요, 그리고 마님은 비명을 질렀다고요"……이상해, 엘리자베트는 전에는 평생 목소리를 높인 적이 없는데.'

다음날, 마르고트가 레코드를 사러 나간 동안 그는 긴 편지를 썼다. 편지에서 그는 '그림을 찢는 광인의 칼처럼 우리 가족의 행복을 망친' 자신의 작은 장난에도 불구하고 전과 다름없이 그녀를 소중하게 여긴다고, 비록 지나치게 현란한 문체인지는 모르겠으나, 어쨌든 아주 진실하게 아내를 도닥였다. 그는 울었고, 마르고트가 오지 않는지 귀를 기울여 확인하고, 흐느끼고, 혼잣말을 중얼거리면서 계속 편지를 써나갔다. 그는 아내의 용서를 간절히 구했으나, 편지에는 그가 정부를 버릴 각오가 되었는지에 관해서는 아무런 언급이 없었다.

그는 답장을 받지 못했다.

그러다가 그는 자신을 계속 괴롭힐 게 아니라면, 기억에서 가족의 이미지를 지워버리고, 마르고트의 쾌활하고 사랑스러운 면이 불러일으키는 격렬하고 거의 병적인 정열에 완전히 몰입해야만 한다는 것을 깨달았다. 마르고트는 그가 사랑을 나누려 할 때면 늘 반응할 준비가 되어 있었다. 그럴 때마다 그녀는 기운이 솟았다. 그녀는 장난스럽고 아무런 근심이 없었다. 의사는 이 년 전에 그녀에게 아이를 가질 수 없을 것이라고 말했는데, 그녀는 이것을 은혜이자 축복으로 여겼다.

알비누스는 지금까지와는 달리 손과 목만 씻을 것이 아니라 매일 목욕을 해야 한다고 가르쳤다. 이제 그녀의 손톱과 발톱은 늘 깨끗했고, 빨갛게 반짝거렸다.

그는 그녀에게서 새로운 매력을 계속 찾아냈다. 다른 소녀라면 상스럽고 천박해 보였을 작은 것들이 감동적으로 다가왔다. 그녀의 아이 같은 몸매 선線, 부끄러움을 모르는 태도와 점차 흐려지는 눈(마치 극장의 빛처럼 천천히 꺼져갔다)은 그를 미치도록 흥분시켜, 새침하고 까다로운 아내가 포옹할 때 그에게 요구하던 조심성은 마지막 흔적마저 사라져버렸다.

그는 아는 사람을 만날까 두려워 집을 거의 나가지 않았다. 오직 오전에만, 내키지 않는 마음으로, 마르고트가 나가는 것을 허락했다—

그녀는 모험을 하듯이 스타킹과 실크 속옷을 사냥하러 다녔다. 그는 그녀에게 호기심이 없다는 점에 놀랐다. 그녀는 그에게 이전 삶에 관해 한 번도 묻지 않았다. 가끔 그는 자신의 과거에 관심을 갖게 하려고, 어린 시절, 희미하게 기억나는 어머니, 그리고 아버지 이야기를 했다. 그의 아버지는 원기 왕성한 시골 지주로, 개와 말, 귀리와 옥수수를 무척 사랑했으며, 갑작스럽게 세상을 떴다. 당구실에서 어떤 손님이 들려준 추잡한 이야기에 사내답게 발작을 일으키듯 웃음을 터뜨리다가 죽었다.

"그 이야기가 어떤 거였는데요? 말해줘봐요." 마르고트가 말했다. 그러나 그는 잊어버렸다.

그는 그녀에게 젊은 시절의 그림에 대한 열정, 그가 한 일, 그가 발견한 것을 이야기했다. 그는 그녀에게 마늘과 으깬 송진의 도움을 받아 그림을 복원할 수 있다고 말해주었다. 그것들이 낡은 광택제를 먼지로 바꾸고, 테레빈유를 적신 플란넬 걸레로 그 먼지를 닦아내면 뿌연 것이 사라지고 덧그린 조잡한 그림이 사라지고, 원래의 아름다움이 꽃처럼 피어난다고.

마르고트는 주로 그런 그림의 가격에 관심을 가졌다.

그는 전쟁, 그리고 참호의 차가운 진흙 이야기를 해주었다. 그러자 그녀는 왜 돈도 많으면서 수를 써서 후방으로 가지 않았느냐고 물었다.

"너는 정말 재미있고 귀여운 아이야!" 그는 그녀를 만지작거리며 소리치곤 했다.

마르고트는 저녁이면 지루해하기 시작했다. 그녀는 극장, 멋진 레스

토랑, 니그로 음악을 갈망했다.

"모든 걸 갖게 해줄게, 모든 걸." 그가 말했다. "다만 내가 먼저 회복 좀 하고. 나한테 온갖 계획이 다 있어…… 우리는 곧 바닷가에 갈 거야."

그는 그녀의 응접실을 둘러보다가 자신이, 천박한 것은 그 어떤 것도 견디지 못한다고 자부하던 자신이 어떻게 이런 혐오스러운 방을 참아낼 수 있는지 놀랐다. 내 정열이 모든 것을 미화하고 있군, 그는 생각했다.

"우리가 정말이지 아주 잘 꾸며놓았어—안 그래, 귀염둥이?"

그녀는 생색을 내듯이 동의해주었다. 그녀는 이 모든 것이 일시적임을 알고 있었다. 그의 호사스러운 아파트의 기억이 좀처럼 사라지지 않았다. 하지만 물론 서둘 필요는 없었다.

7월의 어느 날, 마르고트가 양장점에 갔다가 걸어 돌아오다 집에 거의 이르렀을 때, 누가 뒤에서 팔꿈치 위쪽을 움켜쥐었다. 그녀는 몸을 빙글 돌렸다. 오빠 오토였다. 그는 싱긋, 불쾌한 웃음을 지었다. 약간 떨어진 곳에 오토의 친구 둘이 서서 똑같이 싱글거리고 있었다.

"만나서 반갑네, 내 동생." 오토가 말했다. "하지만 네 가족을 잊고 사는 건 잘하는 짓 같지 않아."

"놔줘." 마르고트가 조용히 말하며 눈썹을 내리깔았다.

오토는 두 팔을 허리에 얹었다. "정말 멋있어 보이는데." 그가 말하며 그녀를 머리에서 발끝까지 살폈다. "정말이지, 젊은 숙녀가 다 됐어!"

마르고트는 몸을 돌려 걸어갔다. 그러나 오토가 다시 그녀의 팔을 잡왔다. 아팠다. 그녀는 어릴 때처럼 작게 "아야야!" 하고 소리를 질렀다.

"야." 오토가 말했다. "오늘이 너를 지켜본 지 사흘째야. 네가 어디 사는지도 알아. 하지만 집을 지나서 조금 더 가는 게 좋겠어."

"놔줘." 마르고트가 작은 소리로 말하며 그의 손가락을 풀어내려 했다. 지나가던 사람이 소동이 한바탕 벌어질 것을 예상하고 발을 멈추었다. 이제 집은 코앞이었다. 알비누스가 창밖으로 내다볼지도 몰랐다. 그러면 일이 귀찮아진다.

그녀는 그의 압력에 굴복했다. 그는 그녀를 모퉁이 너머로 데려갔다. 나머지 둘, 카스파르와 쿠르트도 곁눈질을 하고 두 팔을 크게 흔들며 쫓아왔다.

"원하는 게 대체 뭐야?" 그녀가 혐오감 섞인 얼굴로 오빠의 기름 낀 모자와 귓등의 담배를 보며 물었다.

그는 고갯짓으로 한쪽 옆을 가리켰다. "저 술집으로 들어가자."

"싫어." 그녀가 소리쳤지만 다른 둘이 바싹 다가와 그녀를 문 쪽으로 밀면서 으르렁거렸다. 그녀는 두려워지기 시작했다.

술집에서는 남자 몇 명이 짖어대는 듯한 큰 목소리로 다가올 선거 이야기를 하고 있었다.

"여기 앉자, 여기 구석에." 오토가 말했다.

그들은 자리에 앉았다. 마르고트는 모두 함께, 그러니까 자신과 오토와 이 볕에 그을린 두 청년이 교외로 즐겁게 놀러가곤 하던 일을 생생하게 떠올리며 일종의 경이감을 느꼈다. 그들은 그녀에게 수영하는 법을 가르치며 물 밑에서 그녀의 벌거벗은 허벅지를 움켜잡았다. 쿠르트는 팔뚝에는 닻, 가슴에는 용 문신이 있었다. 그들은 둑에 사지를 뻗고 누워 끈끈하고 보드라운 모래를 서로에게 던졌다. 그녀가 눕기만 하면 그녀의 젖은 수영복 바지를 찰싹 때렸다. 얼마나 즐거웠던지. 명랑한 무리였다. 어디를 가나 종잇조각이 어지럽게 널려 있었다. 근육질에 금발인 카스파르는 전율하듯 두 팔을 흔들며 호수 가장자리에 서서 고함을 질렀다. "물은 축축해, 축축해!" 수영을 할 때면 그는 입을 물 밑에 집어넣고 물개처럼 나팔을 불었다. 그가 물 밖으로 나와 제일 먼저 하는 일은 머리를 뒤로 빗어 넘기고 조심스럽게 모자를 쓰는 것이었다. 함께 공놀이를 하던 기억도 났다. 그런 뒤에 그녀가 누우면 그들이 얼굴만 남기고 모래로 그녀의 몸을 덮은 다음 그 위에 자갈로 십자가를 그렸다.

"야." 금테를 두른 라이트 비어 네 잔이 탁자에 놓이자 오토가 말했다. "부자 친구가 생겼다고 해서 네가 알던 사람들을 부끄러워할 필요는 없어. 오히려 우리 생각을 해야 하지." 그는 한 모금 마셨고, 친구들도 따라 마셨다. 두 친구 모두 경멸적으로 적대감을 드러내며 마르고트를 보고 있었다.

"오빠는 지금 자기가 무슨 소리를 하는지도 몰라." 그녀가 멸시하는 표정으로 말했다. "오빠가 생각하는 거하고는 완전히 달라. 사실 우린 약혼했어."

세 명 모두 웃음을 터뜨렸다. 마르고트는 혐오감이 부글거려 눈길을 돌리고 핸드백 고리를 만지작거렸다. 오토가 그녀의 손에서 핸드백을 빼앗아 열어보았다. 분 상자, 열쇠, 아주 작은 손수건, 삼 마르크 반이 있었다. 그가 돈을 챙겼다.

"이거면 맥주 값으로는 충분하겠군." 그가 말하더니, 고개를 약간 숙이며 핸드백을 그녀 앞에 놓았다.

그들은 맥주를 더 시켰다. 마르고트도 억지로 조금 삼켰다. 그녀는 맥주를 싫어했지만, 자기 것을 이들이 마시게 하고 싶지는 않았다.

"이제 가도 돼?" 그녀가 물으며 양 관자놀이의 머리채 한 쌍을 토닥였다.

"왜? 오빠하고 친구들하고 같이 앉아 있는 게 싫어?" 오토가 짐짓 놀란 목소리로 물었다. "맙소사, 너 많이 변했구나. 하지만─우린 아직 일 얘기는 꺼내지도 않았는데⋯⋯"

"내 돈을 훔쳤잖아. 그러니 이제 나는 갈 거야."

다시 그들 모두가 으르렁거렸고, 다시 그녀는 두려워졌다.

"훔쳤다니 말도 안 돼." 오토가 심술궂게 말했다. "이건 네 돈이 아니야. 노동계급을 혹사해서 이 돈을 짜낸 사람한테서 네가 손에 넣은 돈이지. 따라서 훔쳤니 뭐니 하는 얘기는 안 했으면 좋겠어. 너는─"

그는 스스로 말을 끊고 차분한 목소리로 다시 말을 꺼냈다.

"얘기 좀 들어봐, 너. 우리를 위해, 가족을 위해 네 친구한테서 돈을 좀 챙겨. 오십이면 돼. 알았어?"

"내가 안 한다면?"

"그럼 우리의 달콤한 응징이 기다리고 있겠지." 오토가 차분한 목소리로 대답했다. "아, 우리는 너에 관해 모든 걸 알고 있어. 약혼! 그거 좋지."

마르고트가 갑자기 활짝 웃으며 속눈썹을 내리깔고 소곤거렸다.

"좋아, 구할게. 그게 다야? 이제 가도 돼?"

"착해라. 하지만 왜 이렇게 서둘러? 사실 우리는 이제 서로 좀더 보고 살아야 되는데 말이야. 언제 호수로 놀러가는 건 어떨까, 응?" 그는 친구들을 돌아보았다. "전에는 아주 신났잖아! 이애도 그런 바람을 좀 쐬어야 하는 거 아냐, 안 그래?"

그러나 마르고트는 이미 일어나 선 채로 잔을 비우고 있었다.

"내일 정오, 같은 모퉁이에서." 오토가 말했다. "그리고 차를 타고 하루종일 나가 노는 거야. 찬성?"

"찬성." 마르고트는 밝게 대꾸했다. 그녀는 모두와 악수를 나누고 밖으로 나갔다.

마르고트는 집으로 돌아왔다. 알비누스가 신문을 내려놓고 그녀를 맞으러 일어서자 그녀는 비틀거리다 기절하는 척했다. 시원찮은 연기였으나 효과가 있었다. 그는 완전히 겁을 먹고 그녀를 소파에 편하게 눕히고 물을 가져다주었다.

"무슨 일이야? 어서 말해봐." 그는 그녀의 머리를 쓰다듬으며 같은 말을 되풀이했다.

"이제 아저씨는 나를 떠날 거예요." 마르고트는 신음을 토했다.

그는 침을 꿀꺽 삼키고 곧바로 최악의 결론으로 비약했다. 이 아이가 부정한 짓을 했구나.

'좋아. 그럼 이애를 죽여버리겠어.' 즉시 그런 생각이 떠올랐다. 하지만 입으로는 아주 차분하게 다시 물었다. "무슨 일인데 그래, 마르고트?"

"아저씨를 속였어요." 그녀가 훌쩍였다.

'이애는 죽어야 돼.' 알비누스는 생각했다.

"말도 못하게 속였어요, 알베르트. 우선 우리 아버지는 화가가 아니에요. 전에는 열쇠공이었지만 지금은 수위예요. 어머니는 난간을 닦아요. 오빠는 그저 그런 노동자예요. 나는 힘든, 아주 힘든 어린 시절을 보냈어요. 매를 맞고, 괴롭힘을 당했어요."

알비누스는 짜릿한 안도감을 느꼈고, 이어 동정심이 물밀듯이 밀려들었다.

"아니, 키스하지 마세요. 다 아셔야 해요. 나는 집에서 탈출했어요. 모델로 돈을 벌었어요. 무시무시한 노파가 나를 착취했어요. 그러다 연애를 했어요. 아저씨처럼 유부남이었죠. 그런데 부인이 이혼해주려 하지 않았어요. 그래서 그냥 애인으로만 있는 건 견딜 수 없어서 그 사람을 떠났어요─미친듯이 사랑했는데도. 그러다 늙은 은행가한테 괴롭힘을 당했어요. 자기 재산을 다 주겠다고 했지만, 물론 나는 거절했어요. 그 노인은 상심해서 죽었어요. 그뒤에 아르고스에서 그 일을 얻은 거예요."

"오, 내 가엾은, 가엾은, 쫓기는 작은 토끼." 알비누스가 중얼거렸다 (말이 나온 김에 이야기하자면, 그는 이미 오래전에 자신이 그녀의 첫 연인이라는 믿음을 버렸다).

"그런데도 정말 나를 경멸하지 않는 거예요?" 그녀가 물으며 눈물 사이로 미소를 지었다. 이것은 어려웠다. 웃음을 가려줄 눈물이 없었기 때문이다. "나를 경멸하지 않는다니 정말 기뻐요. 하지만 이제 가장 끔찍한 부분을 이야기할게요. 내가 사는 곳을 오빠가 알아냈어요. 오늘 만났는데 돈을 요구해요. 나를 협박하려고 해요. 아저씨가 아무것도 모른다고 생각해서요. 그러니까 내 과거에 관해서 말이에요. 있잖아요. 오빠를 만나 그런 오빠를 둔 것이 얼마나 수치스러운 일인지 모르겠다고 생각했을 때, 그러다가 사람 잘 믿는 나의 착한 강아지는 내 가족이 어떤 사람들인지 전혀 모른다는 생각이 들었을 때—있잖아요, 우리 가족이 정말 부끄러웠어요. 그리고 또 아저씨한테는 사실을 말하지 않았기 때문에……"

그는 그녀를 품에 안고 앞뒤로 흔들었다. 자장가를 알았다면 한 곡조 뽑아주었을 것이다. 그녀는 작은 소리로 웃음을 터뜨리기 시작했다.

"어떻게 하면 좋을까?" 그가 물었다. "이제 너를 혼자 내보내는 게 걱정되는걸. 경찰한테 알릴까?"

"아뇨, 그건 안 돼요." 마르고트가 힘주어 소리쳤다.

11

다음날 그녀가 나갈 때 처음으로 알비누스가 동행했다. 그녀는 가벼운 드레스 여러 벌, 수영용품, 해가 피부를 갈색으로 태우는 데 도움을 줄 크림 몇 파운드가 필요했다. 그들이 함께 갈 첫번째 여행지로 알비누스가 선택한 아드리아 해의 휴양지 솔피는 덥고 눈부신 곳이었다. 택시를 타다가 그녀는 오빠가 거리 건너편에 서 있는 것을 보았지만, 알비누스에게 말하지 않았다.

알비누스는 마르고트와 함께 사람들 앞에 모습을 드러내는 것이 몹시 불편했다. 자신의 새로운 지위에 익숙해질 수가 없었다. 돌아오니 오토는 사라지고 없었다. 마르고트는 이제 그가 큰 상처를 받아 분별없이 행동할 것이라고 정확하게 추측하고 있었다.

여행을 떠나기 이틀 전 알비누스는 묘하게 불편한 책상에 앉아 사업

건으로 편지를 쓰고 있었고, 그녀는 옆방에서 새로 산 반짝이는 검은 트렁크에 짐을 싸고 있었다. 박엽지가 바스락거리는 소리와 그녀가 입을 다물고 혼자 작게 흥얼거리는 콧노래가 들렸다.

'이 모든 게 얼마나 이상한지.' 그는 생각했다. '새해 전날에 몇 달 후면 내 인생이 완전히 바뀔 거라는 얘기를 들었다면……'

옆방에서 마르고트가 뭔가 떨어뜨렸다. 잠시 콧노래가 멈추었다가 곧 다시 작게 이어졌다.

'여섯 달 전에 나는 마르고트 없는 세계에서 살아가는 모범적인 남편이었어. 운명은 그걸로 재빨리 작품을 만들어놓았어! 다른 남자들 같으면 행복한 가족생활과 작은 간통을 결합했겠지만, 내 경우에는 모든 게 즉시 박살났어. 왜? 어쨌든 나는 여기 앉아 명료하고 분별력 있게 생각하고 있는 것 같아. 하지만 현실에서는 엄청난 지진이 일어났고, 일이 어떻게 정리될지는 아무도 몰라……'

갑자기 초인종이 울렸다. 문 세 개로부터 알비누스, 마르고트, 식모가 동시에 현관으로 달려나왔다.

"알베르트." 마르고트가 소곤거렸다. "조심해야 돼요. 오빠가 틀림없어요."

"네 방으로 가." 그도 마주 소곤거렸다. "내가 잘 처리할 테니까."

그는 문을 열었다. 여성 모자 가게에서 보낸 소녀였다. 그녀가 가자마자 다시 초인종이 울렸다. 그가 다시 문을 열었다. 앞에 청년이 서 있었다. 상스럽고 멍청해 보였지만, 그래도 마르고트와 놀랍도록 닮은 얼굴이었다. 그 거무스름한 눈, 윤기 있는 머리카락, 끝이 살짝 튀어나

온 곧은 코. 그는 정장 차림이었으며, 타이 끝은 셔츠의 두 단추 사이
에 집어넣었다.

"무슨 일이오?" 알비누스가 물었다.

오토는 기침을 하더니 쉰 목소리로 속을 털어놓듯이 말했다.

"댁하고 내 여동생 이야기를 해야겠습니다. 나는 마르고트의 오빠거
든요."

"왜 특별히 나하고 이야기를 하려는지, 물어봐도 되겠소?"

"댁은 성함이……?" 오토가 묻는 투로 입을 열었다. "성함이……?"

"시퍼밀러요." 알비누스는 대답하며, 청년이 자신의 정체를 모른다
는 사실에 다소 안도했다.

"어, 시퍼밀러 씨, 나는 우연히 댁이 내 여동생과 함께 있는 걸 봤습
니다. 그래서 혹시 댁이 관심이 있을지도 모른다고 생각했습니다. 만
일 내가…… 만일 우리가……"

"물론이오―하지만 왜 문간에 서 있는 거요? 안으로 들어오시오."

오토는 들어오며 다시 기침을 했다.

"내가 하고 싶은 말은 이겁니다, 시퍼밀러 씨. 내 여동생은 어리고
경험도 없어요. 어머니는 우리 귀여운 마르고트가 집을 나간 후로 한
잠도 못 주무시고 계세요. 저애는 이제 열여섯 살밖에 안 되었다고요,
알잖습니까―혹시 저애가 그보다 많다고 말해도 믿지 마세요. 그래서
하는 말인데, 우린 점잖은 사람들입니다―우리 아버지는 늙은 군인이
에요. 이건 아주, 아주 불쾌한 상황이란 말입니다. 어떻게 수습해야 할
지 도무지 모르겠네요……"

오토는 점점 대담해져서 자신이 하는 말을 스스로 믿을 지경이 되었다.

"정말 모르겠어요." 그가 점점 흥분하며 말을 이어갔다. "상상해보세요, 시퍼밀러 씨, 만일 댁한테 사랑하는 순진한 여동생이 있는데, 누가 그애한테 막 뭘 사주고⋯⋯"

"이보시오, 자, 잘 들어보시오." 알비누스가 그의 말을 끊었다. "오해가 좀 있는 것 같군. 내 약혼녀는 자기 가족이 자기가 없어져서 그저 고마워할 뿐이라고 했소."

"오, 이런." 오토가 한쪽 눈을 깜빡거렸다. "나더러 설마 댁이 그애와 결혼할 거라고 믿으라는 건 아니겠지요. 남자가 품위 있는 여자와 결혼을 하고 싶으면, 여자의 가족과 이야기를 해야죠. 자존심은 조금 낮추고, 배려는 조금 더, 뭐 그런 말도 있잖습니까, 시퍼밀러 씨!"

알비누스는 호기심 어린 표정으로 오토를 물끄러미 바라보며, 이 젊은 놈의 말에도 어느 정도 일리는 있다고 생각했다. 파울이 자기 누이를 대신해 걱정을 하듯이 이놈도 마르고트의 행복에 관심을 가질 권리가 있으니까. 사실 두 달 전 파울과의 그 무시무시한 대화와 비교할 때 지금 이 상황에는 멋진 패러디의 맛도 있었다. 게다가 오빠가 있건 없건 이제 적어도 물러설 이유가 없다고 생각하니 기분이 좋았다. 말하자면 오토가 그저 허풍선이거나 깡패라는 사실을 이용할 수 있는 것이었다.

"그만하는 게 좋겠소." 그가 아주 단호하게, 아주 냉정하게 말했다. 사실 아주 귀족적인 태도였다. "나도 상황이 어떤지 정확하게 알고 있소. 이건 당신이 상관할 바 아니오. 이제 가주시오."

"아, 정말이지." 오토가 얼굴을 찌푸리며 말했다. "좋아요."

그는 입을 다물고, 손으로 모자를 비틀며 바닥을 내려다보았다. 이윽고 그는 다른 열쇠로 찔러보았다.

"댁은 비싼 대가를 치르고 끝장이 날지도 모릅니다, 시퍼밀러 씨. 내 어린 여동생은 댁이 생각하는 그런 애가 아니거든요. 조금 전에 그애가 순진하다고 했지만, 그건 오빠로서 애틋한 마음에 한 말이었습니다. 댁은 아주 쉽게 코가 꿰여 끌려갈 겁니다, 시퍼밀러 씨. 그애를 약혼녀라고 부르는 걸 들으니 정말 재미있네요. 웃음이 나오려고 합니다. 자, 내가 한두 가지 이야기를 해줄 수도 있어요……"

"전혀 필요 없소." 알비누스가 얼굴을 붉히며 대꾸했다. "이미 자기 입으로 자기 얘기를 다 했소. 가족이 보호해주지 못한 불행한 아이였다고 말이오. 자, 당장 가주시오." 그러면서 알비누스는 문을 열었다.

"후회할 겁니다." 오토가 어색하게 말했다.

"가, 아니면 걷어차버릴 테니까." 알비누스가 말했다(말하자면 승리에 마지막 달콤한 기운을 보태고 있었다).

오토는 아주 천천히 물러났다.

알비누스는 부르주아적 성향 특유의 천박한 감상성이 있었기 때문에 (짐짓 상류사회 인사의 태도를 흉내내어) 갑자기 이 청년의 삶이 얼마나 불쌍하고 추할지 그려보았다. 또 이 청년은 실제로 마르고트처럼 생겼다. 뚱할 때의 마르고트처럼. 그는 문을 닫기 전에 얼른 십 마르크 지폐를 꺼내 오토의 손에 쥐여주었다.

문이 닫혔다. 혼자 남은 오토는 지폐를 살피다 생각에 잠긴 채 잠시 그곳에 서 있었다. 그는 다시 초인종을 눌렀다.

"뭐야, 다시 왔어?" 알비누스가 소리쳤다.

오토가 돈을 쥔 손을 뻗었다.

"팁 같은 건 필요 없어." 그가 성난 목소리로 중얼거렸다. "실업자한테나 줘―차고 넘치는 게 그런 사람들이니까."

"아, 그냥 좀 받아요." 알비누스가 심한 부끄러움을 느끼며 말했다.

오토는 어깨를 으쓱했다.

"나는 염병할 부자들한테 빵 부스러기를 받지 않습니다. 가난한 사람은 자존심이 있어요. 나는……"

"아, 이건 그냥 다른 뜻은 없고……" 알비누스가 말을 시작했다.

오토는 두 발을 질질 끌다가 시무룩하게 지폐를 주머니에 넣더니, 중얼중얼거리며 아래층으로 내려갔다. 사회적 명예는 충족되었으니, 이제는 보다 인간적인 욕구를 충족시킬 여유가 생겼던 것이다.

'많지는 않아.' 그는 생각했다. '하지만 어쨌든 없는 것보다는 낫지. 그리고 저자는 나를 두려워하고 있어. 눈 튀어나오고 말 더듬는 바보 같으니.'

12

마르고트의 짧은 편지를 읽은 순간부터 엘리자베트의 인생은 길고 괴상한 수수께끼로 바뀌어버렸으며, 이 수수께끼는 흐릿한 착란 상태라는 꿈의 교실에서 풀어야만 했다. 처음에 그녀는 남편이 죽었는데, 사람들이 그냥 그녀를 버렸다고 생각하도록 속이려는 줄로 알았다.

그녀는 이제 머나먼 과거로 여겨지는 그날 저녁 그가 나가기 전에 그의 이마에 입을 맞추던 때를 기억했다. 그는 허리를 구부린 채 말했다. "아무래도 람페르트를 찾아가보는 게 좋겠어. 저애가 계속 저렇게 긁을 수는 없잖아."

이것이 그가 이생에서 던진 마지막 말이었다. 이르마의 목에 난 가벼운 발진을 가리키는 단순하고 수수한 말. 그것을 끝으로 그는 영원히 떠나버렸다.

아연 연고를 발라주자 발진은 며칠 뒤에 나왔다. 그러나 그의 크고 하얀 이마, 방을 나서면서 주머니를 두드리던 모습에 관한 기억을 진정시키고 지워줄 수 있는 연고는 세상에 없었다.

처음 며칠 동안 그녀는 하도 울어서 눈물샘의 용량에 그녀 자신도 놀랄 정도였다. 사람의 눈에서 짠물이 얼마나 흘러나올 수 있는지 과학자들은 알고 있을까? 그러자 어느 해 여름에 이탈리아 해안에 가 아기를 바닷물이 담긴 욕조에서 목욕시키곤 하던 일이 떠올랐다―아, 내 눈물이면 훨씬 큰 욕조도 채워, 발버둥치는 거인이라도 씻길 수 있을 텐데.

어떻게 된 일인지 그가 이르마를 버렸다는 것이 자신을 버린 것보다 훨씬 소름 끼치는 일로 여겨졌다. 아니면 그는 자기 딸을 훔쳐가려는 것일까? 신중하게 행동하려면 아이를 보모와 단둘이 시골로 보내야 하는 것이 아닐까? 파울은 그렇다고 말하면서, 그녀도 함께 가라고 강권했다. 그러나 그녀는 그 말을 들으려 하지 않았다. 결코 용서할 수 없을 것 같은 기분이었지만(그녀를 모욕했기 때문이 아니라―그녀는 그런 식으로 모욕을 당한다고 느끼기에는 자존심이 워낙 강했다―그가 그 자신을 깎아내린 것 때문에), 그럼에도 엘리자베트는 매일 기다렸다. 천둥이 치는 밤처럼 문이 열리고 남편이 나사로*처럼 창백한 모습으로 들어올 것 같았다. 파란 눈은 눈물에 퉁퉁 붓고, 누더기를 걸친 채 두 팔을 활짝 벌리고.

---

* 성경에 나오는 인물로 죽어 무덤에 들어갔으나 예수 덕분에 살아났다.

그녀는 하루의 많은 시간을 방 한곳에 앉아 있었다. 때로는 현관에 앉아 있기도 했다. 어디든 묵직한 안개 같은 그녀의 생각이 데려가는 곳으로 갔다. 그곳에 앉아 결혼생활의 이런저런 작은 일들을 곰곰이 생각했다. 남편은 늘 부정했던 것 같다. 남편의 손수건에서 한 번 본 적이 있는 붉은 자국—끈끈한 붉은 키스들—의 기억이 떠올랐고, 그 의미를 이해할 수 있었다(새로운 언어를 배우는 사람이 그 언어를 모르던 시절 그 나라 말로 기록된 책을 보았던 일을 기억하는 것과 마찬가지였다).

파울은 그녀를 그런 생각에서 끄집어내려고 안간힘을 썼다. 알비누스 이야기는 절대 하지 않았다. 일요일 아침을 터키탕에서 보내는 것 등 좋아하던 습관 몇 가지도 바꾸었다. 그는 그녀의 잡지와 소설을 가져왔다. 그들은 어린 시절, 오래전에 죽은 부모, 솜 강 전투에서 전사한 금발의 형제 이야기를 했다. 죽은 형제는 음악가이자 몽상가였다.

어느 더운 여름날 공원에 갔을 때 그들은 주인의 손을 벗어나 높은 느릅나무에 올라간 작은 원숭이를 보았다. 잿빛 솜털이 왕관처럼 덮인 그 작고 검은 얼굴이 녹색 잎들 사이로 내다보다가 사라지더니, 몇 미터 위의 가지 하나가 바스락거리며 흔들렸다. 주인이 작게 휘파람을 불고, 커다란 노란 바나나를 내밀고, 작은 거울을 반짝반짝 비추며 밑으로 내려오라고 꼬드겼지만 소용이 없었다.

"돌아오지 않을 거야. 가망 없어. 절대 돌아오지 않을 거야." 그녀는 중얼거리며 울음을 터뜨렸다.

13

위로는 짙푸름 외에 아무것도 없는 곳에서 마르고트는 팔다리를 넓게 펼치고 백금색 모래에 누워 있었다. 그녀의 팔다리는 짙은 꿀 색깔이었다. 가늘고 하얀 고무 허리띠 때문에 수영복의 검은색이 돋보였다. 완벽한 해변 포스터 감이었다. 알비누스는 그녀 옆에서 턱을 괴고, 그녀의 닫힌 눈꺼풀의 기름이 흐르는 광택과 새로 단장을 한 입을 바라보며 가없는 즐거움을 맛보고 있었다. 거무스름한 젖은 머리는 동그란 이마에서 뒤로 빗어 넘겼고, 작은 귀에는 모래알이 반짝였다. 아주 가까이 다가가면 광택이 나는 갈색 어깨의 우묵한 곳에서 진줏빛 광채도 볼 수 있었다. 몸에 꼭 끼는, 물개처럼 새까만 것은 믿어지지 않을 정도로 짧았다.

알비누스는 모래를 한줌 쥔 다음 그녀의 우묵하게 들어간 배로 모래

시계처럼 모래알을 떨어뜨렸다. 그녀는 눈을 뜨고, 은빛을 띤 파란 광채에 눈을 깜빡이다가 웃음을 짓더니 다시 눈을 감았다.

잠시 후 그녀는 몸을 일으켜 두 팔로 무릎을 감싸안고, 그대로 꼼짝도 않고 앉아 있었다. 이제 그는 척추의 곡선을 따라 모래알이 반짝이는, 허리까지 맨살이 드러난 등을 볼 수 있었다. 그는 모래알을 가볍게 털어냈다. 그녀의 피부는 보드랍고 뜨거웠다.

"어머나." 마르고트가 말했다. "오늘 바다는 정말 파라네요."

정말로 파랬다. 먼 곳은 자줏빛을 띤 파란색이고, 가까이 다가오면서 광택 있는 녹색을 띤 파란색으로 변하더니, 파도가 빛에 반짝이는 곳은 다이아몬드가 섞인 파란색이었다. 거품이 고꾸라지듯이 달려오다가 속도를 늦추고 뒤로 물러나며, 젖은 모래에 매끈한 거울을 남겼다. 그곳은 다음 파도가 들어오면 다시 물이 넘쳤다. 주황색에 가까운 빨간 바지를 입은 털 많은 남자가 물가에서 안경을 닦고 있었다. 조그만 소년이 자신이 지은 성에 거품이 밀려들자 즐거워 소리를 질렀다. 화려한 파라솔과 줄무늬 텐트가 해수욕을 하는 사람들의 외침을 색깔로 되풀이하는 것 같았다. 어딘가에서 크고 밝은 공이 솟아올랐다가 쿵 하고 울려퍼지는 소리를 내며 모래에서 튀었다. 마르고트는 그 공을 잡고 벌떡 일어나더니 도로 힘껏 던져주었다.

이제 알비누스는 해변의 화려한 무늬가 액자처럼 둘러싼 그녀의 몸을 볼 수 있었다. 그러나 그의 눈길은 마르고트에게 집중되어 있었기 때문에 무늬는 거의 눈에 들어오지 않았다. 늘씬하고, 햇볕에 그을리고, 머리에는 거무스름한 머리카락이 출렁거리고, 공을 던져준 뒤에도 여전히 뻗고 있는 한쪽 팔에 팔찌가 반짝이는 그녀는 그의 새로운 인생의 첫 장 앞머리를 장식하는 절묘한 색의 삽화처럼 보였다.

그녀는 그에게 다가왔고, 그는 길게 누워(물집이 잡힌 분홍색 어깨에 타월을 두르고 있었다) 그녀의 작은 발이 움직이는 모습을 지켜보았다. 그녀는 그에게 몸을 구부리더니, 베를린 사람 특유의 낄낄대는 웃음소리를 내며 그의 그득하게 부푼 수영복 바지를 찰싹 멋지게 때렸다.

"물은 축축해!" 그녀는 소리를 지르더니 파도 속으로 달려갔다. 그녀는 엉덩이와 넓게 벌린 두 팔을 흔들며 앞으로 달려가, 무릎까지 오는 물을 밀고 나아가다 팔다리를 벌리고 엎어지며 헤엄을 치려 했다. 그렇게 물을 꼴깍꼴깍 먹으며 허우적허우적 앞으로 나아가 거품이 허리에 이르는 곳까지 갔다. 그는 그녀를 뒤쫓아 물을 튀기며 갔다. 그녀는 그를 돌아보더니 웃음을 터뜨리면서 침을 뱉고 젖은 머리카락을 눈에서 씻어냈다. 그는 그녀를 물에 밀어넣으려다가 그녀의 발목을 잡았다. 그녀는 발길질을 하며 비명을 질렀다.

엷은 자주색 양산 밑의 접의자에 축 늘어져 『펀치』를 읽고 있던 영국 여자가 하얀 모자를 쓰고 모래밭에 쭈그리고 앉은, 얼굴이 벌건 남편을 돌아보며 말했다.

"저 독일 사람이 딸하고 장난치는 것 좀 봐요. 자, 그렇게 게으르게 굴지 말아요, 윌리엄. 애들을 데리고 나가 힘껏 헤엄 좀 치다 오란 말이에요."

14

　나중에 그들은 야한 목욕 가운을 입고 금작화와 가시금작화가 반은 덮고 있는, 부싯돌처럼 단단한 좁은 길을 어슬렁거렸다. 저쪽에 검은 삼나무들 사이로 집세가 엄청난 작은 별장이 설탕처럼 하얗게 빛나고 있었다. 크고 아름다운 귀뚜라미들이 자갈을 가로질러 미끄러졌다. 마르고트는 귀뚜라미를 잡으려 했다. 그녀는 쭈그리고 앉아 조심스럽게 엄지와 다른 손가락 하나를 펼쳤지만, 귀뚜라미는 팔꿈치가 삐죽 튀어나온 팔들을 갑자기 움직이고 부채 모양의 파란 날개를 확 펼치면서 삼 미터를 날아가 다시 바닥에 앉자마자 사라져버렸다.

　바닥에 빨간 타일이 깔린 서늘한 방의 셔터 틈으로 들어온 빛은 눈에서 춤을 추고 발에 밝은 금을 그었다. 그 방에서 마르고트는 뱀처럼 발을 질질 끌며 검은 가죽을 벗어버리고, 굽이 높은 슬리퍼 외에는 아무엇도 걸치지 않은 채 또각또각 방안을 걸어다니면서 마찰음을 내며 복숭아를 먹었다. 햇빛의 줄무늬가 그녀의 몸을 연거푸 가로질렀다.

저녁이면 카지노에서 사람들이 춤을 추었다. 바다는 홍조를 띤 하늘보다 창백해 보였고, 지나가는 기선의 불빛들이 반짝이며 축제 분위기를 돋웠다. 꼴사나운 나방 한 마리가 장밋빛 갓을 씌운 램프 주위에서 날개를 퍼덕였다. 알비누스는 마르고트와 춤을 추었다. 매끈하게 빗은 그녀의 머리는 그의 어깨에 간신히 닿았다.

그들은 그곳에 도착하자마자 몇 사람을 사귀었다. 그는 마르고트가 다른 파트너와 춤을 추면서 몸을 밀착시키는 것을 보고 자존심 상하게도 질투심이 자신을 갉아먹는 것을 의식하고 있었다. 그녀가 드레스 밑에 아무것도 입지 않았다는 것을 알기 때문에 더 그랬다. 다리가 아주 예쁜 갈색으로 탔기 때문에 스타킹도 신지 않았다. 가끔 알비누스는 그녀를 시야에서 놓쳤다. 그럴 때면 벌떡 일어서서 담배로 담뱃갑을 두드리며 불안하게 걸어다녔다. 사람들이 카드놀이를 하는 방이 나타나기도 하고, 테라스가 나타나기도 했다. 그는 그녀가 자신을 속이고 있다는 느글거리는 확신을 품고 왔던 길을 다시 되짚어갔다. 그러면 어느 순간 그녀가 갑자기 다시 나타나 은은하게 빛나는 아름다운 드레스를 입은 모습으로 그의 옆에 앉아 와인을 오래 들이켰다. 그녀는 의자에 등을 기대고 조금 전에 춤을 함께 춘 파트너가 한 어떤 말, 그다지 웃기지도 않는 말에 웃음을 터뜨리며—그가 보기에는 약간 히스테리가 섞인 듯했는데—두 무릎을 마주 두드려댔다. 그는 두려움을 겉으로 드러내지 않았지만, 탁자 밑 그녀의 맨무릎을 신경질적으로 쓰다듬었다.

마르고트는 칭찬받아 마땅한 것이, 그녀가 그에게 아주 충실하려고 계속 최선의 노력을 기울였다는 사실은 인정할 수밖에 없었다. 그러나 그가 사랑을 나눌 때 아무리 부드럽고 사려 깊다 해도, 그녀는 늘 그것이 그녀에게는 뭔가가 빠진 사랑일 수밖에 없음을 내내 알고 있었다. 반면, 그녀의 첫 연인의 경우는 아주 가벼운 손길도 늘 완벽의 한 예였다. 안타깝게도 솔피에서 춤을 가장 잘 추는 젊은 오스트리아 남자, 게다가 탁구도 가장 잘 치던 남자는 어찌된 일인지 그 남자 밀러를 닮았다. 그의 강한 관절들, 그의 날카롭고 냉소적인 눈은 그녀가 잊기를 바라던 어떤 것들을 계속 떠올리게 했다.

어느 더운 밤 춤과 춤 사이에 그녀는 우연히 그와 함께 카지노 정원의 어두운 구석으로 흘러들게 되었다. 묵직하고 달착지근한 무화과나무 냄새가 공기를 짓눌렀고, 달빛과 먼 음악 소리가 진부하게 섞여 단순한 영혼이라면 그 영향에 휩싸이기 십상이었다.

"안 돼, 안 돼." 마르고트는 목과 뺨에 그의 입술을 느꼈을 때 그렇게 중얼거렸지만, 그의 영리한 두 손은 이미 그녀의 두 다리를 더듬어 올라오고 있었다.

"이러면 안 돼요." 그녀는 작은 소리로 말하다 머리를 뒤로 젖히며 탐욕스럽게 그의 입맞춤에 보답해주었다. 그는 빈틈없이 그녀를 애무했기 때문에 그녀는 그때까지 남아 있던 얼마 안 되는 힘이 썰물처럼 빠져나가는 것을 느꼈다. 그러나 그녀는 너무 늦지 않게 몸을 빼내 환하게 불이 밝혀진 테라스로 달려갔다.

이 장면은 두 번 다시 되풀이되지 않았다. 마르고트는 알비누스가 그녀에게 제공할 수 있는 생활—야자나무가 흔들리고 장미가 몸을 떠는(영화의 나라에는 늘 바람이 불기 때문에) 일급 영화의 광채가 가득한 생활—을 사랑하게 되었기 때문에, 그 모든 것이 뚝 끊어져버리는 꼴을 보게 될까봐 두려웠기 때문에, 감히 어떤 모험도 할 수가 없었다. 사실 한동안 그녀는 그녀를 지배하는 특징, 즉 자신감마저 잃어버릴 정도였다. 그러나 가을에 베를린으로 돌아오자마자 그것을 회복했다.

"물론 아주 멋져요." 그녀는 그들이 묵게 된 좋은 호텔방을 둘러보며 쌀쌀하게 말했다. "하지만 알베르트, 우리가 영원히 이런 식으로 살 수는 없다는 걸 이해하기 바라요."

저녁을 먹기 위해 옷을 차려입던 알비누스는 얼른, 그러지 않아도 이미 새 아파트를 세낼 준비를 하고 있었다고 안심을 시켰다.

'저 사람이 정말로 나를 바보라고 생각하는 걸까?' 그녀는 약이 바짝 올라 생각했다.

"알베르트." 그녀가 입 밖으로 소리를 냈다. "이해 못하는 것 같은데요." 그녀는 깊이 한숨을 쉬며 두 손으로 얼굴을 가렸다. "당신은 나를 부끄러워하고 있어요." 그녀는 그렇게 말하며 손가락들 사이로 그를 살폈다.

그는 쾌활하게 그녀를 안아주려 했다.

"손대지 마요." 그녀가 소리를 지르며, 팔꿈치로 그를 아프게 밀어냈다. "당신이 거리에서 나랑 있을 때 사람들이 볼까봐 두려워한다는 걸 너무도 잘 알고 있어요. 내가 창피하면 당신의 리지한테 돌아가면

되잖아요. 당신 맘대로 해도 돼요."

"이러지 마, 귀염둥이." 그가 무력하게 애원했다.

그녀는 소파에 몸을 내던지고 울음까지 터뜨릴 수 있었다.

알비누스는 바지의 두 무릎을 살짝 당기고 무릎을 꿇은 다음 조심스럽게 그녀의 어깨를 어루만지려 했다. 그러나 그의 손가락이 다가갈 때마다 어깨는 움찔거리며 옆으로 물러났다.

"원하는 게 뭐야?" 그가 작은 소리로 물었다. "원하는 게 뭐지, 마르고트?"

"나는 아저씨하고 아주 공개적으로 살고 싶단 말이에요." 그녀가 울면서 말했다. "아저씨 집에서. 사람들을 만나면서……"

"좋아." 그가 말하며 일어서서 무릎을 털었다.

('그리고 일 년이 지나면 너는 나하고 결혼할 거야.' 마르고트는 계속 멋지게 울면서 생각했다. '내가 그때 할리우드에 가 있지 않으면 나하고 결혼할 거야. 할리우드에 가 있으면 너는 꺼져야 하는 거고.')

"이제 그치지 않으면 내가 울기 시작할 거야." 알비누스가 말했다.

마르고트는 일어나 앉아 애처롭게 웃음을 지었다. 그녀는 눈물 때문에 더 아름답게 보였다. 얼굴은 불타오르고, 눈의 홍채는 눈부시고, 코 옆에는 커다란 눈물이 떨고 있었다. 그는 그렇게 크고 찬란한 눈물은 이제까지 본 적이 없었다.

15

알비누스는 마르고트에게 그녀가 알지도 좋아하지도 않는 미술 이야기를 절대 안 하는 데 익숙해졌듯이, 아내와 십 년을 보낸 오래된 아파트에서 그녀와 함께 생활하던 첫 며칠 동안 겪은 괴로움도 어렵지 않게 감출 수 있게 되었다. 주위에는 온통 엘리자베트를 떠올리게 하는 물건들뿐이었다. 그녀가 그에게 준 선물과 그가 그녀에게 준 선물들이었다. 그는 프리다의 눈에서 침울한 비난을 읽을 수 있었다. 일주일도 안 지나, 그녀는 마르고트가 두번째인가 세번째인가 격분하여 날카로운 목소리로 야단을 쳐대자 경멸하는 표정으로 그 말을 듣고 나서 떠나버렸다.

침실과 육아실이 알비누스를 바라보며 비장하고도 순결한 얼굴로 책망하는 것 같았다. 특히 침실이. 육아실은 마르고트가 곧 모든 것을 없애고 탁구실로 바꾸어버렸기 때문이다. 그러나 침실은…… 첫날밤 알비누스는 아내가 쓰던 오드콜로뉴의 향기가 희미하게 풍긴다는 상상에 빠졌고, 그 바람에 우울해졌으며 몸이 마음먹은 대로 움직이지 않았다. 그러자 마르고트는 그의 갑자기 삼가는 태도를 보고 낄낄거렸다.

처음 받은 전화는 고문이었다. 오랜 친구가 전화를 걸어 이탈리아에서는 즐겁게 지냈는지, 엘리자베트는 잘 있는지, 일요일 아침에 엘리자베트가 자기 부인과 연주회에 갈 수 있는지 물었기 때문이다.

"사실 우리는 당분간 따로 살고 있네." 알비누스가 힘겹게 말했다. ('당분간!' 마르고트는 거울 앞에 앉아 갈색에서 황금색으로 색이 바래지는 등을 살피려고 몸을 비틀며 속으로 조롱했다.)

그의 인생에 변화가 생겼다는 소식은 아주 빠르게 퍼져나갔다. 그러나 그는 허황되게도, 정부와 함께 살고 있다는 사실은 아무도 모르기를 바랐다. 파티를 열기 시작했을 때도 평소처럼 조심을 하여, 파티가 끝나면 마르고트가 다른 손님들과 함께 집을 나갔다가 십 분 뒤에 다시 돌아오게 했다.

그는 사람들이 점차 아내 이야기를 묻지 않는다는 것을 눈치채며 우울한 흥미를 느꼈다. 어떤 사람들은 그를 찾아오지 않게 되었다. 소수, 끈질기게 돈을 빌려가는 사람들은 놀랍게도 다정하고 따뜻한 태도를 보였다. 보헤미안 집단은 아무 일도 없다는 듯한 표정을 지으려 했다. 마지막으로, 주로 동료 학자들로 이루어진 집단은 전과 다름없이 기꺼이 그를 찾아오지만, 절대 부인은 동반하지 않았다. 그 부인들 사이에는 두통이라는 주목할 만한 전염병이 퍼진 것 같았다.

그는 한때 추억으로 가득했던 이 방들을 마르고트가 차지하는 것에 점차 익숙해졌다. 그녀가 어떤 하찮은 물건의 위치만 바꾸어도 그 물건은 즉시 영혼을 잃었고 추억은 소멸되었다. 이제 그저 그녀가 모든 것에 손을 대는 데 시간이 얼마나 걸리느냐 하는 문제일 뿐이었다. 그녀는 손이 빠른 편이라 두 달이 지나자 열두 개의 방에서 그의 과거의 삶은 완전히 죽었다. 아름다운 아파트이기는 하나, 그가 아내와 살았던 그 아파트와는 이제 아무런 공통점이 없었다.

어느 날 밤늦게 그는 무도회에 다녀와 마르고트의 등에 비누칠을 해주고 있었다. 그녀는 커다란 욕조 안의 거대한 스펀지(샴페인 잔처럼 거품이 올라왔다)에 올라가 놀고 있었다. 그때 그녀가 갑자기 자기가 영화배우가 될 수 있다고 생각하느냐고 물었다. 그는 다른 즐거운 것들에 완전히 마음을 빼앗기고 있었기 때문에, 웃음을 터뜨리다가 별생각 없이 대꾸했다. "물론이지, 안 될 게 뭐야?"

며칠 뒤 그녀는 다시 그 이야기를 꺼냈다. 이번에는 알비누스의 머리가 전보다 맑은 순간을 선택했다. 그는 그녀가 영화에 관심을 가지는 것이 기뻐 무성영화와 발성영화의 상대적 장단점에 관하여 그가 애착을 갖는 이론을 전개하기 시작했다. "소리는 영화를 곧바로 죽여버릴 거야."

"영화는 어떻게 만들어요?" 그녀가 말을 자르고 들어왔다.

그는 스튜디오에 데려가 모든 것을 보여주며 그 과정을 설명하겠다고 제안했다. 그뒤로 일은 아주 빠르게 진행되었다.

'잠깐, 내가 뭘 하고 있는 거야?' 알비누스는 어느 날 아침 눈을 뜨고 전날 밤 그저 그런 제작자가 만들고 싶어하는 영화에 마르고트가 조연, 즉 버림받은 애인 역을 맡는다는 조건으로 돈을 대겠다고 약속한 일을 떠올리며 자문했다.

'이렇게 멍청할 데가 있나!' 그는 생각했다. '거기에는 성적 매력이 뚝뚝 듣는 미끈한 젊은 남자배우가 가득할 텐데. 내가 저애와 어디를 가나 동행한다면, 내 꼴이 우스워 보이겠지. 하지만,' 그는 자신을 위로했다. '저애도 재미있게 살려면 뭔가 일이 필요해. 또 아침에 일찍 일어나야 하면, 빌어먹을 매일 밤 무도회에 가는 짓도 그만두게 될 거야.'

계약서에 서명을 하고 리허설이 시작되었다. 처음 이틀 동안 마르고트는 몹시 약이 오른 표정으로 씩씩거리며 집에 돌아왔다. 그녀는 똑같은 동작을 수백 번이나 연속해서 되풀이해야 하고, 감독이 자기한테 소리를 지르고, 조명 때문에 눈이 멀 것 같다고 불평을 했다. 오직 한 가지가 위안이었다. (상당히 유명한) 주연 여배우 도리아나 카레니나가 예쁘게 생겼다는 말을 해주고, 연기를 칭찬해주고, 그녀가 놀라운 일을 하게 될 것이라고 예언했다는 것이다. ('나쁜 조짐인데!' 알비누스는 생각했다.)

그녀는 일하는 동안은 자리를 피해달라고 고집을 부렸다. 자꾸 나를 의식하게 된단 말이에요. 그녀가 불평했다. 게다가 미리 다 보면 그에게 영화가 놀랍지 않을 것이라고도 했다. 마르고트는 사람들이 놀라운 일을 경험하는 것을 좋아했다. 하지만 그는 그녀가 체경體鏡 앞에서 극적인 자세를 취하는 것을 흘끔거리며 큰 즐거움을 맛보았다. 바닥이 삐걱거리는 바람에 들키면 그녀는 그에게 빨간 쿠션을 던졌고, 그는

116

아무것도 안 봤다고 맹세해야 했다.

그는 그녀를 차에 태워 스튜디오에 데려갔다가 집으로 데려오곤 했다. 어느 날 그는 리허설이 두 시간 정도 계속될 것이라는 이야기를 듣고 산책을 나갔다가 실수로 파울이 사는 동네에 들어가게 되었다. 그는 갑자기 창백하고 못생긴 작은 딸을 만나고 싶은 강렬한 욕망에 사로잡혔다. 마침 딸아이가 학교에서 돌아올 시간이었다. 모퉁이를 도는 순간 상상인지 실제인지 멀리 보모와 함께 있는 딸을 본 것 같았으나, 갑자기 겁이 나 그는 얼른 그 자리를 떠버렸다.

이날 마르고트는 밖으로 나와 그를 보며 발갛게 상기된 얼굴로 웃음을 터뜨렸다. 아름답게, 아름답게 연기했어요—그리고 이제 곧 촬영이 다 끝날 거예요.

"이렇게 하지." 알비누스가 말했다. "도리아나를 저녁식사에 초대하는 거야. 큰 만찬 파티를 열고 재미있는 손님들을 몇 사람 초대하자고. 어제는 화가가 전화를 했어. 정확히 말하면 만화가지. 웃기는 그림 같은 걸 그리는 사람 말이야. 막 뉴욕에서 돌아왔는데, 그 나름으로 천재야. 그 친구도 부를게."

"하지만 나는 아저씨 옆에만 앉고 싶어요." 마르고트가 말했다.

"좋아, 하지만 잊지 마, 아가야, 나는 네가 나하고 사는 걸 그 사람들이 죄다 알게 되는 걸 바라지 않아."

"아, 그건 다들 알고 있어요, 멍청하긴." 마르고트의 얼굴이 갑자기 어두워졌다.

"하지만 그렇게 되면 내가 아니라 네가 곤란한 처지가 돼." 알비누스가 지적했다. "너도 그걸 알아야 돼. 물론 나는 상관없어. 하지만 너를 위해서, 제발 지난번에 한 대로 해줘."

"하지만 너무 멍청한 짓이에요…… 게다가, 이런 불쾌한 일들을 피할 방법이 있어요."

"어떻게―피하는데?"

"아저씨가 모르면 뭐." 그녀가 입을 삐죽 내밀었다. ('이 사람이 언제나 이혼 얘기를 꺼낼까?' 그녀는 생각했다.)

"분별력 있게 굴어." 알비누스가 달래듯이 말했다. "나는 네가 하자는 대로 다했어. 너도 잘 알잖아, 이 새끼 고양이 같은 것―"

그는 애칭으로 아주 작은 동물원을 꾸미고 있었다.

16

모든 것이 되어야 할 대로 되었다. 현관의 칠기 쟁반에는 찾아올 손님의 이름을 적은 카드를 둘씩 짝을 지어 꼼꼼하게 배치하여, 자신이 누구와 함께 저녁을 먹게 될지 사람들이 즉시 알 수 있게 했다. 닥터 람페르트와 소니아 히르슈, 악셀 렉스와 마르고트 페터스, 보리스 폰 이바노프와 올가 발트하임 등등. 얼굴이 영국 귀족처럼 생긴(어쨌든 마르고트는 그렇게 생각했으며, 그녀의 눈길은 그에게 차갑지 않게 머물곤 했다) 당당한 하인(그즈음 고용했다)이 위엄 있게 손님들을 안으로 안내했다. 몇 분마다 종이 울렸다. 응접실에는 이미 마르고트 말고도 다섯 명이 있었다. 이바노프—그는 자신을 폰 이바노프라고 부르는 것이 어울린다고 여겼다—가 들어왔다. 여위고, 족제비처럼 생기고, 치아가 엉망이었으며 외눈안경을 쓰고 있었다. 그다음에는 작가 바움이 들어왔다. 건장한 몸집과 불그스름한 얼굴에 성격이 까다로운 사람으로, 공산주의적 경향이 강했으며 안락한 생활을 할 만큼 수입이 있었다. 그와 동행한 부인은 나이든 여자지만 몸매는 아직 멋졌는데, 떠들썩했던 젊은 시절에는 수족관에서 연기하는 물개들 사이에서 헤엄을 친 적이 있었다.

이미 활기차게 대화가 이루어지고 있었다. 팔이 희고 가슴이 풍만한 가수 올가 발트하임은 오렌지 마멀레이드 색깔의 머리카락이 굽이치는 모습으로, 목소리의 모든 억양에 보석 같은 선율을 담아 평소와 다름없이 자신이 기르는 페르시아고양이 여섯 마리에 관한 귀여운 이야기를 하고 있었다. 알비누스는 서서 웃음을 터뜨리며 늙은 람페르트(인후 전문의로는 훌륭했지만 바이올린 연주자로는 그저 그랬다)의 하얀 붓 같은 머리카락 너머로 마르고트를 보며, 가슴에 벨벳 달리아가 박힌 검은 튈* 가운이 그녀에게, 그 귀여운 여인에게 잘 어울린다고 생각했다. 그녀의 밝은 입술에는 자신이 놀림감이 되는 것인지 아닌지 잘 모르겠다는 듯 희미하게 방어적인 미소가 감돌았고, 눈에는 그 특별한 새끼 사슴 같은 표정이 담겨 있었는데, 그는 그것이 그녀가 이해 못하는 이야기에 귀를 기울이고 있다는 뜻임을 알고 있었다. 지금의 경우 그 이야기는 람페르트의 힌데미트** 음악론이었다.

갑자기 그녀가 심하게 얼굴을 붉히며 일어서는 것이 눈에 들어왔다. '저렇게 멍청할 데가—왜 일어서는 거야?' 그가 그런 생각을 할 때 새

---

* 수편 레이스를 모방한 그물 모양의 얇은 천.
** 20세기 독일의 작곡가로, 나치에 쫓겨 1939년 미국으로 망명했다.

손님이 몇 명 들어왔다. 도리아나 카레니나, 악셀 렉스, 그리고 별 볼일 없는 시인 두 명이었다.

도리아나는 마르고트를 끌어안고 입을 맞추었다. 마르고트는 조금 전까지 울던 사람처럼 눈이 반짝거렸다. '저렇게 멍청할 데가.' 알비누스는 다시 생각했다. '저런 이류 여배우 앞에서 저렇게 비굴하게 굴다니.' 도리아나는 어여쁜 어깨, 모나리자 같은 미소, 척탄병 같은 쉰 목소리로 유명했다.

알비누스는 렉스에게 다가갔다. 그는 누가 주인인지 몰라 비누칠을 하듯 두 손을 비비고 있었다.

"마침내 만나게 되어 반갑네요." 알비누스가 말했다. "말이에요, 내 머릿속에서는 완전히 다른 모습을 상상하고 있었어요—키가 작고, 뚱뚱하고, 뿔테안경을 쓰고. 물론 이름을 들을 때면 늘 도끼가 떠올랐지만 말이에요.* 신사 숙녀 여러분, 여기 두 대륙이 웃음을 터뜨리게 만든 분이 계십니다. 이분이 독일로 영원히 돌아온 것이기를 바랍시다."

렉스는 눈을 빛내며 가볍게 목례를 했다. 그러면서도 내내 손을 비볐다. 그는 재단이 형편없는 독일 야회복들의 세계 가운데서 눈에 확 띄는 정장을 과시했다.

"앉으시지요." 알비누스가 말했다.

"내가 댁의 누이를 만난 적이 없던가요?" 도리아나가 사랑스러운

---

* 독일어에서 '도끼'는 'Axt'.

저음으로 물었다.

"내 누이는 천국에 있습니다." 렉스가 침울하게 대꾸했다.

"아, 이럴 수가." 도리아나가 말했다.

"태어난 적이 없거든요." 그가 덧붙이며, 마르고트 옆의 의자에 앉았다.

유쾌하게 웃음을 터뜨리는 알비누스의 눈길은 다시 그녀에게로 흘러갔다. 그녀는 옆에 앉은 소니아 히르슈 쪽으로 고개를 숙이고 있었다. 소니아는 못생긴 얼굴에 어머니 같은 느낌을 주는 입체파 화가로, 몸가짐에 묘하게 어린아이 같은 데가 있었다. 어깨는 약간 구부정했으며, 축축한 눈으로 눈까풀을 깜빡이며 아주 빠른 속도로 말을 했다. 그는 그녀의 작고 발그레한 귀, 목의 정맥, 두 젖가슴 사이의 은은한 그늘을 내려다보았다. 그녀는 황급히, 열에 들뜬 모습으로, 손으로 불타오르는 뺨을 누르며 말도 안 되는 소리를 물처럼 쏟아내고 있었다.

"남자 하인들은 훨씬 덜 훔쳐요." 그녀는 재잘거렸다. "물론 아무도 정말 큰 그림은 훔쳐가지 않겠지만. 한때 말을 탄 남자들이 있는 큰 그림들을 아주 좋아한 적이 있지만, 그렇게 많은 그림을 보게 되면—"

"페터스 양." 알비누스가 달래는 듯한 목소리로 말했다. "여기 이분이 두 대륙을—"

마르고트는 깜짝 놀라 빙 돌아서 걸어나왔다.

"어머, 그래요, 안녕하세요?"

렉스는 고개를 숙이고 나서 알비누스를 돌아보며 작은 목소리로 말했다.

"우연히 배에서 선생님이 쓰신 세바스티아노 델 피옴보*의 훌륭한 전기를 읽었습니다. 하지만 그 사람 소네트를 인용하지 않은 게 좀 아쉬웠습니다."

"아, 하지만 그 소네트들은 아주 형편없거든요." 알비누스가 대꾸했다.

"그렇죠." 렉스가 말했다. "바로 그 점 때문에 그렇게 매력적인 거예요."

마르고트는 벌떡 일어나 빠른 걸음으로, 거의 뛰다시피 마지막 손님에게 다가갔다. 팔다리가 긴, 시들어 보이는 여성으로, 마치 털이 뽑힌 독수리 같았다. 마르고트는 그녀에게서 발성 훈련을 받은 적이 있었다.

소니아 히르슈는 마르고트의 자리로 옮겨가 렉스를 돌아보았다.

"커밍의 작품은 어떻게 생각하세요?" 그녀가 물었다. "그러니까, 최신 연작 말이에요—있잖아요, '교수대와 공장'?"

"지독하게 형편없죠." 렉스가 말했다.

식당 문이 열렸다. 신사들은 자기 짝이 되는 숙녀를 찾아 두리번거렸다. 렉스는 무관심하게 서 있었다. 이미 도리아나와 팔짱을 끼고 있던 주인은 마르고트를 찾아 두리번거렸다. 바로 앞에서 식당으로 줄을 지어 들어가는 쌍들 사이를 비집고 나오는 모습이 보였다.

'오늘밤에 저 아이는 최고의 모습이 아닌데.' 그는 불안한 마음으로

---

* 15세기 이탈리아 화가.

생각하며, 자신의 숙녀를 렉스에게 건네주었다.

사람들이 바닷가재에게 달라붙을 무렵 (다음 이름들은 둥글게 배열하면 잘 어울릴 것이다) 도리아나, 렉스, 마르고트, 알비누스, 소니아 히르슈, 바움이 앉아 있는 식탁 상석의 대화는 좀 지리멸렬하기는 했지만 그래도 최고조에 이르러 있었다. 마르고트는 단번에 세번째 와인잔을 비우고, 이제 허리를 꼿꼿이 세우고 앉아 빛나는 눈으로 정면을 바라보고 있었다. 렉스는 그녀나 도리아나―그는 그녀의 이름에 짜증이 났다―에게는 관심을 기울이지 않고 건너편에 앉은 작가 바움과 예술적 표현 수단과 관련하여 논쟁을 벌이고 있었다.

렉스가 말했다. "예를 들어 작가가 본 적도 없는 인도에 관해 말하면서 무희, 호랑이 사냥, 탁발승, 빈랑나무 열매, 뱀 이야기를 잘난 체 떠벌린다고 해봅시다. 신비한 동방의 매력에 관해서 말입니다. 그게 무슨 의미가 있겠어요? 아무 의미 없죠. 나는 그 모든 동방의 기쁨 이야기에서 인도를 눈앞에 떠올리기는커녕 심한 치통을 얻을 뿐입니다. 하지만 반대로 또 예를 들어 이렇게 쓰는 사람도 있습니다. '잠자리에 들기 전에 젖은 장화를 말리려고 내놓았는데, 아침에 보니 장화에서 파란 숲이 빽빽하게 자라고 있었다.' ("버섯 얘깁니다, 마담." 그는 한쪽 눈썹을 치켜세우는 도리아나에게 설명했다.) 그러면 나에게는 인도가 단번에 확 살아나죠. 나머지는 군더더기고요."

"요가 수행자들은 놀라운 일을 하더군요." 도리아나가 말했다. "아마도 그 사람들은 그러고도 숨을 쉴 수―"

"실례입니다만, 선생님." 바움이 흥분해서 소리쳤다―그는 이제 막

오백 페이지짜리 소설을 썼는데, 이 소설은 그가 해를 가리는 모자를 쓰고 두 주를 보낸 실론이 무대였기 때문이다. "그림을 철저하게 밝혀줘야 하는 거죠. 모든 독자가 이해할 수 있도록 말입니다. 중요한 것은 사람이 쓰는 책이 아니라 그 책이 제기하는, 그리고 해결하는 문제입니다. 내가 만일 열대를 묘사한다면, 나는 가장 중요한 측면에서 내 주제에 접근해야만 합니다. 즉 착취, 백인 식민주의자의 잔혹성이라는 면에서 말이지요. 생각해보세요, 수없이 많은—"

"나는 생각 같은 거 안 해요." 렉스가 말했다.

앞을 뚫어져라 바라보던 마르고트가 갑자기 깔깔거렸다. 이 웃음은 대화와는 아무런 관계가 없었다. 어머니 같은 입체파 화가와 최근의 전시회 이야기를 하던 알비누스는 곁눈질로 어린 애인을 흘끔거렸다. 그래, 술을 너무 많이 마시고 있구나. 그가 보는 순간에도 그녀는 알비누스의 잔에 든 것을 홀짝였다. '어린애 같으니라고!' 그가 생각하며 탁자 밑으로 그녀의 무릎을 건드렸다. 마르고트는 다시 깔깔거리며 탁자 너머 늙은 람페르트에게 카네이션을 던졌다.

"여러분, 여러분은 우도 콘라트를 어떻게 생각하는지 모르겠습니다." 알비누스가 논쟁에 가담했다. "내가 보기에는 절묘한 시선과 비범한 문체를 갖추고 있어, 렉스 씨, 댁의 마음에도 들 것 같습니다만. 혹시 그 사람이 위대한 작가가 아니라면 그것은—이 점에서는 바움 씨, 나는 댁의 생각에 동의하는데—그가 사회적 문제를 경멸하기 때문이지요. 그것은 이런 사회적 격변의 시기에는 수치스러운 일이고, 덧붙이자면 죄라고 할 수 있습니다. 나는 학창 시절 하이델베르크에서 함께 학교를 다닐 때부터 그를 잘 알았고, 그뒤에도 우리는 가끔 만났지요. 나는 그의 최고의 책이 『사라지는 묘기』라고 생각하는데, 그 책의 첫 장을 그는 사실 여기 이 식탁에서 읽었지요—그러니까—어—이것과 비슷한 탁자에서 말입니다……"

저녁식사 뒤 그들은 축 늘어져 담배를 피우고 리큐어를 마셨다. 마르고트는 여기저기로 훨훨 날아다녔고, 별 볼 일 없는 시인 한 사람이 털북숭이 개처럼 그녀를 따라다녔다. 그녀가 담뱃불로 그의 손바닥에 구멍을 뚫겠다고 말하고 실제로 지지기 시작하자 그는 땀을 뻘뻘 흘리면서도 작은 영웅이라도 된 것처럼 계속 미소를 지었다. 마침내 서재 모퉁이에서 바움에게 못 말릴 정도로 공격적인 태도를 보이던 렉스는 이제 알비누스 옆에 와서 베를린이 머나먼 곳에 있는 그림 같은 도시라도 되는 것처럼 이런저런 면을 묘사하기 시작했다. 그가 하도 묘사를 잘하는 바람에 알비누스는 그와 함께 그가 말하는 곳을 찾아가보겠다고 약속했다. 이 골목, 저 다리, 저 묘한 색깔의 벽……

"내 영화 구상을 함께 풀어나가지 못해 정말로 유감입니다. 댁이 놀라운 일을 해냈다고 믿지만, 솔직히 말해서 그럴 여유가 없네요—어쨌든 지금 당장은요."

낮은 웅얼거림에서 시작된 파도가 마침내 거품 많고 시끌벅적한 작별 인사의 소용돌이가 되었고, 손님들은 파도에 휩싸여 집에서 몰려나갔다.

알비누스는 혼자 남았다. 공기는 담배 연기로 파랗고 묵직했다. 누군가 터키산 탁자에 뭔가를 흘렸다—끈적끈적했다. 약간 불안정하지만 그래도 표정은 엄숙한 하인('다시 술에 취하면 해고해버려야지')이 창문을 열자, 검고 맑고 차가운 밤이 흘러들었다.

'별로 성공적인 파티는 아니었던 것 같아, 어쩐지.' 알비누스는 하품을 하면서 그렇게 생각하고 야회복을 벗었다.

17

렉스가 마르고트와 함께 모퉁이를 돌면서 말했다. "전에 어떤 사람이 넓고 파란 바다에서 다이아몬드 커프스단추를 잃어버렸지. 그랬다가 이십 년 뒤, 똑같은 날에, 아마 금요일이었을 거야, 커다란 생선을 먹고 있었는데─그 안에 다이아몬드는 없었어. 그게 내가 좋아하는 우연의 일치야."

마르고트는 바다표범 가죽 외투로 몸을 꼭 감싸고 그의 옆에서 종종걸음으로 따라오고 있었다. 렉스가 그녀의 팔꿈치를 잡아 발을 멈추게 했다.

"너를 다시 만날 거라고는 생각도 못했는데. 어쩌다 거기에 가게 된 거야? 장님이 말하듯이, 내 눈을 믿을 수가 없었어. 나를 봐. 네가 더 예뻐졌는지는 모르겠지만, 어쨌든 나는 변함없이 네가 좋아."

마르고트는 갑자기 흐느끼며 고개를 돌렸다. 렉스가 그녀의 소매를 잡아끌었지만, 그녀는 몸을 더 뺐다. 그들은 한 지점에서 맴돌고 있었다.

"제발 말 좀 해봐. 어디로 가고 싶어—우리집, 아니면 너희 집? 왜 그래?"

그녀는 고개를 젓더니 다시 빠른 걸음으로 모퉁이로 돌아갔다. 렉스가 그 뒤를 쫓았다.

"도대체 왜 이러는 거야?" 그가 당황하여 되풀이했다.

마르고트가 걸음을 서둘렀다. 렉스가 다시 그녀를 따라잡았다.

"나하고 함께 가, 이 거위*야." 렉스가 말했다. "봐, 여기 나한테 이게 있어……" 그는 지갑을 꺼냈다.

마르고트가 곧바로 손등으로 그의 얼굴을 쳤다.

"검지에 낀 그 반지는 아주 날카로운데." 렉스가 차분하게 말했다. 그는 계속 그녀의 뒤를 쫓으며 황급히 지갑을 뒤졌다.

마르고트는 집 입구까지 달려가 열쇠로 문을 열었다. 렉스는 그녀의 손에 뭔가를 쥐어주려다가 갑자기 두 눈을 들어올렸다.

"아, 이런 거였군, 응?" 렉스는 그들이 조금 전에 나왔던 문간을 알아보며 그렇게 말했다.

마르고트는 주위를 둘러보지 않고 문을 밀어 열었다.

"자, 받아." 렉스는 거칠게 말했고, 그녀가 받지 않자 모피 칼라 안에 밀어넣었다. 압축된 공기가 받치고 있는 것처럼 마지못해 열리는

---

* '얼간이'를 가리킨다.

종류의 문이 아니었다면 아마 쾅 소리가 났을 것이다. 그는 아랫입술을 쑥 내민 채 서 있다가, 이내 자리를 떴다.

마르고트는 어둠 속을 더듬어 첫 층계참까지 갔다가, 계속 가려는 순간 현기증을 느꼈다. 그녀는 계단에 주저앉아 흐느꼈다. 전에는 이렇게 흐느껴본 적이 없었다. 그가 그녀를 떠났을 때도 이렇게 울지는 않았다. 그녀는 목에 뭔가가 버스럭거리는 것을 느끼고 손으로 잡았다. 거친 종잇조각이었다. 전기 스위치를 눌렀다. 그녀가 손에 쥔 것은 돈이 아니라 연필로 그린 스케치였다. 소녀의 뒷모습이었다. 어깨의 맨살, 다리의 맨살을 드러내고, 침대에 누워 벽을 보고 있었다. 그 밑에 날짜가 적혀 있었다. 처음에는 연필로 적고, 그다음에 잉크로 다시 썼다. 그가 그녀를 떠난 해와 달과 날이었다. 그래서 그때 그녀더러 돌아보지 말라고 했던 것이다—그녀를 스케치하고 있었기 때문에! 그날 이후로 정말로 이 년밖에 흐르지 않은 걸까?

쿵 소리와 함께 불이 꺼지고, 마르고트는 승강기 창살문에 기대 다시 울기 시작했다. 그때 그가 그녀를 떠났기 때문에 울었다. 그의 이름과 명성을 그녀에게 숨겼기 때문에 울었다. 그가 떠나지 않았다면 지금까지 내내 그와 함께 행복했을지도 몰랐기 때문에 울었다. 그랬다면 일본인 두 사람, 노인, 알비누스를 피할 수 있었을 것이기 때문에 울었다. 그녀는 또 저녁을 먹을 때 렉스가 오른쪽 무릎을, 알비누스가 왼쪽 무릎을 어루만졌기 때문에 울었다—마치 천국은 그녀의 오른쪽에, 지옥은 왼쪽에 있는 듯했기 때문에 울었다.

그녀는 소매로 코를 닦고, 어둠 속을 더듬어 다시 스위치를 눌렀다.

불이 켜지면서 마음이 어느 정도 진정되었다. 그녀는 스케치를 다시 한번 살펴보았다. 그것이 그녀에게 아무리 큰 의미가 있다 해도, 그것을 가지고 있는 것은 위험하다는 생각이 들었다. 그녀는 스케치를 조각조각 찢어 창살문 너머 승강기 통로로 던져버렸다. 어린 시절 일이 떠올랐다. 이윽고 그녀는 손거울을 꺼내고 손을 빠른 속도로 둥글게 움직여 얼굴에 분을 발랐다. 윗입술에 힘을 주고 발랐다. 그녀는 단호하게 딸깍 핸드백을 닫고 층계를 달려올라갔다.

"왜 이렇게 늦었어?" 알비누스가 물었다.

그는 이미 파자마 차림이었다.

그녀는 숨을 헐떡이며, 계속 집까지 차로 데려다주겠다고 고집을 부리는 폰 이바노프를 떼어놓기가 어려웠다고 설명했다.

"나의 미녀의 눈이 얼마나 반짝거리는지," 그가 중얼거렸다. "그리고 그 미녀가 얼마나 피곤하고 뜨거운지. 나의 미녀는 계속 술을 마셨으니까."

"아니, 오늘밤에는 혼자 있고 싶어요." 마르고트가 작은 소리로 대꾸했다.

"토끼야, 제발." 알비누스가 애원했다. "무척 기다렸단 말이야."

"조금 더 기다리세요. 먼저 알고 싶은 게 있어요. 이혼 문제는 처리가 되어가나요?"

"이혼?" 허를 찔린 알비누스가 그 말을 따라했다.

"알베르트, 어떤 때는 아저씨를 이해할 수가 없어요. 어차피 우리도 제대로 된 발판 위에 올라서야 하는 거잖아요, 안 그래요? 아니면 혹시 얼마 후에 나를 떠나 리지한테 돌아가려는 건가요?"

"너를 떠나?"

"내 말 따라하지 말아요, 바보같이. 아니, 말이 되는 답을 주기 전에는 내 근처에 가까이 오지 못하게 할 거예요."

"좋아." 그가 말했다. "월요일에 변호사와 얘기하지."

"확실해요? 약속하는 거예요?"

18

악셀 렉스는 아름다운 고향땅에 돌아와 기뻤다. 최근 들어 문제가 많았다. 어떻게 된 일인지 운의 경첩이 옴짝달싹하지 않았다. 그래서 고장난 차를 버리듯이 운을 진흙에 버렸다. 예를 들어 그의 마지막 농담을 제대로 평가할 줄 모르는 편집자와의 싸움이 있었다―그렇다고 그가 그것을 유포할 의도가 있었다는 것은 아니지만. 어디를 가나 싸움이 벌어졌다. 부유한 독신녀가 끼어들었고 수상쩍은('하지만 매우 재미있었지.' 렉스는 서글픈 마음으로 생각했다) 돈거래가 있었고, 바람직하지 않은 외국인이라는 주제를 놓고 어떤 당국과 약간 일방적인 대화가 있었다. 사람들은 나한테 불친절했어, 그는 생각했다. 그러나 그는 그들을 쉽게 용서했다. 사람들이 그의 작업에 감탄하다가도 다음 순간에는 그의 얼굴에 주먹을 날리려 하다니(한두 번은 상당한 성공을 거두기도 했다) 재미있었다.

그러나 최악은 그의 재정 상태였다. 명성—어제 그 마음씨 고운 바보가 이야기한 세계적 규모는 전혀 아니었지만, 그래도 명성은 명성이었기 때문에 한동안 상당한 돈이 굴러들어왔다. 이제 딱히 할 일도 없었고 베를린—이곳 사람들은 늘 그랬듯이 유머라면 장모님 단계에 있었다—에서 만화가로서의 일도 막연하기는 했지만, 그래도 도박만 아니었다면 그 돈을, 적어도 그 일부는 그대로 가지고 있었을 터였다.

아주 어릴 때부터 허세를 부리는 경향이 있었기 때문에 그가 가장 좋아하는 카드게임이 포커인 것은 당연했다! 그는 같이 칠 사람만 있다면 언제든지 포커를 쳤다. 꿈에서도 쳤다. 역사적 인물들, 또는 오래전에 죽어 실제 생활에서는 기억조차 나지 않는 옛 친척 몇 명, 또는 역시 실제 생활에서는 그와 같은 방에 있는 것을 단호하게 거부할 사람들과도 쳤다. 그런 꿈에서 그는 자신에게 던져져 한데 포개져 있는 카드 다섯 장을 집어들어 눈까지 바싹 들어올리고, 이어 다음 카드도 같은 방식으로 옆으로 밀어냈다. 그렇게 해서 조커 다섯 장이 들어왔다는 것을 한 장씩 확인했다. '훌륭해.' 그는 조커가 그렇게 많다는 것에 전혀 놀라지 않고 속으로 그렇게 생각한 뒤 조용히 첫번째 베팅을 했다. 그러자 퀸이 넷밖에 없는 헨리 8세(홀바인이 그린 그림 그대로였다)가 그것을 받아 두 배로 올렸다. 그 순간 그는 포커페이스를 그대로 유지한 채 잠을 깼다.

아침은 너무 황량하고 어두워 침대맡의 불을 켜야 했다. 창의 거즈 커튼은 더러워 보였다. 그가 제시한 돈이면 집주인은 더 좋은 방을 줄 수도 있었을 것이다(어쩌면 집주인은 그 돈을 구경하지 못하게 될지도 몰라, 그는 생각했다). 갑자기 어제의 묘한 만남이 기억나면서 달콤한 충격이 찾아왔다.

렉스는 일반적으로 연애를 회상할 때 어떤 특별한 감정을 느끼지 못했다. 그러나 마르고트는 예외였다. 지난 이 년 동안 그는 종종 자기도 모르게 그녀를 생각하곤 했다. 서둘러 그린 연필 스케치를 물끄러미 바라보다 우수憂愁와 매우 흡사한 느낌에 젖어든 적도 많았다. 낯선 정서였다. 악셀 렉스는 아무리 좋게 보아도 냉소주의자였기 때문이다.

그는 젊은 시절 처음 독일을 떠나면서(전쟁을 피하기 위해 매우 서둘러 떠났다) 불쌍한 반편이 어머니를 버렸다. 그가 몬테비데오로 떠난 다음날 어머니는 아래층으로 굴러 치명상을 입었다. 어린 시절 그는 살아 있는 쥐에게 기름을 붓고 불을 붙인 다음 쥐가 몇 초 동안 불타오르는 유성처럼 이리저리 쏜살같이 뛰어다니는 것을 구경한 적이 있었다. 그가 고양이한테 한 짓은 자세히 알려고 들지 않는 것이 좋다. 그러다 나이가 들어 화가로서의 재능이 발달하자, 그는 더 은근한 방식으로 호기심을 채우려 했다. 의학적 명칭이 붙은 병적인 것은 아니었다. 아, 전혀 아니었다. 그저 눈을 크게 뜬 차가운 호기심일 뿐이었다. 삶이 그의 예술에 제공한 여백의 메모일 뿐이었다. 삶이 무력하게 캐리커처로 미끄러져 들어가면서 실없어 보이는 것이 무척 재미있었다. 일부러 꾸민 장난은 경멸했다. 그런 일이 우연히 벌어지는 것이 좋았다. 아래로 내려가는 바퀴가 굴러가도록 그가 이따금 살짝 건드려줄 수야 있겠지만. 그는 사람들을 놀리는 것을 아주 좋아했다. 그 과정이 부담 없이 편할수록 그런 장난이 기분좋았다. 그리고 이 위험한 사람은 손에 연필을 쥐면 실제로 아주 훌륭한 화가이기도 했다.

아이들과 함께 홀로 집에 있던 삼촌은 아이들을 즐겁게 해주기 위해 변장을 하겠다고 말했다. 오래 기다려도 삼촌이 나타나지 않자 아이들은 아래로 내려갔다가 마스크를 쓴 사람이 탁자의 은붙이들을 가방에 집어넣는 것을 보았다. "아, 삼촌." 아이들은 기뻐서 소리를 질렀다. "그래, 내 변장이 멋지지 않니?" 삼촌이 말하며 가면을 벗었다. 이렇게 해서 헤겔식 유머 삼단논법이 등장한다. 테제: 삼촌은 도둑으로 변장했다(아이들에게 줄 웃음거리). 반테제: 그것은 도둑이었다(독자들을 위한 웃음거리). 진테제: 그것은 여전히 삼촌이었다(독자들을 놀린다). 이것이 렉스가 즐겨 자신의 작업에 집어넣는 슈퍼유머였다. 그리고 렉스는 이것이 아주 새로운 것이라고 주장했다.

한 위대한 화가가 어느 날 비계에 높이 올라가 있다가 자신이 완성한 프레스코화를 잘 보려고 뒤로 움직이기 시작했다. 한 발만 뒤로 더 물러나면 밑으로 떨어질 판이고, 조심하라고 소리를 질렀다가는 오히려 치명적인 결과를 낳을 수도 있는 상황이었는데, 그의 도제가 차분하게 들통에 담겨 있던 것을 걸작을 향해 던졌다. 아주 재미있다! 그러나 그 무아경에 빠진 대가가 그대로 뒷걸음질을 쳐 허공을 디뎠다면 얼마나 더 재미있을까—그것도 구경꾼들은 들통을 예상하는 상황에서. 캐리커처라는 예술은, 렉스가 이해하는 바로는, 이렇게 잔인성과 쉽게 믿는 태도 사이의 대조에 기초를 두고 있었다(그 종합적이고 다시 속이는 성격은 둘째로 하고). 실제 생활에서 렉스는 눈먼 거지가 행복하게 지팡이를 두드리다가 새로 페인트를 칠한 의자에 앉으려고 하면, 손가락 하나 까닥하지 않고 구경을 하면서 다음에 그릴 작은 그림을 위한 영감만 얻어냈다.

그러나 이 모든 것은 마르고트가 그에게 일으킨 감정에는 적용되지 않았다. 그녀의 경우에는, 심지어 미술적인 의미에서도, 렉스 안의 화가 기질이 익살꾼 기질에게 승리를 거두었다. 그는 그녀를 다시 찾아낸 것이 그렇게 기분좋다는 사실에 약간 짜증이 났다. 사실 그가 마르고트를 떠난 것도 단지 그녀를 너무 좋아하게 될까봐 두려웠기 때문이었다.

이제 무엇보다도 그녀가 실제로 알비누스와 함께 살고 있는지 알아내고 싶었다. 그는 손목시계를 보았다. 정오였다. 지갑을 보았다. 비어 있었다. 그는 옷을 입고 전날 저녁에 갔던 집으로 걸어갔다. 눈이 살포시 그러면서도 쉼 없이 내리고 있었다.

공교롭게도 알비누스가 직접 문을 열었으며, 그는 처음에는 앞에 있는 눈에 덮인 손님이 누구인지 알아보지 못했다. 그러나 렉스가 매트에 신발을 비빈 뒤 고개를 들자 알비누스는 아주 따뜻하게 그를 환영했다. 이 사람은 전날 저녁 그 순발력 있는 재치와 편안한 태도만이 아니라 독특한 그만의 외모로도 알비누스에게 강한 인상을 주었던 것이다. 창백하게 움푹 꺼진 뺨, 두툼한 입술, 색다른 검은 머리카락은 일종의 매혹적인 추醜를 이루고 있었다. 또 한편으로는 마르고트가 파티 이야기를 하다가 이렇게 말한 것도 기억이 나 유쾌했다. "아저씨의 그 화가 친구라는 사람은 면상이 역겹더라고요—얼마를 준다 해도 키스하지 않을 그런 사람이었어요." 또 도리아나가 그에 관해 털어놓고야만 이야기도 흥미로웠다.

렉스는 불쑥 찾아온 것을 사과했고, 알비누스는 상냥하게 웃음을 터뜨렸다.

렉스가 말했다. "솔직히 말해서 선생님은 베를린에서 내가 더 깊이 알고 싶은 몇 안 되는 분들 가운데 한 분입니다. 미국은 여기보다 친구 사귀기가 쉬워, 관습적으로 행동하지 않는 습관이 생겼죠. 나 때문에 충격을 받으신다면 용서해주시기 바랍니다만, 라위스달의 그림 바로 밑 긴 의자에 산뜻한 봉제인형을 놓아두는 것이 정말 권할 만한 일이라고 생각하시나요? 그런데, 선생님이 소장하신 그림들을 더 꼼꼼히 살펴봐도 되겠습니까? 저기 있는 저건 훌륭해 보이는데요."

알비누스는 그를 이 방 저 방으로 안내했다. 방마다 훌륭한 그림이 몇 점씩 걸려 있었다—드문드문 가짜도 있었지만. 렉스는 황홀한 표정으로 구경을 했다. 그는 궁금했다. 담자색 가운의 요한과 울고 있는 동정녀가 있는 저 로렌초 로토가 진품일까?* 다사다난했던 삶의 어느 시

---

* 이탈리아 르네상스 시기의 화가 로렌초 로토가 1545년경 완성한 〈피에타〉.

절에 그는 그림을 위조하는 일을 했고 아주 훌륭한 물건을 몇 개 만들어냈다. 17세기—그것이 그의 전공 시기였다. 어젯밤에 그는 식당에서 오랜 친구 한 점을 알아보았고, 이제 그것을 다시 살피며 짜릿한 기쁨을 맛보고 있었다. 보갱의 최고 작품을 흉내낸 것이었다. 체스판 위의 만돌린, 잔에 든 루비 빛깔의 와인, 하얀 카네이션.*

"현대적으로 보이지 않나요? 사실, 거의 초현실적으로?" 알비누스가 다정하게 물었다.

"그렇고말고요." 렉스가 자신의 손목을 쥐고 그림을 보며 말했다. 당연히 현대적이었다. 그가 불과 팔 년 전에 그린 것이니까.

이어 그들은 훌륭한 리나르가 걸려 있는 복도를 따라 걸었다—꽃과 눈이 달린 나방이 한 마리 있었다.** 그 순간 마르고트가 밝은 노란색 목욕 가운을 입고 욕실에서 나타났다. 그녀는 회랑을 달려내려가다 슬리퍼 한 짝을 잃어버릴 뻔했다.

"이 안이에요." 알비누스가 수줍게 웃음을 터뜨리며 말했다. 렉스는 그를 따라 서재로 들어갔다.

렉스가 웃음을 지으며 말했다. "내가 잘못 알고 있는 게 아니라면 방금 그분은 페터스 양이로군요. 선생님 친척인가요?"

'아닌 척 해봐야 무슨 소용이 있을까?' 알비누스는 그 질문을 듣는 즉시 생각했다. 이렇게 관찰력이 좋은 사람을 속이기란 불가능한 일이다. 게다가, 어, 오히려 멋져 보이지 않을까—은근히 보헤미안식으로?

---

* 17세기 초 프랑스 화가 뤼뱅 보갱의 대표작 〈체스판이 있는 정물〉을 흉내낸 듯하다.
** 17세기 프랑스 화가 자크 리나르의 〈꽃바구니〉.

"내 귀여운 정부죠." 그는 그렇게 대답했다.

그는 렉스에게 저녁을 먹고 가라고 권했고, 렉스는 법석을 떨지 않고 권유를 받아들였다. 식탁에 나타난 마르고트는 께느른했지만 차분했다. 그녀가 간밤에 가까스로 제어할 수 있었던 흥분은 이제 행복과 아주 비슷한 것으로 바뀌어 있었다. 그녀의 인생을 공유하는 두 남자 사이에 그렇게 앉아 있자니 마치 어떤 비밀스럽고 열정적인 영화 속의 주연배우가 된 듯한 기분이었다─그래서 거기에 맞게 행동하려고 했다. 멍하니 웃음을 짓고, 눈까풀을 내리깔고, 과일을 건네달라고 하면서 알비누스의 소매에 부드럽게 손을 얹고, 예전 연인에게는 무관심한 눈길을 스치듯 던졌다.

'아니, 다시는 달아나지 못하게 할 거야, 절대로.' 그녀가 갑자기 속으로 말했다. 오래전에 사라졌던 달콤한 떨림이 등뼈를 훑고 내려갔다.

렉스는 말을 많이 했다. 다른 이야기도 재미있었지만, 백조를 놓치는 바람에 다음 백조가 오기를 기다리던 술 취한 로엔그린이 특히 재미있었다. 알비누스는 기운차게 웃었지만, 렉스는 그가 우스개의 반만 본다는 것, 그리고 그 나머지 반 때문에 마르고트가 입술을 깨문다는 것을 알았다(이것이 개인적으로 볼 때 이 우스개의 핵심이었다). 그는 말을 하면서 마르고트를 거의 보지 않았다. 그가 간혹 볼 때면 그녀는 즉시 그의 눈이 잠시 머문 드레스의 이곳저곳을 흘끗 내려다보고, 무의식적으로 그곳을 매만졌다.

알비누스가 한쪽 눈을 찡긋하며 말했다. "이제 곧 우리는 스크린에서 누군가를 보게 될 겁니다."

마르고트는 입을 쑥 내밀며 그의 손을 가볍게 쳤다.

"영화배우십니까?" 렉스가 물었다. "아, 정말로요? 어떤 영화에 나올 건지 물어봐도 되겠습니까?"

그녀는 그를 보지 않고 대답하면서 어마어마한 자부심을 느꼈다. 그는 유명한 화가이고 그녀는 영화의 스타였다. 이제 둘은 같은 수준에 있었다.

렉스는 저녁을 먹자마자 그곳을 나와, 다음에 무엇을 할까 생각하며 도박 클럽에 들렀다. 스트레이트 플러시(오랫동안 뜨지 않던 패였다) 덕분에 기운을 좀 낼 수 있었다. 다음날 그는 알비누스에게 전화를 걸었고, 둘은 첨단을 걷는 현대회화 전시를 보러 갔다. 그다음날은 알비누스의 아파트에서 저녁을 먹었다. 그다음에는 갑자기 찾아갔지만, 마르고트는 집에 없었다. 그는 알비누스와 오랫동안 훌륭하고 고상한 대화를 나눌 수밖에 없었다. 알비누스는 그를 엄청나게 좋아하게 되었다. 렉스는 무척 짜증이 났다. 그러나 마침내 운명의 여신이 그를 가엾게 여겨, 실내 경기장에서 열리는 아이스하키 경기라는 상황을 선택하여 선행을 베풀기로 했다.

그들 셋이 귀빈석으로 걸어가던 도중 알비누스는 파울의 어깨와 이르마의 땋은 금발을 알아보았다. 이런 종류의 일은 언젠가 일어날 수밖에 없었다. 그도 늘 이런 일을 예상하고 있었지만, 완전히 기습을 당한 꼴이라 어색하게 방향을 틀었고, 그러다 마르고트의 옆구리에 심하게 부딪혔다.

"무슨 짓이에요, 아저씨?" 그녀가 거칠게 말했다.

"편안히 자리를 잡고 커피 좀 주문해." 알비누스가 말했다. "나는—어—전화 좀 해야 돼. 완전히 까먹고 있었네."

"제발, 가지 마요." 마르고트가 말하며 일어섰다.

"좀 급한 일이야." 그는 힘주어 말하며, 가능한 한 작아 보이려고 어깨를 움츠렸다(이르마가 나를 보았을까?). "좀 늦더라도 걱정하지 마. 실례 좀 할게요, 렉스."

"제발, 여기 그냥 있어요." 마르고트가 다시 아주 조용한 목소리로 말했다.

그러나 알비누스는 그녀의 이상한 눈길을 눈치채지 못했다. 그녀의 뺨이 붉어지고 입술이 떨리고 있다는 것도 눈치채지 못했다. 그는 등을 완전히 둥글게 구부리고 서둘러 출구로 갔다.

잠시 침묵이 흐르다, 렉스가 크게 한숨을 쉬었다.

"마침내 둘뿐이군Enfin seuls." 그가 소름 끼치는 목소리로 말했다.

그들은 새하얀 천을 덮은 작은 탁자가 놓인 비싼 귀빈석에 나란히 앉아 있었다. 아래, 장벽 바로 너머에 얼어붙은 경기장이 드넓게 펼쳐져 있었다. 밴드가 쿵쿵 소리를 내며 서커스 행진곡을 연주했다. 텅 빈 얼음장은 기름이 낀 듯 푸르스름하게 반들거렸다. 공기는 뜨거운 동시에 차가웠다.

"이제 이해하겠어요?" 마르고트가 갑자기 물었지만, 자신이 뭘 묻는 것인지 스스로도 잘 몰랐다.

렉스는 대답하려 했지만, 그 순간 박수갈채가 거대한 건물 전체에 울려퍼졌다. 그는 탁자 밑으로 그녀의 작고 뜨거운 손을 꼭 잡았다. 마르고트는 눈물이 솟는 것을 느꼈지만, 손을 빼지 않았다.

가두리가 퍼진 은색 짧은 치마에 하얀 타이츠를 신은 소녀가 스케이트 발끝으로 얼음을 가로질러 달리다 관성이 생기자 아름다운 곡선을 그리며 펄쩍 뛰어올라 방향을 틀어서 다시 미끄러져 갔다.

원을 그리고 춤을 추는 그녀의 반짝이는 스케이트가 번개처럼 빛나고, 아주 힘차게 얼음과 부딪치며 얼음을 갈랐다.

"당신은 나를 찾았어요." 마르고트가 말을 꺼냈다.

"그래, 하지만 서둘러 너한테 돌아왔잖아, 안 그래? 울지 마, 아가. 저 사람하고 오래 살았어?"

마르고트는 말을 하려고 했지만, 다시 함성이 건물을 채웠다. 얼음은 다시 텅 비었다. 그녀는 팔꿈치를 탁자에 기대고 두 손으로 관자놀이를 눌렀다.

야유와 박수와 함성 사이에서 선수들이 천천히 얼음을 지치고 있었다. 먼저 스웨덴 선수들이 나왔고, 그다음에 독일 선수들이 나왔다. 화려한 스웨터를 입고 발등에서 엉덩이까지 커다란 가죽 패드를 찬 원정팀의 골키퍼가 자신의 작은 골대로 천천히 미끄러져 갔다.

"아저씨는 이혼을 얻어낼 거예요. 당신이 얼마나 곤란한 순간을 골라 나타났는지 이해하겠어요?"

"말도 안 돼. 정말로 저 사람이 너하고 결혼할 거라고 믿는 거야?"

"당신이 엉망으로 뒤집어놓으면 안 하겠죠."

"아냐, 마르고트, 저 사람은 너하고 결혼 안 해."

"장담하는데 할 거예요."

그들의 입은 계속 움직였지만 주위의 소란이 그들의 빠른 말다툼을 삼켜버렸다. 민첩한 스틱들이 얼음 위의 퍽을 쫓고, 두드리고, 붙들고, 전달하고, 놓치다 빠르게 쾅 충돌하자 군중은 흥분하여 포효했다. 골키퍼는 자기 자리에서 이쪽저쪽으로 부드럽게 움직이며 두 다리를 딱붙였다. 두 패드를 합쳐 하나의 방패를 이룰 셈이었다.

"……당신이 돌아왔다니 무시무시해요. 당신은 아저씨하고 비교하면 거지예요. 맙소사, 이제 당신이 모든 걸 망쳐버릴 작정이라는 걸 알겠어요."

"무슨 소리, 말도 안 돼, 우리는 무척 조심할 거야."

"미쳐버릴 것 같아요." 마르고트가 말했다. "이 소란에서 좀 나가게 해줘요. 나가요. 아저씨는 분명히 돌아오지 않을 거예요. 설사 돌아온다 해도, 따끔한 맛을 봐야 돼요."

"우리집으로 가. 반드시 가야 돼. 바보처럼 굴지 마. 빨리 끝날 거야. 너는 한 시간 뒤면 집에 가 있을 거야."

"입다물어요. 나는 어떤 모험도 하지 않을 거예요. 지난 몇 달 동안 노력을 해서 저 사람을 여기까지 밀어붙였어요. 그런데 내가 이제 와서 정말로 이 모든 걸 포기할 거라고 생각하는 거예요?"

"저 사람은 너하고 결혼하지 않아." 렉스는 확신에 찬 목소리로 말했다.

"집에 데려다줄 거예요, 말 거예요?" 그녀가 거의 악을 쓰듯이 물었다—그때 한 가지 생각이 그녀의 마음을 스치고 지나갔다—'나는 이

사람이 택시에서 나한테 키스해도 가만히 있을 거야.'

"잠깐만. 말해봐, 내가 무일푼인 걸 어떻게 알았지?"

"당신 눈을 보면 알 수 있어요." 그녀는 대답하고 귀를 막았다. 이제 소음이 절정에 이르렀기 때문이다. 골이 들어갔고, 스웨덴 골키퍼는 얼음에 엎드려 있었다. 그의 손에서 튀어나온 스틱은 뱅글뱅글 돌며 주인을 잃은 노처럼 얼음 위를 미끄러져 갔다.

"어, 내가 하고 싶은 말은 이거야. 미루는 건 시간 낭비라는 거. 어차피 조만간 일어날 수밖에 없는 일이야. 어서. 블라인드를 내리면 내 창문으로 멋진 경치가 보여."

"한마디만 더 하면 혼자 집에 갈 거예요."

귀빈석들 뒤쪽으로 걸어가다 마르고트는 깜짝 놀라며 얼굴을 찌푸렸다. 뿔테 안경을 쓴 통통한 신사가 역겹다는 표정으로 그녀를 노려보고 있었다. 그의 옆에 앉은 어린 소녀는 커다란 쌍안경으로 게임을 따라가고 있었다.

"저기 좀 봐요." 마르고트가 동행에게 소리쳤다. "저기 아이하고 함께 있는 뚱뚱한 놈 보여요? 저게 그 사람 처남하고 딸이에요. 이제야 왜 그 벌레가 기어가버렸는지 알겠네. 아까 못 알아본 게 아쉽네. 저놈은 전에 나한테 무척 무례하게 굴었어요. 누가 저놈을 흠씬 패주더라도 상관하지 않을 거야."

"그런데도—결혼식 종소리 얘기를 할 수 있다니." 렉스는 그녀 옆에서 소리를 내지 않고 넓은 보폭으로 걸어가며 말했다. "그 사람은 너하고 절대 결혼 안 해. 여기 좀 봐, 마르고트, 내가 새로 제안할 게 있어. 아마 이게 마지막 제안일 거야."

"그게 뭔데요?" 마르고트가 수상쩍다는 표정으로 물었다.

"집에는 데려다줄게. 하지만 택시비는 네가 내줘야 돼, 마르고트."

19

파울은 그녀의 뒷모습을 바라보고 있었다. 목깃 위로 흘러넘쳐 굽이치는 지방이 비트 뿌리 색깔로 변해갔다. 그는 본성이 고운 사람이었지만, 마르고트가 그에게 하겠다고 한 일을 거꾸로 마르고트에게 하는 것도 전혀 꺼리지 않았을 것이다. 파울은 그녀와 함께 있는 남자가 누구인지, 알비누스는 어디 있는지 궁금했다. 그 인간이 틀림없이 근처 어딘가에 있을 것 같았다. 아이가 어느 순간 그 인간을 볼 수도 있다는 생각이 들자 견딜 수가 없었다. 그는 심판이 호각을 불어 이르마와 함께 경기장을 빠져나갈 수 있게 되자 크게 안도했다.

그들은 집에 이르렀다. 이르마는 피곤해 보였다. 시합이 어땠느냐는 어머니의 질문에 아이는 그저 고개만 끄덕이고, 아이의 가장 매혹적인 특징인 그 희미하고 신비한 미소만 지을 뿐이었다.

"나는 선수들이 얼음 위를 그렇게 쏜살같이 돌아다니는 게 놀랍던데." 파울이 말했다.

엘리자베트는 생각에 잠긴 표정으로 그를 보다가 딸을 돌아보았다. "잘 시간이야, 잘 시간." 그녀가 말했다.

"아, 싫은데." 이르마가 졸린 목소리로 애원했다.

"어머나, 자정이 다 됐네. 한 번도 이렇게 늦게까지 안 잔 적이 없잖아."

"얘기해봐, 파울." 이르마에게 이불을 꼭 덮어주고 난 뒤 엘리자베트가 말했다. "무슨 일이 있었다는 느낌이 들어. 둘이 없는 동안 나는 무척 불안했어. 파울, 얘기해줘!"

"하지만 말할 게 아무것도 없는데." 그렇게 말했지만 그의 얼굴은 새빨개졌다.

"아무도 안 만났어?" 그녀가 넘겨짚었다. "정말로 안 만났어?"

"도대체 뭣 때문에 그런 생각을 하게 된 거야?" 파울은 엘리자베트가 남편과 별거하게 된 후로 거의 텔레파시에 가깝도록 발달해버린 그녀의 감수성 때문에 완전히 당황하여 중얼거렸다.

"늘 그걸 두려워하고 있어." 그녀가 작은 소리로 말하며 천천히 고개를 숙였다.

다음날 아침 엘리자베트는 손에 체온계를 들고 방으로 들어온 보모 때문에 잠을 깼다.

"이르마가 아파요, 마님." 보모가 괄괄한 목소리로 말했다. "체온이 삼십팔 도가 넘어요."

"삼십팔 도." 엘리자베트는 그 말을 되풀이했다. 갑자기 떠오르는 것이 있었다. "그래서 어제 아이가 그렇게 불안했구나."

그녀는 침대에서 튀어나와 육아실로 달려갔다. 이르마는 누워서 반짝이는 눈으로 천장을 올려다보고 있었다.

"어부와 작은 배." 아이가 천장을 가리키며 말했다. 침대 옆 램프의 빛살이 천장에 무늬를 그리고 있었다. 아주 이른 시간이었고 눈이 오고 있었다.

"목이 아파, 우리 아기?" 엘리자베트가 계속 실내복과 씨름을 하며 물었다. 이윽고 그녀는 근심스러운 표정으로 아이의 뾰족하고 작은 얼굴 위로 허리를 구부렸다.

"맙소사, 얘 이마가 얼마나 뜨거운 거야!" 엘리자베트는 소리치며 이르마의 이마에서 엷은 색의 가는 머리카락을 뒤로 쓸어넘겼다.

"그리고 갈대가 하나, 둘, 셋, 넷." 이르마가 계속 천장을 보며 작은 소리로 말했다.

"의사한테 전화를 하는 게 좋겠어." 엘리자베트가 말했다.

"아, 그러실 필요 없어요, 마님." 보모가 말했다. "제가 레몬을 넣은 뜨거운 차와 좋은 아스피린을 먹일게요. 요즘은 다들 독감에 걸려요."

엘리자베트가 파울의 방문을 두드렸다. 그는 면도를 하고 있다가 두 뺨에 거품을 묻힌 채 이르마의 방으로 갔다. 파울은 안전면도기로 면도를 할 때도 종종 베이곤 했다. 지금도 턱의 거품 사이로 선홍색 반점이 번지고 있었다.

"딸기하고 휘핑크림." 파울이 허리를 굽혀오자 이르마가 작은 소리로 말했다.

저녁 무렵에 도착한 의사는 이르마의 침대 가장자리에 앉아, 방 한 구석을 가만히 보며 맥박수를 재기 시작했다. 이르마는 그의 크고 복잡한 귓구멍의 공동 속 하얀 털과 분홍색 관자놀이의 W자 핏줄을 보았다.

"좋아." 의사가 말하며 안경테 위로 아이를 보았다. 이윽고 의사는 이르마에게 일어나 앉으라고 말했고, 엘리자베트가 아이의 잠옷을 걷어올렸다. 어깨뼈가 툭 튀어나온 이르마의 몸은 아주 희고 가냘팠다. 의사는 청진기를 아이 등에 대고 큰 숨을 쉬며 아이에게도 숨을 쉬라고 말했다.

"좋아." 의사가 다시 말했다.

이윽고 그는 아이의 가슴 여기저기를 두드리고 얼음처럼 차가운 손가락으로 힘을 주어 배를 긁었다. 마침내 의사는 일어서더니 아이의 머리를 토닥이고 손을 씻은 다음 소매를 내렸다. 엘리자베트는 의사를 서재로 안내했다. 의사는 편안하게 앉더니 만년필 뚜껑을 돌려 열고 처방을 썼다.

"그래요." 그가 말했다. "독감이 돌고 있습니다. 어제는 성악가와 반주자가 둘 다 독감에 걸려 앓아눕는 바람에 연주회가 취소되기도 했지요."

다음날 아침 이르마의 열은 상당히 내렸다. 반면 파울은 몸이 매우 불편했다. 그는 씨근거리며 계속 코를 풀었지만, 눕는 것은 단호히 거부하고 심지어 평소처럼 출근도 했다. 보모도 코를 훌쩍이고 있었다.

그날 저녁 엘리자베트는 딸의 겨드랑이에서 따뜻한 유리관을 꺼내 수은이 빨간 열선 위로 올라가지 않은 것을 보고 기뻐했다. 이르마는 빛이 눈부셔 눈을 깜빡였다. 곧 아이는 벽으로 얼굴을 돌렸다. 방은 다시 어두워졌다. 모든 것이 따뜻하고, 아늑하고, 약간 우스꽝스러웠다. 곧 이르마는 잠들었지만, 어렴풋이 불쾌한 느낌이 드는 꿈 때문에 한밤중에 잠을 깼다. 목이 말라 침대맡 탁자로 손을 뻗어 끈끈한 잔에 든 레모네이드를 다 마신 다음 조심스럽게 잔을 다시 내려놓으며 가볍게 입맛을 다셨다.

방이 평소보다 어둡게 느껴졌다. 옆방에서는 보모가 심하게, 거의 황홀경에 빠진 것처럼 코를 골고 있었다. 이르마는 그 소리에 귀를 기울이다가, 집에서 아주 가까운 지하에서 올라오는 전차가 친근하게 우르릉거리는 소리를 기다렸다. 그러나 전차는 오지 않았다. 시간이 너무 늦어 전차 운행이 끝난 것인지도 몰랐다. 이르마는 눈을 크게 뜨고 누워 있었다. 갑자기 거리에서 네 음으로 이루어진, 귀에 익은 휘파람 소리가 들렸다. 아버지가 집에 올 때 불던 휘파람 소리, 곧 함께 있을 수 있으니 저녁을 차려도 좋다고 알려주던 소리와 똑같았다. 이르마는 물론 그 사람이 아버지가 아니라, 지난 두 주 동안 사층 여자를 찾아오던 남자라는 것을 알고 있었다. 수위의 어린 딸은 그 이야기를 해주다가, 이르마가 이치를 따지는 태도로 그렇게 늦게 찾아오는 것은 어리석은 짓이라고 자기 생각을 말하자, 혀를 쏙 내밀었다. 이르마는 아버지 이야기를 입 밖에 내면 안 된다는 것도 알았다. 아버지는 지금 어린 친구와 함께 살고 있었는데, 이 정보는 이르마 앞에서 아래층으로 걸어내려가던 두 여자의 대화에서 얻은 것이었다.

창문 밑에서 다시 휘파람 소리가 들렸다. 이르마는 생각했다. '누가 알아? 어쩌면 정말로 아버지일지. 하지만 아버지를 들어오게 할 사람은 없을 거야. 어쩌면 모르는 사람이 휘파람을 부는 거라고 나한테만 거짓말을 했을지도 몰라.'

이르마는 이불을 걷어내고 창문까지 뒤꿈치를 들고 걸어갔다. 가다가 의자에 부딪혔고, 뭔가 부드러운 것(아이의 코끼리였다)이 툭 하고 떨어져 삑삑 소리를 냈다. 그러나 보모는 태평하게 코를 골고 있었다. 이르마가 창을 열자 얼음처럼 차갑고 달콤한 공기가 한꺼번에 방으로 밀려들었다. 누군가 거리의 어둠 속에 서서 집을 올려다보고 있었다. 이르마는 오랫동안 남자를 내려다보았지만, 실망스럽게도 아버지가 아니었다. 남자는 줄곧 서 있다가, 이윽고 방향을 틀더니 느릿느릿 자리를 떴다. 이르마는 남자가 안쓰러웠다. 추위 때문에 감각이 사라져 창문도 제대로 닫을 수가 없었고, 침대로 돌아갔지만 몸은 다시 따뜻해지지 않았다. 마침내 아이는 잠이 들어 아버지와 하키를 하는 꿈을 꾸었다. 아버지는 웃음을 터뜨리고, 미끄러지고, 엉덩방아를 찧었고, 실크해트가 벗겨졌다. 이르마도 쿵하고 주저앉았다. 얼음은 끔찍했지만 일어날 수가 없었고, 하키 스틱은 꼼지락거리는 애벌레처럼 떠나가버렸다.

다음날 아침 이르마는 체온이 사십 도까지 올라갔고, 얼굴은 납빛으로 변했다. 아이는 옆구리가 아프다고 했다. 엘리자베트는 즉시 의사를 불렀다.

환자의 맥박수는 백이십이었고, 아픈 자리 위쪽의 가슴은 타진에 둔하게 반응했으며, 청진기는 머리카락을 손가락으로 비비는 듯한 가느다란 소리를 전해왔다. 의사는 물집을 다스리는 약, 진통해열에 쓰는 약, 진정시키는 약을 처방했다. 엘리자베트는 갑자기 미칠 것 같았다. 아무리 운명이라 해도 그 엄청난 일을 겪은 그녀를 또 이렇게 괴롭힐 권리는 없는 것 같았다. 그녀는 안간힘을 써서 정신을 차리고 의사에게 인사를 했다. 의사는 떠나기 전에 역시 열이 심한 보모를 진찰했지만, 이 기운찬 여자의 경우에는 크게 걱정할 일이 없었다.

파울이 의사를 따라 복도까지 나가 쉰 목소리로—감기 때문에 작은 목소리로 이야기하려 애쓰고 있었다—무슨 위험은 없는지 물었다.

"오늘 다시 들여다보겠습니다." 의사가 천천히 말했다.

'늘 똑같아.' 늙은 람페르트는 아래층으로 내려가면서 생각했다. '늘 똑같은 질문에 늘 똑같이 애원하는 눈빛이야.' 그는 수첩을 뒤져보다 자동차 운전대 뒤에 앉으며 문을 쾅 닫았다. 오 분 뒤 그는 다른 집 문으로 들어서고 있었다.

알비누스는 서재에서 일할 때 입는 실크로 된 브레이드 장식이 있는 따뜻한 재킷 차림으로 람페르트를 맞았다.

"어제부터 몸이 별로 안 좋다네요." 알비누스가 걱정스러운 목소리로 말했다. "온몸이 아프다고 합니다."

"열은요?" 람페르트가 물으며, 이 사랑에 빠진 불안한 표정의 남자에게 그의 딸이 폐렴에 걸렸다는 이야기를 할지 말지 망설였다.

"아니, 그뿐이에요. 열은 없는 것 같아요." 알비누스는 놀란 목소리로 말했다. "그런데 열 증상이 없는 독감이 특히 위험하다는 얘기를 들었습니다만."

('그런 얘기는 해서 뭐해?' 람페르트는 생각했다. '아무런 가책 없이 가족을 버린 사람인데. 필요하면 그쪽에서 직접 이야기를 하겠지. 내가 왜 끼어들어?')

"글쎄요." 람페르트는 한숨을 쉬며 말했다. "우리의 매력적인 환자를 좀 볼까요?"

마르고트는 찌무룩한 표정에 달아오른 얼굴로 소파에 누워 있었다. 레이스가 잔뜩 달린 실크 가운으로 몸을 감싸고 있었다. 그녀 옆에는 렉스가 다리를 꼬고 앉아 담뱃갑 바닥에 그녀의 어여쁜 머리를 스케치하고 있었다.

('어여쁜 여자야, 의문의 여지없이.' 람페르트는 생각했다. '하지만 분명히 뱀 같은 데가 있어.')

렉스는 휘파람을 불며 옆방으로 물러났다. 알비누스는 가까운 곳에서 얼쩡거리고 있었다. 람페르트는 환자를 진찰하기 시작했다. 가벼운 감기, 그뿐이었다.

"이삼일 밖에 안 나가는 게 좋겠네요." 람페르트가 말했다. "그런데 영화는 어떻게 되어가나요? 끝났습니까?"

"네, 다행히도." 마르고트가 대답하며 께느른하게 가운을 여몄다. "다음달에 특별 초대 시사회가 있을 거예요. 그때까지는 다 나아야 돼요, 무슨 일이 있어도."

('게다가,' 람페르트는 관계도 없는 생각을 이어가고 있었다. '이 작

은 암캐는 저 사람을 파멸시킬 거야.')

의사가 떠나자 렉스는 마르고트의 곁으로 돌아와 느긋하게 스케치를 계속했다. 내내 잇새로 휘파람을 불었다. 잠시 알비누스는 그의 옆에 서서 머리를 기울이고 그 뼈가 앙상한 하얀 손의 율동적인 움직임을 눈으로 따라갔다. 그러다 화젯거리가 되고 있는 전시회에 관한 글을 마무리하러 서재로 갔다.

"꽤 좋은걸, 집안을 마음대로 들락거리는 친구가 되니 말이야." 렉스가 코웃음을 터뜨리며 말했다.

마르고트는 그를 보며 성난 목소리로 말했다.

"그래요, 나는 사실 당신을 사랑해요, 못생긴 사람—하지만 아무 짓도 안 할 거예요, 당신도 잘 알잖아요."

그는 담뱃갑을 비틀어 둥글게 만든 다음 탁자 위에서 뱅글뱅글 돌렸다.

"이봐, 마르고트, 너는 언젠가는 나한테 올 수밖에 없어. 그건 분명해. 물론 내가 여기 찾아오는 것도 아주 기분좋은 일이고, 다 그래, 하지만 이런 종류의 재미는 슬슬 지겨워지고 있다고."

"우선—소리 좀 지르지 말아요. 당신은 우리가 뭔가 멍청할 정도로 경솔한 일을 저지르기 전에는 만족하지 않을 거예요. 하지만 조금만 자극해도, 조금만 수상쩍은 행동을 해도, 저 사람은 나를 죽이거나 집에서 내쫓을 거예요. 그럼 우리 둘 다 무일푼이 되는 거라고요."

"너를 죽여?" 렉스가 낄낄거렸다. "말도 안 되는 소리."

"제발 조금만 기다려줘요. 이해 못하겠어요? 일단 저 사람이 나하고 결혼을 하고 나면, 나는 신경을 곤두세우지 않고도 내 마음대로 자유롭게 행동하게 될 거예요. 부인은 그렇게 쉽게 없앨 수 없으니까. 게다가 영화가 있어요. 나한테는 온갖 계획이 가득하다고요."

"영화." 렉스가 다시 웃음을 터뜨렸다.

"그래요, 두고 봐요. 나는 그게 큰 성공을 거둘 거라고 확신해요. 우리는 기다려야만 해요. 내 사랑, 나도 당신만큼이나 안달이 난다고요."

그는 그녀의 소파 가장자리에 앉아 그녀의 어깨에 팔을 둘렀다.

"안 돼, 안 돼요." 그녀는 말했지만 몸을 바르르 떨며 벌써 눈을 반쯤 감고 있었다.

"그냥 아주 작은 키스 한 번만."

"아주 작게." 그녀가 숨막히는 소리로 말했다.

그가 그녀의 몸 위로 허리를 굽히는데 갑자기 멀리서 문이 딸깍하더니 알비누스가 다가오는 소리가 들렸다. 카펫, 맨바닥, 카펫, 다시 맨바닥.

렉스가 몸을 일으키려는데, 그 순간 코트 단추 하나가 마르고트의 어깨 레이스에 걸린 것을 알았다. 마르고트는 얼른 단추를 풀어내려 했다. 렉스가 잡아당겼지만, 레이스는 놓아주지 않았다. 마르고트는 당황해서 끙끙대며 빛나는 날카로운 손톱으로 매듭을 잡아당겼다. 그 순간 알비누스가 성큼성큼 걸어들어왔다.

"아니, 나는 지금 페터스 양을 안고 있는 게 아닙니다." 렉스는 차분하게 말했다. "그저 편안하게 해주려다가 엉킨 겁니다, 보시다시피."

마르고트는 여전히 속눈썹을 들지 않고 레이스를 걱정하고 있었다.

이 상황은 지극히 익살맞았고, 렉스는 그것을 엄청나게 즐기고 있었다.

알비누스는 아무 말 없이 날이 여남은 개 달린 통통한 펜나이프를 가져오더니 그 가운데 하나를 펼쳤다. 작은 줄이었다. 그는 다른 것을 꺼내려다 손톱이 부러졌다. 익살극이 멋지게 전개되고 있었다.

"제발, 이 아가씨를 찌르지 말아주세요." 렉스가 환희에 젖어 말했다.

"손 내려." 알비누스가 말했다―하지만 마르고트는 비명을 질렀다.

"절대 레이스를 자르면 안 돼요. 단추를 잘라요."

"안 돼―그건 내 단추란 말이야!" 렉스가 고함을 질렀다.

잠시 두 남자 모두 그녀의 몸 위로 쓰러질 것 같았다. 렉스는 마지막으로 한 번 잡아당겼고, 뭐가 툭 끊어지면서 그의 몸이 풀려났다.

"내 서재로 좀 와요." 알비누스가 그에게 어두운 얼굴로 말했다.

'자, 똑똑하게 행동하자.' 렉스는 생각했다. 그는 전에 한 번 경쟁자를 속이는 데 도움을 주었던 꾀를 기억해냈다.

"자, 좀 앉아요." 알비누스가 무겁게 얼굴을 찌푸리고 말했다. "내가 지금 하고 싶은 말은 좀 중요한 겁니다. 이 '하얀 까마귀' 전시회에 관한 거예요. 렉스 씨가 나를 도와줄 수 있을지 알고 싶어요. 보다시피, 나는 지금 약간 복잡하고 또―어―미묘한 글을 마무리하는 중이에요. 전시를 하는 몇 사람을 내가 좀 거칠게 대접하고 있지요."

('오호!' 렉스가 생각했다. '그래서 당신이 그렇게 음침해 보인 거로군. 배운 게 많은 정신의 어둠이라 그건가? 영감이 찾아오는 진통? 이거 멋지네.')

알비누스가 말을 이어갔다. "자, 렉스 씨가 해주었으면 하는 건 내

글에 작은 캐리커처를 몇 개 그리는 겁니다. 내가 비판하는 걸 강조하는 거죠. 색깔과 선 양쪽에 풍자를 담아. 전에 바르셀로한테 했듯이 말입니다."

"하고말고요." 렉스가 말했다. "하지만 나도 작은 부탁이 있습니다. 무슨 말인지 아시겠죠―여러 군데서 들어올 돈이 있지만, 당장은 좀 쪼들려서요. 선금을 좀 주실 수 있을까요? 약간이면 됩니다―오백 마르크면 어떨까요?"

"아, 물론입니다. 원한다면 더 줄 수도 있어요. 어차피 그림 값을 정해야 하니까."

"이게 카탈로그인가요?" 렉스가 물었다. "봐도 될까요? 여자, 여자, 여자." 그는 그 인쇄된 것들을 보면서 혐오감을 뚜렷이 드러내며 말을 이어갔다. "네모난 여자, 기울어진 여자, 상피병象皮病에 걸린 여자……"

"왜 그렇게 여자를 지긋지긋하게 생각하는지 물어봐도 될까요?" 알비누스가 교활하게 물었다.

렉스가 아주 솔직하게 말했다.

그러자 알비누스가 자신의 개방적인 태도를 자랑하며 말했다. "뭐, 취향 문제에 불과한 것 같은데요. 물론, 렉스 씨를 비난하지 않아요. 예술가적 기질이 있는 사람들 사이에는 널리 퍼진 것 같더라고요. 상점 주인이 그런다면 역겹겠지요. 하지만 화가라면 완전히 다릅니다. 오히려 아주 호감이 가고 로맨틱하지요―로마에서 온 로맨스 말입니다. 그럼에도," 그가 덧붙였다. "장담하는데 렉스 씨는 아주 큰 손해를 보고 있는 겁니다."

"아, 고맙지만 사양하겠습니다. 나한테 여자는 해로울 것 없는 포유동물에 불과합니다. 아니, 가끔은 즐거운 벗일 수도 있겠죠."

알비누스가 웃음을 터뜨렸다. "뭐, 그렇게까지 솔직하게 말해주니 나도 한번 솔직하게 고백해봅시다. 그 여배우, 카레니나라고 있잖아요, 그 여자가 렉스 씨를 보자마자 렉스 씨는 여성에게는 무관심하다고 장담하더군요."

('오, 그 여자가 그랬어?' 렉스는 생각했다.)

20

며칠이 지났다. 마르고트는 여전히 기침을 했다. 그녀는 자신에 관한 일이라면 몹시 신경이 예민해지는 경향이 있었기 때문에 집에 계속 있었다. 그러나 할 일이 없다보니—책읽기는 그녀의 특기가 아니었다—렉스가 추천한 방식으로 놀고 있었다. 밝은색 쿠션들을 제멋대로 늘어놓고 편안하게 누워 전화번호부를 뒤지며 모르는 사람, 가게, 회사에 전화를 하는 것이었다. 그녀는 유모차, 백합, 라디오를 아무렇게나 고른 주소로 보내달라고 했다. 훌륭한 시민을 조롱하고 부인이 받으면 남편을 너무 믿지 말라고 조언했다. 같은 번호로 열 번을 연달아 전화하여, 트라움 씨, 바움 씨, 케제비어 씨가 노발대발하는 소리를 듣고야 말았다. 그녀는 멋진 사랑 고백을 받기도 했고, 더 멋진 저주를 받기도 했다. 알비누스가 들어왔다가 우두커니 서서 다정한 미소를 지으며 그녀가 프라우 키르히호프라는 사람한테 관을 주문하는 것을 지켜보았다. 그녀의 기모노는 풀려 있었고, 작은 발은 사악한 기쁨에 발길질을 해댔으며, 긴 눈은 전화기에서 나오는 소리에 귀를 기울이며 좌우로 움직였다. 알비누스는 뜨거운 애정이 차오르는 것을 느끼면서도 약간 거리를 두고 가만히 서 있었다. 다가가기가 두려웠고, 그녀의 기쁨을 망칠까봐 걱정이 되었다.

이제 그녀는 그림 교수에게 자신이 살아온 이야기를 하며, 자정에 만나달라고 애원하고 있었다. 전화선 반대편에서 교수는 이 초대가 짓궂은 장난인지 아니면 어류학자로서 자신이 누리는 명성의 결과인지를 놓고 속으로 괴롭게, 답답하게 토론을 벌이고 있었다.

마르고트가 이렇게 전화 장난을 치고 있었기 때문에 파울은 지금까지 삼십 분 동안 알비누스와 통화를 하려고 애썼지만 당연히 아무 소용이 없었다. 그는 계속 전화를 했고, 그때마다 무자비한 통화중 신호를 들었다.

마침내 파울은 일어났다가 현기증이 몰려오는 것을 느끼며 무겁게 주저앉았다. 그는 이틀 밤을 자지 못했다. 몸이 아팠고, 폭풍 같은 슬픔에 시달렸다. 그렇다 해도 할 일은 해야 했고, 그는 해내고야 말 생각이었다. 집요한 통화중 신호는 운명이 그의 의도를 저지하겠다고 결심했다는 뜻으로 여겨졌지만, 파울은 고집스러웠다. 이런 식으로 할 수 없다면 다른 식으로라도 시도할 생각이었다.

그는 뒤꿈치를 들고 육아실로 들어갔다. 그 방은 어둡고—몇 사람이 있었음에도—아주 조용했다. 누나의 뒤통수, 거기에 꽂힌 빗, 어깨의 모직 숄이 보였다. 갑자기 그는 단호하게 방향을 바꾸어 현관으로 나가 외투를 챙긴 다음 (신음을 토하고 흐느낌을 꺽꺽 누르며) 알비누스를 데리러 갔다.

"기다리쇼." 그는 낯익은 집 앞의 인도에 내리며 택시 기사에게 말했다.

그가 입구의 문을 밀고 있을 때 렉스가 뒤에서 허겁지겁 다가왔다. 두 사람은 동시에 들어갔다. 그들은 서로 바라보았고 그때—스웨덴 팀의 골대에 퍽이 꽂혔기 때문에 커다란 환호가 터졌다.

"알비누스 씨를 만나러 가는 길이오?" 파울이 험상궂은 표정으로 물었다.

렉스가 웃음을 지으며 고개를 끄덕였다.

"그럼 지금 알비누스 씨는 손님을 맞지 않을 거라는 이야기를 해드리지. 나는 그의 처남이고, 그에게 아주 나쁜 소식을 전할 것이기 때문이오."

"나한테 그 소식을 전하는 일을 맡기지 않겠습니까?" 렉스가 온화하게 물었다.

파울은 호흡이 가빠 첫번째 층계참에서 멈추었다. 그는 황소처럼 고개를 숙이고 렉스를 응시했다. 렉스는 호기심과 기대가 어린 표정으로 눈물범벅으로 부어오른 얼굴을 마주보았다.

"이 집 방문은 미루는 게 좋을 거요." 파울이 숨을 가쁘게 쉬며 말했다. "매형의 어린 딸이 죽어가고 있소." 그는 계속 층계를 올라갔고, 렉스가 그 뒤를 조용히 따랐다.

파울은 뒤에서 뻔뻔스럽게 따라오는 발소리를 듣고 머리로 피가 솟구치는 것을 느꼈지만, 천식 때문에 지체되는 것이 두려워 자제했다. 아파트 문에 이르자 그는 다시 렉스를 돌아보며 말했다.

"댁이 누구이고 뭐하는 사람인지 모르겠지만, 왜 이렇게 고집을 부리는지 도무지 이해가 안 가네요."

"아, 내 이름은 악셀 렉스이고, 여기는 내 집이나 다름없습니다." 렉스가 사근사근하게 대꾸하며, 길고 하얀 손가락을 뻗어 전기초인종을 눌렀다.

'이 작자를 패버릴까?' 파울은 잠시 그렇게 생각했으나, '지금 그게 무슨 상관이야?…… 중요한 건 어서 이걸 끝내는 거야' 하는 결론에 이르렀다.

머리가 센 키 작은 하인(영국 귀족은 해고당했다)이 그들을 안으로 맞이했다.

렉스가 한숨을 쉬며 말했다. "주인에게 여기 이 신사가—"

"당신, 입 닥쳐!" 파울이 말하더니, 현관 한가운데 서서 있는 힘껏 소리를 질렀다. "알베르트!" 다시, "알베르트!"

알비누스는 처남의 일그러진 얼굴을 보자 어색하게 서두르며 그에게 달려갔다. 그는 미끄러지다 완전히 멈추었다.

"이르마가 아파서 생명이 위태로워요." 파울이 말하며 지팡이로 바닥을 쾅 쳤다. "당장 가보는 게 좋겠어요."

짧은 정적이 흘렀다. 렉스는 탐욕스러운 표정으로 두 사람을 살폈다. 갑자기 응접실에서 마르고트의 날카로운 목소리가 울려퍼졌다.

"알베르트, 나하고 당장 이야기 좀 해요."

"잠깐만." 알비누스가 더듬거리며 서둘러 응접실로 들어갔다. 마르고트는 가슴에 팔짱을 끼고 서 있었다.

"내 딸이 아파서 생명이 위태롭대." 알비누스가 말했다. "당장 가봐야겠어."

"거짓말을 하고 있는 거예요." 마르고트가 화가 나서 소리쳤다. "아저씨를 꾀어서 데려가려는 함정이에요."

"마르고트…… 맙소사!"

마르고트가 그의 손을 잡았다. "내가 함께 가면 어떨까요?"

"마르고트, 그만해! 이건 이해를 해줘야지…… 내 라이터 어디 있어? 라이터 어디 있어? 라이터 어디 있냐고? 나를 기다리고 있단 말이야."

"아저씨를 속이는 거라고요. 보내주지 않을 거예요."

"나를 기다리고 있어." 알비누스가 눈을 크게 뜨고 더듬거렸다.

"아저씨가 정말로—"

파울은 똑같은 자세로 현관에 서서 지팡이로 바닥을 찍고 있었다. 렉스는 아주 작은 에나멜 상자를 꺼냈다. 응접실에서는 흥분한 목소리들이 터져나왔다. 렉스는 파울에게 기침 사탕을 권했다. 파울이 보지도 않고 팔꿈치로 밀어내는 바람에 사탕이 몇 개 흘러 떨어졌다. 렉스는 웃음을 터뜨렸다. 다시—목소리들이 터져나왔다.

"소름 끼쳐." 파울이 중얼거리며 걸어나갔다. 그는 뺨을 부들부들 떨며 서둘러 아래층으로 내려갔다.

"어떻게?" 그가 돌아가자 보모가 작은 목소리로 물었다.

"아니, 오지 않을 거야." 파울이 대답했다. 그는 잠시 한 손으로 눈을 가리고 있다가 헛기침을 하고 나서, 아까처럼 뒤꿈치를 들고 육아실로 들어갔다.

그곳에는 변한 것이 없었다. 이르마는 부드럽게 박자에 맞추어 베개에서 머리를 좌우로 흔들고 있었다. 반쯤 뜬 눈은 흐릿했다. 이따금 딸꾹질을 하는 바람에 잠을 깼다. 엘리자베트는 이불을 여며주었다. 그러나 감각이 다 사라진 기계적 행동이었다. 탁자에서 숟가락 하나가 떨어졌다. 작게 딸랑거리는 소리가 방안에 있는 사람들의 귀에 오랫동안 남았다. 병원 간호사가 눈을 깜빡이며 맥박을 재더니, 마치 다칠까봐 조심스러운 듯 작은 손을 살며시 다시 이불에 내려놓았다.

"혹시 목이 마른 것 아닐까요?" 엘리자베트가 작은 소리로 물었다.

간호사는 고개를 저었다. 방안의 누군가가 아주 작은 소리로 기침을 했다. 이르마가 몸을 뒤척였다. 이윽고 아이는 이불 밑에서 무릎을 약간 들어올리더니 바로 다시 천천히 뺐다.

문이 삐걱거리더니 보모가 들어와 파울의 귀에 대고 소곤거렸다. 파울은 고개를 끄덕였고, 그녀는 밖으로 나갔다. 곧 문이 다시 삐걱거렸다. 그러나 엘리자베트는 고개를 돌리지 않았다⋯⋯

들어온 남자는 침대에서 두어 걸음 떨어진 곳에 멈추었다. 아내의 금발과 숄은 간신히 알아볼 수 있었지만, 이르마의 얼굴은 괴로울 정도로 또렷하게 보였다―아이의 작고 검은 콧구멍과 둥그런 이마의 노르스름한 광택. 그는 그렇게 한참을 서 있다가 입을 크게 벌렸고, 누군가가(그의 먼 친척이었다) 뒤에서 그의 겨드랑이를 잡았다.

정신을 차렸을 때 그는 파울의 서재에 앉아 있었다. 구석의 긴 의자에는 그가 이름을 기억하지 못하는 부인 둘이 앉아 낮은 목소리로 이야기를 나누고 있었다. 이름이 기억나기만 하면 모든 게 다시 괜찮아질 것 같은 묘한 느낌이 들었다. 이르마의 보모는 팔걸이의자에 웅크린 채 흐느끼고 있었다. 이마가 많이 벗어진 위엄 있는 노신사가 창가에 서서 담배를 피우며 이따금 뒤꿈치를 들어올리곤 했다. 탁자 위에서는 오렌지가 담긴 유리그릇이 은은하게 빛을 발했다.

"왜 진작 나를 부르지 않은 거지?" 알비누스가 특별히 누구에게랄 것 없이 중얼거리며 눈썹을 치켜세웠다. 그는 이내 얼굴을 찌푸리며 고개를 젓고, 손가락 관절들을 꺾었다. 정적. 벽난로 선반의 시계만 똑딱거렸다. 육아실에 있던 람페르트가 들어왔다.

"어때요?" 알비누스가 쉰 목소리로 물었다.

람페르트는 위엄 있는 노신사를 돌아보았다. 노신사는 어깨를 약간 으쓱하더니 람페르트를 따라 병실로 들어갔다.

긴 시간이 흘렀다. 창문이 깜깜해졌다. 아무도 애써 커튼을 치려 하지 않았다. 알비누스는 오렌지를 하나 집어들고 천천히 까기 시작했다. 밖에서는 눈이 내리고 있었다. 거리에서는 뭔가에 막힌 듯한 소리들만 위로 올라왔다. 이따금 중앙난방장치에서 딸깍거리는 소리가 들렸다. 거리 저 아래쪽에서 누군가 네 음을 휘파람으로 불었다(〈지크프리트〉였다). 그러다 다시 정적이 깔렸다. 알비누스는 천천히 오렌지를 먹었다. 몹시 시었다. 갑자기 파울이 방으로 들어오더니, 누구와도 눈을 맞추지 않고 짧게 한마디했다.

알비누스의 눈에 육아실의 침대 위로 구부러진 채 꼼짝도 하지 않고 몰입하고 있는 아내의 등이 보였다. 아내는 여전히 손에 희끄무레한 잔을 들고 있었다. 간호사가 그녀의 어깨에 팔을 두르더니 침침한 곳으로 데려갔다. 알비누스는 침대로 걸어갔다. 죽은 작은 얼굴과 앞니가 드러난 짧고 창백한 입술이 잠깐 흐릿하게 보였다─작은 젖니 하나가 빠져나가고 없었다. 순간 그의 눈앞에서 모든 것이 안개처럼 뿌예졌다. 그는 누구하고도, 무엇하고도 부딪치지 않으려고 아주 조심스럽게 몸을 돌려 밖으로 나갔다. 밑의 현관문은 잠겨 있었다. 그러나 그가 거기 서 있자 스페인 숄을 두르고 짙은 화장을 한 부인이 내려와 문을 열었고, 눈에 덮인 남자가 들어왔다. 알비누스는 시계를 보았다. 자정이 넘었다. 내가 정말로 여기에 다섯 시간이나 있었단 말인가?

그는 발밑에서 부서지는 소리를 내는 희고 부드러운 보도를 따라 걸었다. 벌어진 일을 아직도 잘 믿을 수가 없었다. 그는 마음의 눈으로 이르마를 놀라울 정도로 생생하게 그려보았다. 파울의 무릎에 기어오르거나, 두 손으로 가벼운 공을 쥐고 벽을 두드리고 있었다. 그러나 택시들은 아무 일도 없었던 것처럼 경적을 울리고, 눈은 가로등 밑에서 크리스마스처럼 반짝이고, 하늘은 검었다. 다만 멀리, 지붕들로 이루어진 어두운 덩어리 너머, 게데크트니스교회 방향, 거대한 영화관들이 환하게 불을 밝힌 곳만 검음이 녹아 갈색을 띤 따뜻하고 푸르스름한 빛이 어른거리고 있었다. 그 순간 갑자기 긴 의자에 앉아 있던 두 부인의 이름이 떠올랐다. 블랑슈와 로자 폰 나흐트.*

마침내 그는 집에 도착했다. 마르고트는 반듯이 누워 탐욕스럽게 담배를 피우고 있었다. 알비누스는 그녀와 섬뜩하게 싸운 일을 어렴풋이 의식하고 있었지만, 이제 그것은 중요하지 않았다. 그녀는 말없이 그의 움직임을 눈으로 따르고 있었다. 그는 조용히 방을 걸어다니다 눈을 맞아 축축한 얼굴을 닦아냈다. 지금 그녀가 느끼는 것은 달콤한 만족감뿐이었다. 렉스는 조금 전에, 역시 크게 만족하여 떠났다.

---

* Blanche and Rosa von Nacht. 의미로만 보면 밤의 흰색과 장미색이라는 뜻으로 이해할 수도 있다.

21

마르고트와 한 해를 보냈지만, 어쩌면 알비누스는 그의 삶 위에 내려앉은 얇고 끈적끈적한 부도덕의 막을 이제야 처음으로 완전하게 의식하게 된 것인지도 몰랐다. 운명은 눈부실 정도로 분명하게 그더러 정신을 차리라고 촉구하고 있는 듯했다. 그는 운명의 천둥 같은 부름을 들었다. 지금 자기 앞에 삶을 이전 수준으로 다시 높일 드문 기회가 놓여 있다는 것을 깨달았다. 또 슬픔으로 정신이 맑아진 덕분에 지금 아내에게 돌아간다면 보통의 경우라면 불가능했을 화해가 거의 저절로 이루어질 것임을 알 수 있었다.

알비누스는 그날 밤의 어떤 기억들 때문에 평화를 얻을 수가 없었다. 파울이 갑자기 축축하게 애원하는 표정으로 그를 흘끗 보다가, 고개를 돌리며 그의 팔을 살짝 쥐었던 것이 기억났다. 거울 속에서 아내

의 눈을 스치듯 본 기억이 났다. 그 눈에는 가슴을 찢을 듯한 표정, 동
정심이 가득하지만 뭔가에 쫓기는 표정이 담겨 있었다. 그럼에도 그
표정은 미소에 가까웠다.

그는 깊은 감정에 사로잡혀 이 모든 것을 곰곰이 생각했다. 그래—
만일 아이 장례식에 간다면, 아내 곁에 영원히 머물게 될 거야.

그는 파울에게 전화를 했고, 하녀가 하관식 장소와 시간을 알려주었
다. 그는 다음날 아침 마르고트가 아직 자고 있을 때 자리에서 일어나
하인에게 검은 코트와 실크해트를 가져오라고 일렀다. 그는 서둘러 커
피를 몇 모금 마신 뒤 전에 이르마의 육아실로 쓰던 방으로 갔다. 지금
그곳에는 가운데 녹색 네트가 세워진 긴 테이블이 놓여 있다. 그는 멍
하니 작은 셀룰로이드 공을 집어들어 테이블에 튀겼다. 통통 튀는 공
을 보자 딸 대신 다른 형체, 한쪽 뒤꿈치를 들어올린 채 탁구 라켓을
내밀면서 테이블에 기대 웃음을 터뜨리는 우아하고 활달하고 음탕한
여자아이가 생각났다.

출발할 시간이었다. 이제 몇 분 뒤면 열린 무덤 앞에서 엘리자베트
의 팔꿈치를 쥐고 있을 터였다. 그는 작은 공을 테이블에 던지고 얼른
침실로 들어갔다. 마르고트가 잠든 모습을 마지막으로 보려는 것이었
다. 침대 옆에 서서 그 어린아이 같은 얼굴, 부드러운 분홍색 입술과
발그레한 뺨을 한껏 눈에 담다보니 그들이 함께 보낸 첫날밤이 떠오르
면서, 창백하게 시든 아내 곁에서 보낼 미래가 생각나며 공포가 찾아
왔다. 이 미래는 못을 박은 상자, 또는 텅 빈 유모차가 눈에 띄는 길고
먼지 낀 통로처럼 보였다.

그는 애써 잠자는 아이에게서 눈을 돌리고, 신경이 곤두서서 엄지손톱을 물어뜯으며 창으로 걸어갔다. 눈이 녹고 있었다. 빛나는 자동차들이 웅덩이를 지나가며 물을 튀겼다. 모퉁이에서 누더기를 입은 비렁뱅이가 제비꽃을 팔고 있었다. 모험심 강한 독일셰퍼드가 아주 작은 페키니즈를 집요하게 쫓고 있었다. 페키니즈는 으르렁거리고, 방향을 틀고, 줄에 끌려 미끄러졌다. 팔을 드러낸 어린 하녀가 열심히 닦고 있는 유리창에 활짝 열린 렌즈 같은 파란 하늘 한 조각이 크고 찬란하게 비쳤다.

　"왜 이렇게 일찍 일어났어요? 어디 가요?" 마르고트가 하품을 깨물며 느릿느릿 물었다.

　"아무데도 안 가." 그가 돌아보지 않고 말했다.

22

"그렇게 우울해하지 마요, 우리 강아지." 그녀가 두 주 뒤에 그에게
말했다. "나도 정말 슬픈 일이란 건 알아요. 하지만 그 사람들은 아저
씨하고 거의 남남처럼 되었잖아요. 아저씨 스스로도 그렇게 느끼지 않
나요? 게다가 그 사람들은 아저씨하고 딸을 이간질했어요. 정말이지,
나는 아저씨 감정을 잘 알아요. 물론 나한테 자식이 있으면 더 잘 알겠
지만. 아들이면 좋겠네."

"네가 자식이야." 알비누스가 말하며 그녀의 머리를 쓰다듬었다.

"다른 날은 몰라도 오늘은 우리 기분이 좋아야 해요." 마르고트가
말을 이어갔다. "다른 날은 몰라도 오늘은! 내 배우 인생이 시작되는
날이니까. 나는 유명해질 거예요."

"아, 그래, 깜빡 잊고 있었네. 언제지? 정말 오늘이야?"

렉스가 느릿느릿 걸어들어왔다. 최근에 렉스는 매일 그들과 함께 있었다. 알비누스는 몇 번 그에게 속을 털어놓았다. 마르고트에게는 이야기할 수 없는 모든 것을 그에게 말했다. 렉스는 아주 상냥하게 귀를 기울였고, 매우 분별력 있는 논평을 해주었으며, 무척 깊게 공감해주었기 때문에, 알비누스에게는 그들이 알고 지낸 짧은 기간이 그들의 우정이 발전하고 성숙한, 내적이고 영적인 시간과는 전혀 관련이 없는 단순한 우연처럼 보였다.

"불행이라는 유사流砂 위에 인생을 세울 수는 없는 거죠." 렉스는 그에게 말했다. "그건 삶에 대한 죄예요. 전에 나한테 조각가 친구가 있었는데, 형태를 평가하는 이 친구의 눈은 오류가 전혀 없어 거의 불가사의할 정도였습니다. 그런데, 이 친구가 갑자기 동정심 때문에 어떤 추하고 늙은 꼽추와 결혼을 했습니다. 정확히 어떻게 된 일인지는 모르겠지만, 결혼하고 나서 얼마 안 된 어느 날, 각자 작은 옷가방을 하나씩 싸더니 걸어서 가장 가까운 정신병원으로 갔습니다. 내 의견으로는 예술가는 오직 미에 대한 감각만을 안내자로 삼아야 합니다. 그건 절대 속이지 않아요."

또 한번은 이렇게 말했다. "죽음은 그저 나쁜 습관처럼 보여요. 현재로서는 자연도 극복할 힘이 없는 습관이죠. 나한테 전에 귀한 친구가 있었습니다. 생명력이 가득한 아름다운 아이로, 얼굴은 천사에 근육은 퓨마였죠. 그 아이가 복숭아 통조림—아시잖아요, 왜, 크고, 부드럽고, 미끄러워서 입에 쩍 달라붙었다가 목구멍으로 쑤욱 넘어가는 것 말이에요, 그걸 따다가 손을 베었습니다. 그 아이는 며칠 뒤에 패혈증으로 죽었습니다. 말도 안 되는 일이죠, 안 그래요? 하지만…… 그래요, 예술 작품으로서 본다면 그 아이의 삶의 형태는 그애가 그냥 커서 늙었다면 그렇게 아름답지는 않았을 겁니다. 이상한 말이지만, 사실이에요. 죽음은 종종 삶이라는 농담의 꼭짓점이 됩니다."

그런 경우에 렉스는 끝도 없이, 지칠 줄 모르고 말을 하며, 존재하지도 않는 친구에 관한 이야기를 지어내고, 겉만 번쩍이는 형식에 담겨 있을 뿐 별로 심오하지 않아 듣는 사람의 정신에 부담이 없는 생각들을 제시했다. 그의 교양은 누덕누덕 기운 것이었지만, 그의 정신은 빈틈없고 통찰력이 있었으며, 동료들을 조롱하고 싶은 갈망은 거의 천재에 육박했다. 어쩌면 그에게서 유일하게 진짜인 것은 예술, 과학, 정서의 영역에서 창조된 모든 것은 대체로 영리한 속임수에 불과하다는 타고난 믿음이었는지도 모른다. 논의하고 있는 주제가 아무리 중요하다 해도, 그는 늘 재치 있거나 진부한 이야깃거리를 찾아낼 수 있었으며, 듣는 사람의 정신이나 기분이 요구하는 것을 정확하게 공급했다. 그러나 대화자가 짜증을 돋우면 대책 없을 정도로 무례하거나 건방진 태도를 보일 수도 있었다. 렉스는 책이나 그림에 관해 아주 진지하게 이야기할 때도 자신이 어떤 음모에 참가하는 듯한, 어떤 기발한 사기에 참가하는 듯한 기분좋은 느낌에 사로잡혔다. 다시 말해서, 자신이 그 책을 쓴 사람이거나 그 그림을 그린 사람이 된 듯한 느낌을 받은 것이다.

그는 알비누스(그의 관점에서 보자면 단순한 열정과 회화에 대한 견고한, 너무 견고한 지식을 갖춘 명청이였다)의 고통을 흥미롭게 지켜보았다. 알비누스, 이 딱한 남자는 자신이 인간 고뇌의 아주 깊은 곳에 닿았다고 생각했다. 반면 렉스는 한계에 이르기는커녕, 렉스 자신이 무대감독의 전용석에 한 자리를 확보한 시끌벅적한 희극 프로그램에서 이제 겨우 첫 이야기가 시작되었다고 생각하며 기분좋은 기대감에 젖어들었다. 이 공연의 무대감독은 신도 악마도 아니었다. 신은 너무 늙었고, 덕망이 있고, 구식이었다. 악마는 다른 사람들의 죄도 감당하기 힘들어 그 자신에게나 다른 사람들에게나 비처럼 따분한 존재였다…… 사실, 새벽에 교도소에 내리는 비처럼 따분했다. 그곳에서는 신경이 곤두서 하품을 하는 가엾은 천치가 할머니를 죽인 죄로 조용히 사형을 당하고 있었다. 렉스가 염두에 둔 무대감독은 잘 파악이 되지 않고, 둘이 되었다, 셋이 되었다 또 자기를 비추기도 하는 마법을 쓰는 프로테우스* 같은 환영, 곡선을 그리며 날아가는 다채로운 색깔의 유리공의 그림자, 가물거리는 커튼 위에 어른거리는 요술쟁이 유령이었다…… 어쨌든 이것이 렉스가 드물게 철학적 명상에 빠져드는 순간에 짐작한 것이었다.

그는 삶을 가볍게 여겼다. 그가 경험한 유일한 인간적 감정은 마르고트에 대한 강렬한 호감뿐이었다. 그는 이것이 그녀의 신체적 특징 때문이라고, 살갗의 어떤 냄새, 입술의 상피上皮, 몸의 온도 때문이라고 자신에게 설명하려 했다. 그러나 이것은 진정한 설명이 아니었다. 그들이 서로에게 품은 뜨거운 감정은 영혼의 깊은 친화성에 기초하고 있었다. 비록 마르고트는 천박하고 자그마한 베를린 소녀였고, 그는 코

---

* 그리스신화에 나오는 해신(海神)으로 자유롭게 변신할 수 있다.

즈모폴리턴 화가였지만.

렉스는 하고많은 날 가운데 하필이면 이날, 그녀가 코트를 입는 것을 도와주면서 그들이 방해받지 않고 만날 수 있는 방을 하나 세냈다고 말할 수 있었다. 그녀는 그에게 성난 눈길을 던졌다—알비누스가 불과 열 걸음 떨어진 곳에서 주머니를 두드리고 있었기 때문이다. 렉스는 낄낄거리며, 목소리를 별로 낮추지도 않고, 거기서 매일 정해진 시간에 그녀를 기다리고 있겠다고 덧붙였다.

"마르고트에게 만나자고 초대를 하는데 오지를 않으려 하네요." 렉스가 아래층으로 내려가며 알비누스에게 밝은 목소리로 말했다.

"한번 가보게 하지 뭐." 알비누스는 웃음을 지으며 다정하게 마르고트의 뺨을 꼬집었다. "자, 이제 네가 어떤 여배우인지 보게 되겠구나." 그는 장갑을 끼며 그렇게 덧붙였다.

"내일 다섯시에, 마르고트, 응?" 렉스가 말했다.

"내일 이 아이는 자동차를 고를 거야." 알비누스가 말했다. "그래서 자네한테는 갈 수가 없어."

"아침에 고를 시간이 얼마든지 있을 텐데요 뭐. 다섯시면 괜찮아, 마르고트? 아니면 여섯시로 해서 딱 아귀를 지어놓을까?"

마르고트가 갑자기 화를 냈다. "멍청한 농담 하고는." 그녀가 잇새로 내뱉었다.

두 남자는 웃음을 터뜨리며, 재미있다는 눈길을 교환했다.

밖에서 우체부와 이야기를 나누던 건물 수위가 그들이 지나가자 호기심 어린 표정으로 바라보았다.

"저 양반의 어린 딸이 두 주 전에 죽었다는 게 믿어지지 않는군." 그들이 멀리 가자 수위가 말했다.

"다른 남자는 누군데?" 우체부가 물었다.

"나한테 묻지 마. 추가로 구한 애인인 것 같아. 솔직히 말해서 다른 세입자들이 저 꼴을 다 보게 되니 창피해. 그래도 뭐 부자에다 너그러운 신사니까. 내가 늘 하는 말 있잖아. 정부를 둘 거면 더 크고 더 통통한 정부를 두는 게 낫다는 거 말이야."

"사랑을 하면 눈이 머니까." 우체부가 생각에 잠겨 말했다.

23

시사회를 할 작은 방에 배우와 손님 스무 명 정도가 자리를 잡자, 마르고트는 행복한 떨림이 등줄기를 훑고 내려가는 것을 느꼈다. 멀지 않은 곳에 영화사 매니저의 모습이 보였다. 그의 사무실에서 마치 못 올 자리에 온 것 같은 느낌을 받아야 했던 기억이 났다. 그는 알비누스에게 다가갔고, 알비누스는 그를 마르고트에게 소개했다. 오른쪽 눈꺼풀에 크고 누런 다래끼가 보였다.

마르고트는 그가 자신을 알아보지 못하는 것에 약이 올랐다.

"우리 이 년 전에 이야기를 나눈 적이 있죠." 그녀가 교활하게 말했다.

"아, 그럼요." 그는 정중하게 웃음을 지으며 대답했다. "기억하고말고요." (그는 기억하지 못했다.)

불이 꺼지자마자 마르고트와 알비누스 사이에 앉아 있던 렉스는 그녀의 손을 더듬어 찾아 꼭 쥐었다. 그들 앞의 도리아나 카레니나는 방이 더웠음에도 화려한 모피코트를 입고 제작자와 다래끼가 난 영화인 사이에 앉아 있었다. 그녀는 다래끼가 난 남자에게 아주 사근사근하게 굴었다.

제목, 이어 이름들이 자신 없이 떨리며 위로 올라갔다. 기계는 작고 단조롭게 응응 소리를 냈다. 멀리서 진공청소기가 돌아가는 것 같았다. 음악은 없었다.

마르고트가 바로 화면에 나타났다. 책을 읽고 있었다. 곧 책을 탕 덮더니 창문으로 쓰러질 듯 달려갔다. 약혼자가 말을 타고 지나가고 있었다.

마르고트는 겁에 질린 나머지 렉스에게 잡힌 손을 비틀어 빼냈다. 도대체 저 유령 같은 여자가 누구야? 어색하고 추했다. 거머리처럼 시커먼 입은 부풀어올라 이상하게 변했고 눈썹은 잘못 붙인 것 같았다. 드레스는 생각지도 못한 곳에 주름이 잡혀 있었다. 화면의 소녀는 휘둥그레진 눈으로 앞을 응시하다 창턱 위에 엎드리며 관객에게 엉덩이를 들이댔다. 마르고트는 렉스의 더듬대는 손을 밀쳐냈다. 누군가를 물어뜯고 싶었다. 바닥에 몸을 던지고 발길질을 하고 싶었다.

화면의 괴물은 그녀와는 아무런 공통점이 없었다─그녀의 모습은 끔찍했다, 끔찍했다! 결혼 사진에 담긴 어머니, 그 문지기 부인을 닮았다.

'좀 지나면 나아지겠지.' 그녀는 비참한 기분으로 생각했다.

알비누스는 마르고트 쪽으로 몸을 구부리다가 하마터면 렉스를 껴

안을 뻔했지만, 다정하게 소곤거렸다.

"예뻐, 놀라워, 미처 몰랐어……"

그는 정말로 매혹되어 있었다. 어쩌다보니 그들이 처음 만난 작은 아르고스 영화관이 떠올랐고, 마르고트가 저렇게 형편없는 연기를 하면서도 마치 생일에 쓴 시를 낭송하는 여학생처럼 아이다운 기쁜 열정에 사로잡혀 있다는 것에 가슴이 뭉클했다.

렉스 또한 즐거웠다. 그는 마르고트가 화면에서 실패작이 될 것임을 한 번도 의심한 적이 없었으며, 그녀가 이 실패 때문에 알비누스에게 복수하리라는 것도 알고 있었다. 내일이면 그 반발로 자신에게 올 터였다. 다섯시 정각에. 그 모든 것이 유쾌했다. 그의 손이 다시 더듬으러 갔지만, 마르고트가 갑자기 심하게 꼬집었다.

잠깐 안 보이던 마르고트가 다시 나타났다. 그녀는 벽을 어루만지며 몰래 집 앞면을 따라 살금살금 걷다가 어깨 너머로 뒤돌아보곤 했다 (그런데도 묘하게 행인들에게는 전혀 의심을 불러일으키지 않았다). 이윽고 어느 카페로 몰래 들어가자, 그곳에 있던 선량한 사람이 그녀에게 애인이 요부(도리아나 카레니나)와 함께 있는 것을 보게 될지도 모른다고 말해주었다. 그녀가 살금살금 안으로 들어갔다. 등이 뚱뚱하고 꼴사나워 보였다.

'이러다 곧 소리를 지르고 말 거야.' 마르고트는 생각했다.

다행히도 때맞추어 페이드인이 되면서 카페의 작은 탁자가 나타났다. 얼음통 안에 병이 하나 있었다. 주인공이 도리아나에게 담배를 권하더니 불을 붙여주었다(모든 제작자의 머릿속에서는 이런 행동이 새로 생겨난 친밀함의 상징이다). 도리아나는 머리를 뒤로 젖히고 연기를 내뿜으며 입꼬리로 웃음을 지었다.

시사실의 누군가가 박수를 치기 시작했다. 다른 사람들도 따라 쳤다. 이윽고 화면에 마르고트가 나타나자 박수갈채는 잠잠해졌다. 마르고트는 현실 생활에서는 한 번도 입을 벌려본 적이 없는 것처럼 입을 벌렸다. 그러더니 머리를 푹 떨어뜨리고 두 팔을 늘어뜨린 채 다시 거리로 나왔다.

도리아나, 그들 앞에 앉아 있던 진짜 도리아나가 돌아보았다. 어두컴컴한 방에서 그녀의 두 눈이 상냥하게 빛나고 있었다. "브라보, 귀여운 소녀." 그녀가 쉰 목소리로 말했고, 마르고트는 그 얼굴을 할퀴고 싶은 심정이었다.

이제 그녀는 자신이 화면에 다시 나타나는 모든 순간이 너무 두려워 당장이라도 정신을 잃을 것 같았다. 렉스의 집요한 손을 밀어내거나 꼬집지도 못할 지경이었다. 그의 귀로 그녀의 뜨거운 숨이 느껴졌다. 그녀는 작게 신음을 토하듯 말했다. "제발, 그만, 아니면 자리를 바꿀 거예요." 그는 그녀의 무릎을 토닥이고 손을 뺐다.

버림받은 애인이 다시 나타났고, 그녀의 모든 동작이 마르고트에게는 고통이었다. 마치 지옥에 가서 악마들이 보여주는, 생전에 지은 생각지도 못했던 죄들의 이면을 지켜보게 된 영혼이 된 듯한 기분이었다. 저 뻣뻣하고, 꼴사납고, 각진 동작들…… 어찌된 일인지 그녀는 자신의 부운 얼굴에서 어머니가 영향력 있는 세입자에게 정중하게 굴려고 할 때의 표정을 보았다.

"아주 성공적인 장면이야." 알비누스가 다시 그녀 쪽으로 허리를 굽히며 말했다.

렉스는 어둠 속에 앉아 형편없는 영화를 보며 커다란 사내가 자기 쪽으로 몸을 기울이는 것에 슬슬 짜증이 났다. 그는 눈을 감고 최근에 알비누스를 위해 그리고 있는 작은 채색 캐리커처들을 떠올리며, 매혹적이지만 아주 단순한 문제, 즉 그에게서 돈을 어떻게 조금 더 빨아내느냐 하는 문제를 곰곰이 생각했다.

드라마는 마지막을 향해 가고 있었다. 요부에게서 버림받은 주인공은 영화에서 만들어낸 소나기를 맞으며 독약을 사러 약국으로 가지만, 늙은 어머니가 떠올라 고향 농장으로 발길을 옮긴다. 그곳의 닭과 돼지 들 사이에서 원래의 애인이 그들의 사생아와 함께 놀고 있다(그러나 그가 담장 너머로 그녀를 살펴보는 모습으로 판단하건대, 아이는 사생아에서 벗어날 날이 머지않은 것 같다). 이것이 마르고트의 최고의 장면이었다. 그러나 갓난아기가 다가오자 그녀는 갑자기 손을 닦는 것처럼 손등으로 드레스를 쓰다듬어 내렸다(전혀 의도하지 않은 동작이었다). 그리고 갓난아기는 의심하듯이 곁눈질로 그녀를 보았다. 시사실에 웃음의 물결이 퍼져나갔다. 마르고트는 더 견딜 수가 없어 작게 울기 시작했다.

불이 켜지자마자 그녀는 자리에서 일어나 얼른 출구로 향했다.

알비누스가 걱정과 불안이 섞인 표정으로 서둘러 그 뒤를 쫓았다.

렉스는 일어서며 기지개를 켰다. 도리아나가 그의 팔을 툭 쳤다. 그녀 옆에는 다래끼가 난 남자가 하품을 하며 서 있었다.

"실패로군요." 도리아나가 말하며 한쪽 눈을 찡긋했다. "가엾은 처녀 같으니라고."

"아, 카레니나 씨는 자신의 연기에 만족하시나요?" 렉스가 호기심에 물었다.

도리아나가 웃음을 터뜨렸다. "내가 비밀 하나 말씀드리죠. 진정한 여배우는 결코 만족할 줄 몰라요."

"관객도 가끔은 그렇습니다." 렉스가 차분하게 대꾸했다. "그런데, 꼭 묻고 싶었는데요, 그 예명은 어떻게 짓게 된 겁니까? 좀 혼란스러워서."

"아, 얘기가 길어요." 그녀는 뭔가를 그리워하는 표정으로 대답했다. "언제 한번 차를 마시러 오시면 더 얘기해드릴 수 있을지도 모르죠. 이 이름을 제안한 청년은 자살했어요."

"아—사실 놀랄 일은 아니로군요. 내가 알고 싶었던 것은…… 말이죠, 톨스토이를 읽으신 적이 있나요?"

"돌스 토이Doll's Toy요?" 도리아나 카레니나가 말했다. "아뇨, 안됐지만 없는 것 같네요. 왜요?"

24

집에서는 격정적인 장면들을 볼 수 있었다. 흐느낌, 신음, 히스테리. 그녀는 소파, 침대, 바닥에 몸을 던졌다. 눈은 노여움으로 반짝거렸다. 스타킹 한 짝이 미끄러져 내려와 있었다. 세상은 눈물의 늪에 잠겨 있었다.

알비누스는 그녀를 위로하려다가 무의식적으로 예전에 이르마를 다독거릴 때 다친 곳에 입을 맞추며 하던 말―이르마가 죽고 난 지금은 공허한 말―을 그대로 사용했다.

처음에 마르고트는 자신의 모든 노여움을 알비누스에게 터뜨렸다. 그러다가 끔찍한 말로 도리아나를 욕했다. 그다음에는 제작자 차례였다. 그 중간에 다래끼가 난 노인 그로스만도 공격했다. 사실 그는 이 문제와는 아무런 관계가 없었음에도.

"그래." 마침내 알비누스가 말했다. "너를 위해 할 수 있는 일은 다 할게. 하지만 정말이지 나는 그게 실패라고 생각하지 않아. 오히려 몇 장면에서 너는 연기를 아주 잘했어. 예를 들어 그 첫번째 장면에서, 알잖아, 네가—"

"입다물어요!" 마르고트가 소리를 지르며 그에게 오렌지를 던졌다.

"하지만 내 말 좀 들어보라고, 이 귀염둥이야. 나는 내 소중한 사람을 행복하게 해주기 위해 무슨 일이든 할 준비가 되어 있어. 자, 새 손수건으로 눈물을 완전히 닦아버리자고. 내가 어떻게 할지 말해줄게. 그 영화는 내 거야. 내가 그 쓰레기에 돈을 댔어—내 말은 슈바르츠가 그걸 쓰레기로 만들었다는 거야. 나는 어디에서도 그 영화를 상영하는 것을 허락하지 않을 거야. 그냥 나 혼자만의 기념품으로 갖고 있을 거야."

"아니야, 태워버려요." 마르고트가 흐느꼈다.

"좋아, 태워버리지. 그럼 도리아나가 고소할 일도 없을 거야. 장담해. 자, 만족했어?"

그녀는 여전히 흐느꼈지만, 한결 차분해졌다.

"자, 자, 그만 울어, 사랑스러운 것. 내일은 네가 직접 고르게 해줄게. 뭔지 말해줄까? 네 바퀴가 달린 커다란 거야. 그거 잊고 있었어? 자, 그게 재미있지 않을까? 그런 다음에 네가 그걸 나한테 보여주는 거야. 그럼 어쩌면," (그는 교활하게 '어쩌면'이라는 말을 질질 끌면서 웃음짓는 얼굴로 두 눈썹을 추켜올렸다.) "내가 그걸 사줄지도 모르지. 함께 그걸 타고 멀리멀리 가는 거야. 남쪽의 봄을 보게 해줄게…… 응, 마르고트?"

"그게 중요한 게 아니에요." 그녀가 뾰로통하게 말했다.

"중요한 건 네가 행복해야 한다는 거야. 그리고 너는 행복할 거야. 손수건 어디 있지? 우리는 가을에 돌아올 거야. 네가 영화 강좌를 더 듣게 해줄게. 그리고 너한테 맞는 정말 똑똑한 감독을 찾아줄게―예를 들어, 그로스만 같은 사람."

"아니, 그 사람은 싫어요." 마르고트가 어깨를 으쓱하며 중얼거렸다.

"알았어, 그럼 다른 사람으로 할게. 자, 이제 착한 아이답게 눈물을 닦아. 그리고 저녁 먹으러 나가자. 제발, 귀여운 아가야."

"나는 아저씨가 이혼하기 전에는 절대 행복하지 않을 거예요." 그녀가 말하며 깊은 한숨을 쉬었다. "아저씨가 나를 떠날까봐 두려워요. 이제 그 역겨운 영화까지 봤으니. 오, 다른 남자 같았으면 나를 그렇게 괴물처럼 만들어놓은 사람들 따귀를 갈겨주었을 거예요! 아니, 나한테 키스하지 마요. 말해보세요, 이혼은 어떻게 하고 있어요? 그냥 다 그만 둬버린 건가요?"

"어, 아니…… 알다시피, 그건 이런 거야." 알비누스가 더듬거렸다. "너는…… 우리는…… 오, 마르고트, 우리는 막…… 그러니까, 특히 그 사람은…… 한마디로, 이 사별 때문에 나로서는 좀 어려워졌어."

"무슨 소리를 하는 거예요?" 마르고트는 벌떡 일어섰다. "아저씨가 이혼을 원한다는 걸 그 여자가 아직 모른다는 거예요?"

"아니, 내 말이 그런 뜻은 아니야." 알비누스가 어정쩡하게 말했다. "물론, 그 사람도 느끼기는…… 그러니까, 알고는…… 아니, 차라리 이렇게 말하는 게……"

마르고트는 똬리를 푸는 뱀처럼 천천히 몸을 위로 끌어올렸다.

"솔직히 말해서, 그 사람은 나와 이혼하지 않을 거야." 알비누스가 마침내 말했다. 평생 처음으로 엘리자베트에 관해서 거짓말을 하고 있었다.

"아, 그래요?" 마르고트가 말하며 그에게 다가갔다.

'이 아이가 나를 때리려는구나.' 알비누스는 지친 마음으로 생각했다.

마르고트는 곧바로 그에게 다가가더니 두 팔로 천천히 그의 목을 끌어안았다.

"나는 계속 아저씨 정부 노릇만 할 수는 없어요." 그녀는 그의 타이에 뺨을 갖다대며 말했다. "그렇게는 못해요. 어떻게 좀 해봐요. 내일 속으로 이렇게 말해보세요. 우리 귀여운 아기를 위해 그렇게 해야겠다! 변호사들이 있잖아요. 그 사람들이 다 처리해줄 거예요."

"올가을에 하겠다고 약속하지." 그가 말했다.

그녀는 가볍게 한숨을 쉬더니 거울로 걸어가 께느른하게 거울에 비친 자신을 바라보았다.

'이혼?' 알비누스는 생각했다. '안 돼, 안 돼, 그건 말도 안 돼.'

25

렉스는 마르고트와 만나기 위해 빌린 방을 스튜디오로 바꾸어놓아, 마르고트가 찾아갈 때마다 그는 일을 하고 있었다. 렉스는 보통 그림을 그리면서 휘파람으로 아름다운 곡조를 노래했다.

마르고트는 그의 백묵처럼 흰 뺨, 휘파람을 부느라 원형으로 오므라든 두툼한 심홍색 입술을 물끄러미 바라보며, 이 사람이야말로 자신에게 모든 것이라는 느낌을 받았다. 렉스는 목깃을 열어젖힌 실크 셔츠에 낡은 플란넬 바지 차림이었다. 그는 먹물로 기적을 만들어내고 있었다.

그들은 거의 매일 오후 이런 식으로 만났다. 차도 사고 봄도 왔지만 마르고트는 여행을 떠나는 날짜를 계속 미루었다.

"내가 제안 하나 할까요?" 렉스가 어느 날 알비누스에게 말했다.

"여행 가는 데 뭐하러 운전사를 고용합니까? 아시다시피, 나도 운전이 라면 좀 하는데요."

"정말 친절하군." 알비누스가 약간 미심쩍어하며 대답했다. "하지 만…… 어, 바쁜 사람을 데려가기가 좀 그래서. 우리는 멀리 가고 싶 거든."

"아, 나는 괜찮습니다. 어차피 휴가를 좀 즐기려 했거든요. 찬란한 태양…… 색다른 오랜 풍습…… 골프 코스…… 소풍도 자주 가 고……"

"그러면 우리야 좋지." 알비누스는 대답하면서도 마르고트가 어떻 게 생각할지 몰라 불안했다. 그러나 마르고트는 잠시 망설이다가 그 제안에 동의했다.

"좋아요, 오라고 하죠 뭐." 그녀가 말했다. "사실 그 사람이 아주 마 음에 들어요. 하지만 그 사람은 자기 연애 얘기를 나한테 고백하는 버 릇이 있더라고요. 그러면서 그게 정상적인 것처럼 한숨을 푹푹 쉰다니 까요. 그래서 짜증이 좀 나요."

떠나기 전날이었다. 마르고트는 쇼핑하고 오는 길에 얼른 렉스를 만 나러 달려갔다. 물감 상자, 연필, 방안으로 비껴드는 먼지가 뽀얀 햇 빛 한줄기―이 모든 것이 그녀가 누드 모델을 하던 시절을 떠올리게 했다.

"왜 그렇게 급히 가려고 해?" 렉스는 그녀가 입술에 색을 바르는 것 을 보며 느긋하게 말했다. "오늘이 마지막이잖아. 여행 가서는 어떻게 될지 잘 모르겠는걸."

"우리 둘 다 똑똑하잖아요." 그녀는 대꾸하며 쉰 목소리로 웃음을 터뜨렸다.

그녀는 거리로 달려내려가 택시를 찾았다. 그러나 햇살이 환한 도로는 텅 비어 있었다. 그녀는 광장으로 갔다. 렉스의 방에서 집으로 돌아갈 때는 늘 그러듯이 그녀는 생각했다. '우회전을 한 다음에 정원을 가로질러 다시 우회전을 할까?'

그곳에는 그녀가 어린 시절 살던 거리가 있었다.

(과거는 우리에 갇혀 안전해. 그러니 한 번 본다고 뭐가 어떻겠어?)

거리는 변하지 않았다. 모퉁이에는 빵가게가 있고, 간판에 금박 황소머리를 그려놓은 정육점도 있었다. 가게 앞에는 불도그가 묶여 있었다―그 개는 15번지에 사는 시장 미망인의 소유였다. 그러나 문구점은 미장원으로 바뀌어 있었다. 신문가판대는 예전의 할머니가 그대로 지키고 있었다. 오토가 단골로 드나들던 맥줏집이 보였다. 그리고 저 너머에 그녀가 태어난 집이 있었다. 비계들이 서 있는 것을 보니 수리 중인 모양이었다. 더 가까이 가고 싶지는 않았다.

다시 돌아나오는데 귀에 익은 목소리가 그녀를 불렀다.

오빠의 친구 카스파르였다. 핸들에 바구니가 걸린 보라색 자전거를 밀고 있었다.

"여, 마르고트." 카스파르가 약간 수줍게 웃음을 지으며, 보도를 걷는 그녀와 나란히 걸었다.

지난번에 보았을 때는 퉁명스러웠지만, 그때는 무리, 조직, 거의 갱단 소속이었다. 이제 혼자 있으니 그저 옛친구일 뿐이었다.

"그래, 어떻게 지내, 마르고트?"

"아주 잘 지내." 그녀가 웃음을 터뜨렸다. "오빠는?"

"뭐, 그냥 그럭저럭. 너희 식구가 이사간 건 알고 있니? 지금은 베를린 북부에 살아. 언제 한번 가봐라, 마르고트. 너희 아버지가 오래 못 사실 것 같던데."

"우리 귀하신 오라버니는 어디 있는데?" 그녀가 물었다.

"아, 오토는 떠났어. 빌레펠트에서 일하고 있는 것 같아."

"우리 식구가 나를 얼마나 사랑해줬는지 오빠도 잘 알잖아." 그녀는 자기 발을 보며 얼굴을 찌푸렸다. 그녀는 갓돌 가장자리를 따라 걷고 있었다. "내가 떠난 뒤에 내 생각이나 했을까? 내가 어떻게 되었는지 관심이나 있었을까?"

카스파르가 기침을 하더니 말했다.

"이래도 저래도 너희 식구야, 마르고트. 너희 어머니는 여기에서 해고당했는데, 이사간 곳이 마음에 들지 않나봐."

"여기 사람들은 내 얘기를 어떻게 해?" 그녀가 물으며 고개를 들어 카스파르를 보았다.

"아, 말도 안 되는 소리를 많이 하지. 뒤에서 험담하는 거. 보통 그러는 거 있잖아. 나는 늘 여자도 자기 인생을 자기 마음대로 할 권리가 있다고 얘기해왔어. 그런데 너는 네 친구하고는 잘 지내니?"

"아, 그럼, 대체로 그렇지. 곧 나하고 결혼할 거야."

"잘됐네." 카스파르가 말했다. "네가 잘된다니 기분이 정말 좋다. 다만 이제 너하고 예전처럼 재미있게 놀지 못한다는 게 아쉬울 뿐이야.

정말 아쉬워."

"오빠는 애인 없어?" 그녀가 웃음을 지으며 물었다.

"없어. 지금은 없어. 가끔은 인생이 아주 힘들어, 마르고트. 나는 제과점에서 일해. 언젠가 내 제과점을 열고 싶어."

"그래, 인생은 힘들어질 수도 있지." 마르고트는 생각에 잠긴 표정으로 대꾸하고 나서 잠시 입을 다물고 있다가 택시를 불렀다.

"혹시 언젠가 우리—" 카스파르가 입을 열었다. 그러나 아니었다—그들은 두 번 다시 그 호수에서 먹을 감지 못할 터였다.

'저애는 개 같은 인간들한테로 가고 있어.' 그는 마르고트가 택시에 앉는 것을 지켜보며 생각했다. '착하고 소박한 남자하고 결혼을 해야 하는데. 하지만 나 같으면 저애를 데려가지 않을 거야. 저애하고 살면 도대체 정신을 차릴 수 없을 거야……'

그는 자전거에 올라타 다음 거리 모퉁이까지 빠르게 택시 뒤를 쫓아갔다. 마르고트는 손을 흔들었고, 카스파르는 우아하게 방향을 틀어 이면도로로 접어들었다.

26

앞 타이어가 가장자리에 사과나무가 있는 도로, 이어 자두나무가 있
는 도로를 쑥쑥 삼키며 나아갔다 ─끝도 없이. 날씨는 좋았다. 밤이 다
가오자 강철 라디에이터 그릴의 칸칸마다 죽은 벌, 잠자리, 뱀눈나비
들이 빽빽하게 들어찼다. 렉스는 아주 낮은 의자에 느긋하게 등을 기
대고 꿈을 꾸듯 부드러운 손길로 운전대를 조작하는 멋진 솜씨를 보여
주었다. 뒷유리에는 플러시 천으로 만든 원숭이가 매달려, 그들이 빠
르게 빠져나온 북쪽을 내다보고 있었다.

이윽고 프랑스에 들어서자 도로를 따라 포플러들이 늘어서 있었다.
호텔에서 일하는 여자들은 마르고트의 말을 이해하지 못했으며, 이 때
문에 그녀는 난폭해졌다. 리비에라에서 봄을 보내고, 그런 뒤에 이탈
리아 호수까지 계속 가자는 제안이 나왔다. 해안에 닿기 직전, 그들이

마지막으로 멈춘 곳은 루지나르였다.

그들은 해질녘에 도착했다. 어두운 산들 위로 옅은 녹색 하늘을 가로질러 주황색으로 물든 구름이 가늘게 똬리를 틀고 있었다. 쭈그리고 앉은 카페들은 불을 밝히고 있었다. 넓은 길의 플라타너스는 이미 수의壽衣 같은 어둠에 싸여 있었다.

마르고트는 밤이 찾아올 무렵이면 늘 그렇듯이 피곤하고 짜증이 났다. 떠나온 이후로—그러니까 거의 석 주 동안(그들이 서둘지 않고 똑같은 오래된 광장에 똑같은 오래된 교회가 서 있는 그림 같은 장소에 수도 없이 멈추었기 때문이다) 렉스와 단둘이 있을 기회가 한 번도 없었다. 루지나르로 들어서면서 알비누스가 자줏빛으로 물드는 언덕의 윤곽을 보며 황홀경에 빠져들 때, 마르고트는 이를 악물고 중얼거렸다. "오, 계속 떠벌려, 계속 떠벌려." 그녀는 울음을 터뜨리기 직전이었다. 그들은 커다란 호텔에 도착했고, 알비누스는 방을 알아보러 갔다.

"계속 이런 식이면 미쳐버릴 거예요." 마르고트가 렉스 쪽을 보지 않고 말했다.

"저 인간한테 수면제를 줘." 렉스가 제안했다. "내가 약국에서 사올 테니."

"이미 해봤어요." 마르고트가 말했다. "하지만 효과가 없어."

알비누스가 약간 당황한 표정으로 돌아왔다.

"별로야." 그가 말했다. "따분한 곳이네. 미안해, 귀여운 것."

그들은 연속으로 호텔 세 곳을 돌았다. 마르고트는 다음 도시로 가는 것은 단호하게 거부했다. 길이 구불구불해서 멀미가 난다고 했다.

마르고트는 짜증이 아주 심해 알비누스는 그녀의 얼굴을 보는 것조차 두려웠다. 마침내 다섯번째 호텔에서 그들은 엘리베이터를 타고 올라가 남아 있는 방 두 개를 한번 보겠느냐는 말을 들었다. 그들을 데리고 올라가는 올리브색 피부의 엘리베이터 보이는 잘생긴 옆모습을 그들 쪽으로 돌리고 서 있었다.

"저 속눈썹 좀 봐요." 렉스가 알비누스를 쿡쿡 찔렀다.

"그런 시시한 짓 좀 그만해요." 마르고트가 갑자기 소리를 질렀다.

더블베드가 있는 방은 전혀 나쁘지 않았지만, 마르고트는 계속 힐로 바닥을 또각또각 두드려대며 낮고 부루퉁한 목소리로 되풀이했다. "나는 여기서 묵지 않을 거야, 여기서 묵지 않을 거야."

"하지만 정말이지, 여기는 하룻밤 보내기에는 아주 좋잖아." 알비누스가 애원하듯이 말했다.

종업원이 욕실로 통하는 안쪽 문을 열고, 그 문을 통과하여 두번째 문을 열자 두번째 침실이 나타났다.

렉스와 마르고트는 순간 눈길을 교환했다.

"우리하고 욕실을 함께 써도 괜찮을지 모르겠네, 렉스." 알비누스가 말했다. "마르고트는 물도 좀 많이 튀기고 시간도 오래 걸려서."

"괜찮습니다." 렉스가 웃음을 터뜨렸다. "어떻게든 되겠죠 뭐."

"혼자 쓸 수 있는 방을 따로 얻지 않아도 정말 괜찮겠나?" 알비누스가 물으며 종업원 쪽으로 고개를 돌렸다. 그러자 마르고트가 서둘러 끼어들었다.

"그만 좀 해요." 그녀가 말했다. "이거면 괜찮아요. 이제 더 돌아다니는 건 싫어요."

그녀는 짐이 들어오는 동안 창가로 걸어갔다. 자줏빛 하늘에는 커다란 별이 걸려 있었고, 검은 우듬지들은 전혀 움직이지 않았으며, 귀뚜라미가 울어댔다…… 그러나 그녀는 아무것도 보이지도 들리지도 않았다.

알비누스는 세면도구를 풀기 시작했다.

"목욕부터 할래요." 그녀는 서둘러 옷을 벗었다.

"어서 해." 알비누스가 명랑하게 대꾸했다. "나는 면도를 해야지. 하지만 너무 오래 있지는 마―저녁을 먹어야 하니까."

그는 거울로 마르고트의 점퍼, 치마, 가벼운 속옷 두 개, 스타킹 한 짝, 또 한 짝이 공중으로 빠르게 날아가는 것을 보았다.

"단정치 못한 것." 알비누스가 턱에 거품을 바르며 쉰 목소리로 말했다.

문이 닫히고, 빗장이 덜거덕거리고, 물이 시끄럽게 쏟아지는 소리가 들렸다.

"문을 잠글 필요는 없잖아. 내가 들어가서 쫓아낼까봐 그러는 거야?" 그는 웃음을 터뜨리며 소리치고는 손가락으로 뺨을 쭈욱 늘였다.

잠긴 문 뒤에서 물이 꾸준히 시끄럽게 쏟아져내렸다. 알비누스는 묵직하게 도금이 된 질레트 면도날로 조심스럽게 뺨을 긁었다. 그는 생각했다. 여기에도 미국식à l'Américaine 바닷가재가 있을까?

물은 계속 쏟아져내렸다―소리가 점점 커졌다. 그는 말하자면 모퉁이를 돌아, 막 목울대로 돌아가려 하고 있었다. 그곳의 작고 빳빳한 수

염 몇 개가 잘 깎이지 않았기 때문이다. 그때 갑자기 욕실 문 밑으로 물이 줄기를 이루어 졸졸 흐르는 것을 보고 깜짝 놀랐다. 수도꼭지가 내지르는 포효는 이제 의기양양하게 느껴졌다.

"설마 익사하지야 않겠지." 그는 중얼거리며 달려가 문을 두드렸다. "어이, 괜찮아? 이러다 방에 홍수가 나겠어!"

아무런 대답이 없었다.

"마르고트, 마르고트!" 그는 소리를 지르며 손잡이를 흔들었다(그러나 문이 그와 그녀의 인생에서 하는 묘한 역할은 전혀 의식하지 못하고 있었다).

마르고트는 다시 살그머니 욕실로 돌아왔다. 김과 뜨거운 물이 가득했다. 그녀는 재빨리 수도꼭지를 잠갔다.

"욕조에서 잠이 들었어요." 그녀는 문틈에 대고 애처로운 목소리로 소리쳤다.

"미쳤군." 알비누스가 말했다. "얼마나 놀랐는지 알아!"

옅은 회색 카펫을 검게 물들이던 작은 강들은 흐름이 약해지더니 이윽고 멈추었다. 알비누스는 거울로 돌아가 다시 목에 거품을 발랐다.

몇 분 뒤 마르고트가 밝게 빛나는 상쾌한 모습으로 나타나더니 탤컴 파우더를 잔뜩 바르기 시작했다. 이번에는 알비누스가 목욕을 하러 갔다. 습기 때문에 김이 자욱했다. 그는 렉스 쪽 문을 두드렸다.

"오래 기다리게 하지는 않을게." 그가 소리쳤다. "금방 자리가 날 거야."

"아, 천천히 하세요, 천천히 해요!" 렉스가 행복한 목소리로 소리쳤다.

저녁식사 때 마르고트는 활기가 넘쳤다. 그들은 테라스에 앉아 있었다. 하얀 나방 한 마리가 램프 주위에서 날개를 퍼덕이다 탁자보에 떨어졌다.

"여기 오래, 오래 묵어요." 마르고트가 말했다. "나 이곳이 엄청 좋아요."

27

일주일이 지나고, 이 주가 지났다. 내내 구름 한 점 없었다. 꽃과 외국인은 많았다. 한 시간만 차를 타고 가면 짙푸른 바다를 배경으로 짙은 붉은색 바위들 사이에 자리잡은 아름다운 모래 해변이 나왔다. 호텔은 소나무가 빽빽한 산들로 둘러싸여 있었다. 이런 건물치고는 꽤 훌륭한 편이었지만, 그렇게 행복하지만 않았다면 알비누스는 그 역겨운 무어Moor풍 스타일에 살이 근질거렸을 것이다. 마르고트도 행복했다. 렉스도 마찬가지였다.

마르고트를 사모하는 남자들이 많았다. 리옹 출신의 비단 제조업자, 딱정벌레를 수집하는 조용한 영국인, 그녀와 테니스를 치는 청년들이 그런 남자들이었다. 그러나 누가 그녀를 응시하든 함께 춤을 추든, 알비누스는 전혀 질투심이 들지 않았다. 솔피에서 질투 때문에 마음 아팠던 일들을 돌이켜보자 몹시 놀라웠다. 그때는 왜 모든 것이 그렇게 불안했고, 지금은 왜 이렇게 이 아이에 관해 자신하고 있는 것인지. 그러나 그는 한 가지 작은 사실을 눈치채지 못하고 있었다. 그녀가 이제는 다른 사람들 비위를 맞추려 하지 않는다는 점이었다. 그녀에게는 오직 한 남자, 렉스만 있으면 그만이었다. 그리고 렉스는 알비누스의 그림자였다.

어느 날 세 사람은 산속으로 긴 산책을 나갔다가 길을 잃었고, 마침내 험한 돌길을 거쳐 아래로 내려오기는 했지만 엉뚱한 데로 나오게 되었다. 마르고트는 걷는 데 익숙하지 않았기 때문에 발에 심한 물집이 잡혔다. 두 남자가 그녀의 무게에 짓눌리다시피 하며 그녀를 번갈아 안고 내려왔다. 둘 다 튼튼하지 못했기 때문이다. 오후 두시쯤 그들은 햇볕에 흠뻑 젖은 작은 마을에 이르러, 자갈이 깔린 광장에서 출발 준비를 하고 있는 루지나르행 버스를 보았다. 광장에서는 남자 몇 명이 볼링을 하고 있었다. 마르고트와 렉스는 버스에 탔다. 알비누스도 버스에 타려다가, 아직 자리에 앉지도 않은 기사가 늙은 농부의 커다란 상자 두 개를 싣는 것까지 돕고 나서 출발하려면 시간깨나 걸리겠다고 판단하여, 마르고트가 앉은 자리의 반쯤 열린 창을 두드린 다음 얼른 달려가 한잔하고 오겠다고 말했다. 그는 실제로 달려가 광장 모퉁이의 조그만 술집으로 들어갔다. 거기에서 맥주로 손을 뻗다가 하얀 플란넬 차림의 약하고 자그마한 남자와 부딪쳤다. 남자는 서둘러 돈을 내고 있었다. 그들은 서로 마주보았다.

"여기 있었어, 우도?" 알비누스가 소리쳤다. "생각도 못했네. 이렇게 반가울 데가."

"정말 생각도 못했는걸." 우도 콘라트가 말했다. "머리가 좀더 벗어 졌구먼그래, 이 영감태기야. 가족하고 함께 온 거야?"

"어, 아니야…… 있잖나, 나는 지금 루지나르에 묵고 있는데―"

"잘됐네." 콘라트가 말했다. "나도 루지나르에 살고 있거든. 어이쿠, 버스가 출발하는군. 서둘러."

"금방 갈게." 알비누스는 맥주를 들이켰다.

콘라트가 종종걸음을 쳐 버스에 올라탔다. 경적이 뚜우뚜우 울렸다. 알비누스는 손에 잘 잡히지 않는 프랑스 동전들을 세느라 허둥거렸다.

"아, 서둘 필요 없습니다." 바텐더가 말했다. 검은 콧수염이 축 늘어 진 우울해 보이는 남자였다. "우선 마을을 한 바퀴 돌고, 떠나기 전에 이 모퉁이에 다시 섭니다."

"아, 그렇군요." 알비누스가 말했다. "그럼 한 잔 더 해야지."

그는 환한 문간을 통해 길고 낮고 노란 버스가 플라타너스 그림자로 얼룩덜룩한 미로를 달려나가는 것을 보았다. 나무 그림자들은 버스와 섞이기도 하고 버스를 해체해버리는 것 같기도 했다.

'웃기는군, 여기서 우도를 만나다니.' 알비누스는 생각에 잠겼다. '금색 턱수염을 길렀네. 마치 내 머리가 빠진 걸 상쇄하려는 것처럼. 마지막으로 본 게 언제였더라? 육 년 전이로군. 내가 저 친구를 만나서 기분이 좋은 건가? 전혀 그렇지 않아. 저 친구가 산레모에 산다고 생각했는데. 색다르고 약하고 약간 괴상하고 별로 행복하지 않은 친구지. 독신에 건초열이 있고, 고양이하고 시계가 똑딱이는 소리를 싫어해.

하지만 훌륭한 작가지. 즐거움을 주는 작가야. 내 인생이 바뀌었다는 걸 전혀 모르고 있다니 재미있군. 재미있어, 한 번도 와본 적 없고 앞으로도 다시 올 일 없는, 이 덥고 졸린 작은 곳에 내가 서 있다는 것도 재미있어. 엘리자베트는 지금 뭐하고 있을지 궁금하네. 검은 드레스, 한가한 두 손. 생각하지 않는 게 좋아.'

"버스가 마을을 도는 데 얼마나 걸리죠?" 알비누스가 느리고 조심스러운 프랑스어로 물었다.

"이 분 정도요." 바텐더가 슬픈 표정으로 대답했다.

'저 나무공으로 뭘 하는 건지 잘 모르겠군. 나무인가? 아니면 무슨 금속 같기도 하고? 우선 손으로 쥐고, 그다음에 앞으로 던지고…… 굴러가다, 멈춘다. 우도가 여기 오는 길에 혹시라도 그 아이와 이야기를 나누게 되어, 내가 말을 하기 전에 그 아이가 먼저 말을 해버리면 어색할 텐데. 그 아이가 그럴까? 궁금하네. 하지만 둘이 이야기를 하게 될 가능성은 많지 않아. 그 아이는 완전히 지쳤으니까, 가엾은 것. 아마 앉아서 꼼짝도 못하고 있을 거야.'

"아주 큰 마을 같네요. 도는 데 걸리는 시간이 그 정도라니." 그가 입을 열었다.

"돌지 않소." 사기 파이프를 물고 그의 뒤쪽 탁자에 앉아 있던 노인이 말했다.

"돌아요." 우울한 표정의 바텐더가 말했다.

"지난 토요일까지는 돌았지." 노인이 말했다. "지금은 바로 가버려."

"뭐, 그럼 그건 내 잘못이 아니네요, 안 그래요?" 바텐더가 말했다.

"하지만 나는 어쩌란 말입니까?" 알비누스가 당황하여 소리쳤다.

"다음 걸 타시오." 노인이 현명하게 대꾸했다.

마침내 숙소에 도착해보니 마르고트는 테라스의 접의자에 앉아 체리를 먹고 있었다. 렉스는 반바지 수영복을 입고 털이 무성한 긴 갈색 등을 해 쪽으로 돌린 채 하얀 난간에 앉아 있었다. 조용하고 행복한 그림이었다.

"그 염병할 걸 놓쳤어." 알비누스가 싱글거리며 말했다.

"그럴 줄 알았어요." 마르고트가 말했다.

"그런데 말이야, 금색 턱수염을 기르고 하얀 옷을 입은 작은 남자 봤어?"

"봤죠." 렉스가 말했다. "우리 뒤에 앉아 있던데요. 왜요?"

"아무것도 아니야—그냥 내가 전에 알던 사람이라서."

28

다음날 아침 알비누스는 관광안내소에, 또 독일인이 묵는 하숙집에
도 꼼꼼하게 문의를 했으나 우도 콘라트의 주소를 아는 사람은 없었
다. '뭐, 하긴, 우리가 서로 할말이 많은 것도 아니었으니.' 그는 생각했
다. '아마 다시 마주치겠지. 우리가 여기 오래 머문다면. 설사 다시 만
나지 못해도 크게 문제될 건 없고.'

며칠 뒤 그는 평소보다 일찍 일어나 창의 덧문을 열고 부드러운 파
란 하늘과 박엽지 밑의 밝은 속표지처럼 광채가 나면서도 몽롱한 부드
러운 녹색 비탈을 바라보며, 거기에 올라가 어슬렁거리며 백리향 내음
이 밴 공기를 들이마시고 싶다는 강렬한 갈망을 느꼈다.

마르고트가 잠을 깼다. "아직 이른 시간인데." 그녀가 졸린 목소리
로 말했다.

그는 얼른 옷을 입고 하루종일 나가 있자고 제안했다—둘이서만……

"혼자 가요." 그녀가 중얼거리며 다른 쪽으로 몸을 돌렸다.

"아, 이 게으름뱅이." 알비누스가 처량한 목소리로 말했다.

여덟시쯤이었다. 그는 아침 그늘과 햇빛 양쪽으로 쪼개진 좁은 길들을 상당히 빠른 속도로 벗어나 비탈을 올라가기 시작했다.

따뜻한 분홍색으로 칠해놓은 아주 작은 빌라를 지나는데 큰 가위가 딸깍거리는 소리가 들렸다. 바위가 많은 작은 정원에서 우도 콘라트가 뭔가를 쳐내는 모습이 보였다. 그래, 이 친구는 예전부터 원예를 좋아했지.

"마침내 찾았구먼." 알비누스가 명랑하게 말했으나, 상대는 고개를 돌리면서도 웃어주지는 않았다.

"아." 그가 딱딱하게 말했다. "자네를 다시 볼 줄은 몰랐는걸."

그는 고독 때문에 노처녀 같은 성마른 태도가 더 강해졌으며, 지금도 상대가 상처를 받는 것에서 병적인 즐거움을 맛보고 있었다.

"멍청한 소리 말게, 우도." 알비누스는 다가가면서 뭔가가 그리운 듯 축 늘어져 길을 막고 있던 자귀나무의 깃털 같은 잎들을 살며시 옆으로 밀었다. "내가 그걸 일부러 놓친 게 아니란 걸 자네도 잘 알잖아. 나는 그 버스가 마을을 한 바퀴 돌고 다시 오는 줄 알았어."

콘라트가 약간 누그러졌다. "됐어. 그런 일은 자주 일어나니까. 오랫동안 못 만나던 누군가를 만나면 갑자기 그 사람을 따돌리고 싶은 공황에 가까운 욕구를 느끼는 일 말이야. 나는 자네가 버스라는 움직이는 감옥 안에서 옛 시절에 관해 주절거리는 걸 달갑게 여기지 않는 줄 알았네. 그래서 깨끗하게 피해버린 거라고 생각했지."

알비누스는 웃음을 터뜨렸다. "사실, 지난 며칠 동안 자네를 추적했어. 자네가 어디 사는지 아무도 모르는 것 같던데."

"그래, 바로 며칠 전에 이 오두막에 세를 들었어. 그런데 자네는 어디 묵고 있나?"

"아, 브리타니아에. 사실, 나는 자네를 만나 무지하게 기뻐, 우도. 자네 이야기를 다 들려줘야 하네."

"산책이나 좀 할까?" 콘라트가 미심쩍은 표정으로 말했다. "좋아. 신발 좀 갈아신고."

그는 곧 돌아왔고, 그들은 덩굴이 덮인 돌담들 사이로 구불구불 이어지는 시원하게 그늘진 길을 따라 올라가기 시작했다. 뜨거운 아침해는 그 푸르스름한 아스팔트를 아직 건드리지 않았다.

"자네 가족은 어떤가?" 콘라트가 물었다.

알비누스가 머뭇거리다 말했다.

"묻지 않는 게 좋아, 우도. 최근에 나한테 끔찍한 일들이 일어났어. 우리는 작년부터 별거하기 시작했네. 엘리자베트하고 나 말이야. 그리고 얼마 있다 내 귀여운 이르마가 폐렴으로 죽었어. 괜찮다면 그 얘기는 안 했으면 좋겠네."

"정말 괴로웠겠구먼." 콘라트가 말했다.

둘 다 입을 다물었다. 알비누스는 이 오랜 친구, 사랑의 모험 같은 것은 알지도 못하는 수줍은 사람이라고만 알고 있는 이 친구에게 자신의 뜨거운 연애 이야기를 해주는 것이 매혹적이고 흥미진진한 일이 될 거라고 생각했다. 그러나 결국 나중으로 미루기로 했다. 반면 콘라트는 이 산책을 나선 것이 실수라고 생각하고 있었다. 그는 자신과 어울리는 사람이 근심 없고 행복한 상태이기를 바라는 쪽이었다.

"난 자네가 프랑스에 있는 줄은 몰랐어." 알비누스가 말했다. "자네가 보통 무솔리니의 나라에 산다고 생각했거든."

"무솔리니가 누구지?" 콘라트가 당혹스러워 얼굴을 찌푸리며 물었다.

"아—자네는 여전하군." 알비누스가 웃음을 터뜨렸다. "겁먹지 말게. 정치 얘기는 하지 않을 테니까. 자네 작업 이야기나 해주게. 지난번 소설은 훌륭했는데."

"안됐지만 우리 조국은 내 글을 평가할 만한 적정 수준에 이르지 못했네. 그래서 나는 기꺼이 프랑스어로 글을 쓰지만, 우리 언어를 다루는 과정에서 모은 경험과 풍요로움을 버리는 건 너무 싫어."

"자, 자." 알비누스가 말했다. "자네 책을 사랑하는 사람은 많아."

"내가 그 책을 사랑하는 만큼은 아니지." 콘라트가 말했다. "오랜 시간이 걸릴 거야—아마 백 년은 족히 걸리겠지. 사람들이 내 가치를 알아줄 때까지 말이야. 물론 그때까지 사람들이 쓰기와 읽기라는 기술을 완전히 잊어버리지 않아야 한다는 전제가 있어야겠지만. 안됐지만 지난 오십 년 동안 독일 사람들은 그걸 완전히 잊고 있다는 생각이 드네."

"어째서?" 알비누스가 물었다.

"어, 문학이 거의 전적으로 '생애'와 '전기'에 의존해서만 유지된다는 것은 그것이 죽어간다는 뜻이야. 게다가 나는 프로이트적인 소설이나 조용한 시골에 관한 소설은 대단치 않게 생각해. 물론, 중요한 건 대중 속의 문학이 아니라 엄숙하고 허세가 심한 동시대인들은 알아보지 못하는, 초연한 진짜 작가 두세 명이라고 주장할 수도 있겠지. 그래도 때때로 견디기 힘든 건 마찬가지야. 지금 진지하게 받아들여지는 책들을 보면 도저히 가만있지를 못하겠어."

"아니," 알비누스가 말했다. "나는 자네하고는 생각이 달라. 우리 시대가 사회적 문제에 관심이 있다면, 재능 있는 작가들이 그런 문제를 해결하려고 노력하지 않을 이유가 없어. 전쟁, 전후의 불안—"

"그만." 콘라트가 작게 신음을 토했다.

그들은 다시 입을 다물었다. 구불구불한 길을 따라가다보니 소나무숲이 나왔다. 태엽이 들어간 장난감을 감았다 푸는 일을 계속 되풀이하듯 매미들이 계속 소리를 냈다. 냇물이 나왔다. 평평한 돌들이 물의 매듭 밑에서 바르르 몸을 떠는 것처럼 보였다. 그들은 향기가 달콤한 마른 풀에 앉았다.

"그런데 늘 외국에 사니 추방당한 듯한 느낌이 들지 않나?" 알비누스가 파란 물에서 헤엄치는 해초처럼 보이는 소나무 우듬지들을 쳐다보며 물었다. "독일인의 목소리가 그립지 않아?"

"아, 뭐, 이따금 동포를 만나기는 해. 가끔은 아주 재미있지. 예를 들어 독일 관광객들은 아무도 자기네 말을 이해하지 못한다고 생각하는 경향이 있다는 걸 알게 되었네."

"나는 늘 외국에서 사는 건 못할 것 같아." 알비누스는 드러누워 꿈을 꾸는 듯한 눈으로 녹색 가지들 사이의 파란 만(灣)과 산호와 개울의 윤곽을 따라갔다.

"우리가 만난 날," 콘라트도 드러누워 팔베개를 하고 말을 이어갔다. "버스에서 자네의 두 친구와 상당히 매혹적인 경험을 했네. 자네도 그 두 사람 알지, 그렇지?"

"응, 약간." 알비누스가 짧게 웃음을 터뜨리며 말했다.

"나도 그럴 거라고 생각했어. 그 사람들이 자네가 뒤에 남겨지자 아주 좋아하는 걸 봤거든."

('짓궂은 아이 같으니라고.' 알비누스는 다정한 마음으로 생각했다. '그 아이 얘기를 이 친구한테 다 해줄까? 아냐.')

"그 사람들 대화를 들으며 아주 재미있는 시간을 보냈네. 하지만 향수에 걸렸다고는 할 수 없지. 묘한 일이네. 생각하면 할수록, 예술가는 살다보면 조국을 필요로 하지 않을 때가 온다는 것을 확신하게 돼. 있잖나, 처음에는 물에서 살다가, 이어 마른 땅으로 올라오는 생물들처럼 말이야."

"나한테는 물의 시원함을 갈망하는 뭔가가 있는 것 같아." 알비누스가 좀 묵직하다 싶은 느낌이 드는 엉뚱함을 드러내며 말했다. "그런데 말이야, 바움의 새 책『타프로바나의 발견』의 맨 앞부분에서 꽤 괜찮은 대목을 발견했네. 아주 오래전에 한 중국인 여행자가 고비사막을 가로질러 인도로 갔던 것 같아. 그 사람이 어느 날 실론의 한 언덕에 있는 절에서 옥을 깎아 만든 커다란 불상 옆에 서게 되었지. 그때 한 상인이 중국에서 만든 것을 선물로 바치는 것을 보게 되었네. 하얀 비단 부채였어. 그러자―"

"······그러자," 콘라트가 말을 끊었다. "'오랜 망명으로 인한 피로가 갑자기 여행자를 사로잡았다.' 나도 그런 걸 알고 있네―비록 그 따분한 바보가 최근에 낸 책은 읽지 않았고 앞으로도 읽지 않을 거지만. 어쨌든 여기서 내 눈에 띄는 상인들은 노스텔지어를 자극하는 데는 별로 재주가 없는 것 같으이."

그들은 다시 입을 다물었다. 둘 다 매우 따분했다. 콘라트는 잠시 소나무와 하늘을 더 보고 있다가 몸을 일으키며 말했다.

"이봐, 영감태기, 정말 미안하지만, 그만 돌아가도 괜찮을까? 정오 전에 써놔야 할 게 좀 있어서."

"그게 좋겠군." 알비누스도 일어서며 말했다. "나도 집에 가야 돼."

그들은 말없이 길을 내려가다 콘라트의 문간에서 아주 다정하게 악수를 했다.

'자, 끝났군.' 알비누스는 크게 안도하며 생각했다. '내가 다시 오나 봐라!'

29

알비누스는 집으로 돌아가는 길에 담배를 사려고 바 타바bar-tabacs
에 들어가며 구슬과 갈대를 엮은 출렁출렁 반짝거리는 커튼을 손등으
로 옆으로 밀다가 퇴역한 프랑스인 대령과 부딪쳤다. 지난 이삼일 동
안 식당 옆자리에 앉았던 사람이었다. 알비누스는 좁은 보도로 물러
섰다.

"실례하오." 대령이 말했다(기운찬 사람이었다). "아침 날씨 좋네,
그렇지요?"

"아주 좋네요." 알비누스도 맞장구를 쳤다.

"그런데 오늘 연인들은 어디 갔습니까?" 대령이 물었다.

"무슨 말씀이신지?" 알비누스가 물었다.

"뭐, 구석진 곳만 나오면 끌어안는qui se pelotent dans tous les coins 사

람들을 보통 그렇게 부르는 거 아니오?" 대령의 도자기처럼 파랗지만 붉게 충혈된 눈에는 프랑스 사람들이 흔히 우롱하는goguenard 표정이라고 부르는 것이 담겨 있었다. 그가 덧붙였다. "그 연인들이 내 창 바로 밑의 정원에서는 그러지 말기를 바랄 뿐이오. 이 노인에게 질투심을 느끼게 하니까."

"대체 무슨 말입니까?" 알비누스가 되풀이했다.

"이걸 다 다시 독일어로 말하는 일은 감당할 수 없을 듯하오." 대령이 웃음을 터뜨렸다. "자, 그럼 또."

대령은 자리를 떴다. 알비누스는 가게로 들어갔다.

"무슨 말도 안 되는 소리를!" 그는 소리치며 카운터 뒤의 등받이 없는 의자에 앉아 있는 여자를 노려보았다.

"뭐라고요, 손님Comment, Monsieur?" 그녀가 물었다.

"말도 안 되는 소리야." 그는 되풀이하며 모퉁이에서 발을 멈추고, 지나가는 사람들의 길을 막은 채 그대로 이맛살을 찌푸리고 서 있었다. 갑자기 모든 것이 반대로 돌아가기 시작한다는 막연한 느낌이 찾아왔다. 따라서 이해를 하고 싶으면 모두 뒤로 읽어나가야 했다. 어떤 고통이나 놀라움도 없는 감각이었다. 그냥 어둡고 어렴풋한 것, 그러나 매끈하고 소리 없는 것이 그를 향해 다가오고 있었다. 그는 그렇게 꿈을 꾸듯 무력하게 망연자실한 상태로 서 있었다. 그 유령 같은 것이 다가와 부딪치는 것을 피하려 하지도 않았다. 망연자실한 상태가 계속되는 한은 그 묘한 현상이 그에게 아무런 해도 줄 수 없다는 듯이.

"불가능해." 그가 갑자기 말했다. 더불어 묘한, 뒤틀린 생각이 떠올랐다. 그는 그 박쥐 같은 괴상한 떨림과 비행을 따라가보았다. 이번에도 마치 그것이 두려워할 것이 아니라 연구를 할 대상이라는 듯이. 그는 갑자기 몸을 돌리다 검은 앞치마를 두른 작은 소녀를 쓰러뜨릴 뻔했다. 그는 서둘러 방금 왔던 길로 되돌아갔다.

정원에서 글을 쓰던 콘라트는 필요한 공책이 있어 일층 서재로 가 창가 책상에서 그것을 찾다가 밖에서 자신을 살피고 있는 알비누스의 얼굴을 보았다. ('귀찮은 인간.' 그는 곧바로 생각했다. '이제 나한테 평화를 주지도 않을 건가?—이렇게 느닷없이 튀어나오고 말이야.')

"여기 좀 보게, 우도." 알비누스가 묘하게 번지는 듯한 목소리로 말했다. "뭘 좀 물어본다고 하다가 까먹었네. 그 사람들이 버스에서 무슨 이야기를 했어?"

"뭐?" 콘라트가 말했다.

"그 둘이 버스에서 무슨 이야기를 했냐고. 아까 매혹적인 경험이었다고 했잖아."

"뭐라고?" 콘라트가 물었다. "아, 그래, 이제 알겠군. 음, 어떤 면에서는 매혹적이었지. 맞아, 정말 그랬어. 독일 사람들이 아무도 자기들 이야기를 알아듣지 못한다고 생각할 때 어떻게 행동하는지 예를 들고 싶었던 거. 자네가 말하는 게 그거지?"

알비누스가 고개를 끄덕였다.

"음." 콘라트가 말했다. "내 평생 그런 싸구려에, 그렇게 시끄럽고, 그렇게 지저분한 사랑의 재잘거림은 들어본 적이 없었네. 자네의 두 친구는 마치 낙원에 단둘이 있는 것처럼 자신들의 사랑을 거리낌없이 이야기하더군. 좀 추잡한 낙원에 있는 것처럼 말이야, 미안한 얘기지만."

"우도." 알비누스가 말했다. "지금 자네가 하는 말이 사실이라고 맹세할 수 있나?"

"뭐라고?"

"지금 자네가 하는 말이 사실이라고 확실하게, 확실하게 이야기할 수 있어?"

"어, 그럼. 도대체 무슨 생각이야? 잠깐 기다려, 정원으로 나갈 테니까. 이 창문 때문에 얘기가 안 들려."

그는 공책을 찾은 다음 밖으로 나갔다. "어이, 어디 있나?" 그가 소리쳤지만, 알비누스는 이미 사라지고 없었다. 콘라트는 골목길까지 걸어나갔다. 그러나 없었다. 이미 사라졌다.

"혹시." 콘라트는 중얼거렸다. "혹시 내가 무슨 큰 실수라도 한 걸까*(……지저분한 각운이네, 이거! '이렇게 되나, 혹시I wonder — 라la, 라 라 — 큰 실수blunder?' 끔찍하군!)."

---

* 원문은 다음과 같다. 'I wonder whether I haven't committed some blunder.'

30

알비누스는 도시로 내려가, 걸음을 재촉하지 않고 차분하게 대로를 건너 호텔에 이르렀다. 그는 위로 올라가 그의 방─그들의 방으로 들어갔다. 비어 있었다. 침대는 정돈되지 않았다. 커피가 조금 흘렀고 하얀 바닥깔개에서는 작은 숟가락이 빛나고 있었다. 그는 고개를 숙여 그 빛나는 지점을 물끄러미 내려다보았다. 그 순간 아래 정원에서 마르고트의 날카로운 웃음소리가 들렸다.

그는 창밖으로 몸을 기울였다. 그녀는 하얀 반바지를 입은 청년 옆에서 걷고 있었다. 그녀가 재잘대며 휘두르는 라켓이 햇빛을 받아 황금처럼 빛났다. 옆에 있던 청년이 삼층 창문의 알비누스를 보았다. 마르고트는 위를 보더니 발을 멈추었다.

알비누스는 가슴 근처에서 뭔가를 움켜쥐듯이 팔을 움직였다. 그것은 '올라오라'는 뜻을 전하려는 동작이었고, 마르고트도 그렇게 이해했다. 그녀는 고개를 끄덕이더니 입구 양옆의 협죽도 덤불을 향해 자갈이 깔린 길을 느릿느릿 걸었다.

알비누스는 창문에서 물러나 쭈그리고 앉아 옷가방 자물쇠를 열었다. 그러나 자신이 찾는 것이 다른 곳에 있다는 사실을 기억했다. 그는 옷장으로 걸어가 자신의 노란 낙타털 외투 주머니에 손을 넣었다. 그는 얼른 꺼낸 것을 살폈다. 장전되어 있는지 보려는 것이었다. 그런 다음 문 옆에 자리를 잡았다.

그녀가 문을 여는 순간 쏴서 자빠뜨릴 생각이었다. 굳이 질문을 하지는 않을 생각이었다. 모든 것이 죽음처럼 분명했으며, 섬뜩할 정도로 매끄럽게 사물의 논리적 틀에 맞아떨어졌다. 그들은 그를 꾸준히, 빈틈없이, 예술적으로 속여왔다. 그녀는 바로 죽어야 했다.

문간에서 그녀를 기다리는 동안 그의 마음은 밖으로 나가 그녀를 추적했다. 이제 그녀는 호텔에 들어섰을 것이다. 이제 엘리베이터를 타고 올라올 것이다. 그는 복도를 따라 구둣굽의 또각또각 소리가 들리지 않나 귀를 기울였다. 그러나 그의 상상이 그녀를 앞질렀다. 주위에서는 아무런 소리도 들리지 않았다. 다시 시작해야 했다. 그는 자동 권총을 들고 있었다. 총은 손의 자연스러운 연장延長 같았다. 손은 얼른 쏘고 싶어 긴장하고 있었다. 굽은 방아쇠를 잡아당긴다는 생각에 관능적 쾌감이 느껴질 정도였다.

하마터면 닫혀 있는 하얀 문을 쏠 뻔했을 때 그녀의 고무창이 가볍게 타닥타닥 바닥에 부딪히는 소리가 들렸다―그럼 그렇지. 그녀는 테니스화를 신고 있었다. 또각또각 소리를 내는 굽은 없었다. 지금이다!
그러나 그 순간 다른 발소리가 들렸다.

"쟁반을 내와도 될까요, 마담?" 문밖에서 프랑스인 목소리가 물었
다. 마르고트가 호텔 청소부와 동시에 들어왔다. 그는 자기도 모르는
새에 권총을 주머니에 집어넣었다.

"무슨 일이에요?" 마르고트가 다그쳤다. "그렇게 무례하게 올라오
라고 부르는 대신 본인이 직접 내려와도 되잖아요."

그는 아무런 대답을 하지 않고 고개를 숙인 채 지켜보기만 했다. 청
소부는 그릇을 쟁반에 올리고 작은 숟가락을 집었다. 그녀는 쟁반을
들어올리며 활짝 웃더니 밖으로 나갔다. 이제 문이 닫혔다.

"알베르트, 도대체 무슨 일이에요?"

그는 손을 주머니에 집어넣었다. 마르고트가 통증에 몸을 부르르 떨
며 침대 옆의 의자에 주저앉더니, 햇볕에 그을린 목을 구부리고 빠르
게 하얀 신발의 끈을 풀기 시작했다. 그는 그녀의 광택이 나는 검은 머
리, 머리카락을 면도날로 밀어낸 목의 푸르스름한 그늘을 보았다. 신
발을 벗는 동안 쏜다는 것은 있을 수 없는 일이었다. 까진 곳은 뒤꿈치
바로 위였다. 피가 배어나와 하얀 양말을 적셨다.

"어떻게 매번 이렇게 심하게 쓸리는지 이해할 수가 없어." 그녀가
말하며 고개를 들었다. 그녀는 그의 손에 쥐어진 검은 총을 보았다.

"그런 거 가지고 놀지 말아요, 바보 같으니라고." 그녀가 아주 차분
하게 말했다.

"일어나." 알비누스가 작은 소리로 말하며 그녀의 손목을 움켜쥐

었다.

"안 일어날 거야." 마르고트가 대답하며 자유로운 손으로 양말을 벗
었다. "놔줘요. 봐, 양말이 달라붙었잖아."

그가 그녀를 잡고 세게 흔드는 바람에 의자가 덜거덕거렸다. 그녀는
침대 틀 가장자리를 움켜쥐고 웃음을 터뜨리기 시작했다.

"제발, 나를 쏴요, 쏴." 그녀가 말했다. "그럼 우리가 본 그 연극하고
똑같아질 거야. 검둥이하고 베개가 나오는 거. 나는 그 여자처럼 무죄
일 거고."

"너는 거짓말을 하고 있어." 알비누스가 작은 소리로 말했다. "너하
고 그 악당. 오로지 술책과 기-기-기만뿐이야……" 그의 윗입술이 떨
렸다. 그는 자신의 말더듬과 싸우고 있었다.

"제발, 그것 좀 내려놔요. 내려놓기 전에는 아저씨하고 얘기 안 해.
무슨 일인지도 모르겠고 알고 싶지도 않아. 나는 한 가지만 알 뿐이야.
내가 아저씨한테 충실하다는 거, 내가 충실하다는 거……"

"좋아." 알비누스가 쉰 목소리로 말했다. "너도 네 할말을 해야겠지.
하지만 그뒤에 너를 죽이겠어."

"나를 죽일 필요 없어요─정말 그럴 필요 없어, 자기."

"계속해봐. 얘기해봐."

('……만일 문으로 달려가면,' 그녀는 생각했다. '아슬아슬하게 도
망칠 수 있을지도 몰라. 그런 다음 비명을 지르면 사람들이 달려올라
오겠지. 하지만 그럼 모든 걸 망치는 거야─모든 걸……')

"그걸 들고 있는 한 나는 얘기 못해. 제발 그것 좀 치워요."

('……아니면 저걸 저 사람 손에서 쳐낼 수 있을지도?……')

"아니." 알비누스가 말했다. "우선 너는 자백해야 돼…… 나한테는 정보가 있어. 나는 모든 걸 알아…… 모든 걸 알아……" 그는 갈라진 목소리로 되풀이했다. 그는 방을 왔다갔다하면서 손바닥 가장자리로 가구를 쳤다. "나는 모든 걸 알아. 그 친구가 버스에서 너희들 뒤에 앉았어. 그런데 너희는 연인처럼 행동했어. 아, 물론, 나는 너를 쏠 거야."

"그래요, 나도 그 정도는 생각했어요." 마르고트가 말했다. "나도 아저씨가 이해 못 할 거라는 걸 알고 있었어요. 제발 그것 좀 내려놔요, 알베르트."

"이해할 게 뭐가 있어?" 알비누스가 소리를 질렀다. "이해할 게 뭐가 있냐고?"

"우선, 알베르트, 그 사람이 여자를 좋아하지 않는다는 걸 알베르트도 잘 알잖아요."

"입다물어!" 알비누스가 소리를 질렀다. "그게 기본적인 거짓말이었어. 처음부터 교활한 꾀를 쓴 거라고."

('이 사람이 소리를 지르면—위험한 상황은 끝났다는 표시야.' 마르고트는 생각했다.)

"아니, 그 사람은 정말로 여자를 좋아하지 않아요." 그녀가 말을 이어갔다. "하지만 한번—장난으로—제안을 해봤어요. '이봐요, 내가 댁의 남자들을 잊게 해줄 수 있나보자고요.' 아, 우리 둘 다 그게 장난에 불과하다는 걸 알았다고요. 그게 다예요, 그게 다라고, 자기."

"더러운 거짓말. 나는 안 믿어. 콘라트가 너희를 봤어. 그 프랑스 대령도 너희를 봤어. 나만 장님이었어."

"아, 하지만 나는 자주 그런 식으로 그 사람을 놀렸어요." 마르고트가 차분하게 말했다. "아주 재미있었단 말이에요. 하지만 앞으론 안 그럴게요. 그것 때문에 아저씨 속이 상한다면."

"그러니까 너는 그저 장난으로 나를 기만했다는 거야? 정말 지저분해!"

"당연하죠. 나는 아저씨를 기만하지 않았어요! 어떻게 감히 그런 말을 하는 거예요. 그 사람은 내가 아저씨를 기만하도록 도우려고 해도 그럴 능력도 없단 말이에요. 우리는 심지어 키스도 하지 않았어요. 그것만으로도 우리 둘에게는 역겨운 일이었을 테니까."

"내가 그자에게 묻는다면?—네가 없는 자리에서, 물론, 네가 없는 자리에서."

"해봐요, 얼마든지. 그 사람도 똑같은 얘기를 할 거예요. 아저씨만 더 우스워질 뿐이라고요."

그들은 이런 식으로 한 시간 동안 계속 이야기를 했다. 마르고트가 점차 우위를 차지해갔다. 그러나 그녀도 더 견딜 수 없었던지 마침내 히스테리 발작을 일으켰다. 그녀는 한쪽은 맨발인 채 하얀 테니스용 원피스 차림으로 침대에 쓰러졌다. 그러나 점차 안정되면서 얼굴을 베개에 대고 울었다.

알비누스는 창가 의자에 앉았다. 밖에서는 해가 비추고 있었고, 명랑한 영국인들의 목소리가 테니스장으로부터 둥둥 떠서 건너왔다. 그는 머릿속으로 렉스와 알게 된 과정을 처음부터 사소한 사건도 빠뜨리지 않고 다시 짚어보았다. 그 가운데 몇 가지는 지금 그의 존재 전체를 덮고 있는 납빛으로 물들어 있었다. 뭔가가 영원히 부서졌다. 마르고트가 아무리 설득력 있게 충실했음을 증명하려 한다 해도, 앞으로는 모든 것이 의심이라는 유독한 맛에 더럽혀져 있을 터였다.

마침내 그는 자리에서 일어나 침대로 건너와, 검은 반창고를 붙인 주름진 분홍색 뒤꿈치를 물끄러미 보았다. 언제 저것을 저렇게 붙인 걸까? 그는 그녀의 늘씬하지만 단단한 종아리의 황금빛을 띤 갈색을 물끄러미 보았다. 그녀를 죽일 수는 있지만, 그녀와 헤어질 수는 없다는 생각이 들었다.

"좋아, 마르고트." 그가 우울한 얼굴로 말했다. "너를 믿지. 하지만 당장 일어나서 옷을 갈아입어. 우리는 바로 짐을 싸서 여기를 떠날 거야. 나는 지금 몸 상태로는 그자를 만나는 일을 감당할 수 없어—나 자신을 책임질 수 없어. 네가 그자와 함께 나를 기만했다고 믿기 때문이 아니라, 그래, 그것 때문이 아니라, 그냥 그렇게 못하겠어. 나는 그 모든 걸 혼자서 너무 생생하게 그려보았어. 그래서…… 어, 상관없어…… 어서, 일어나……"

"키스해줘요." 마르고트가 부드럽게 말했다.

"아니. 지금은 안 돼. 나는 가능한 한 빨리 여기에서 떠나고 싶어…… 나는 이 방에서 너를 쏠 뻔했어. 우리가 당장 짐을 꾸리지 않으면 지금이라도 너를 쏘고 말 거야. 당장 하지 않으면."

"좋을 대로 해요." 마르고트가 말했다. "하지만 아저씨가 나, 그리고 아저씨에 대한 나의 사랑을 최악의 방법으로 모욕했다는 것은 제발 기억해줘요. 나중에 아저씨가 다 이해할 거라고 생각해요."

그들은 빠르게, 소리 없이, 서로 보지 않고 짐을 쌌다. 이윽고 짐꾼이 짐을 가지러 왔다.

렉스는 테라스의 거대한 유칼립투스 그늘에서 미국인 두 명, 러시아인 한 명과 포커를 치고 있었다. 그날 아침 운은 그의 편이 아니었다. 그래서 다음에 카드를 섞을 때 손바닥에 카드를 감추는 기술을 사용해볼까, 아니면 담뱃갑 뚜껑 안쪽에 있는 거울을 어떤 은밀한 방법(그가 싫어하여 초보자들하고 게임을 할 때만 사용하는 작은 책략이었다)으로 사용해볼까 생각하고 있던 참에 갑자기 목련들 너머로, 차고 옆 도로에 알비누스의 차가 보였다. 차는 어색하게 방향을 틀더니 사라졌다.

"뭐야?" 렉스가 중얼거렸다. "누가 저 차를 모는 거야?"

렉스는 빚진 것을 갚고 마르고트를 찾아나섰다. 그녀는 테니스장에도 없었고, 정원에도 없었다. 그는 위층으로 올라갔다. 알비누스의 방 문이 약간 열려 있었다. 방은 죽었다. 열린 옷장은 텅 비어 있었다. 또 세면대 위의 유리 선반도 텅 비어 있었다. 바닥에는 찢어지고 구겨진 신문지가 깔려 있었다.

렉스는 아랫입술을 잡아당기며 자기 방으로 갔다. 그는 거기에서 혹시 어떤 설명이 적힌 메모를 발견할지도 모른다고 생각했다—다소 막연하게. 그러나 물론 아무것도 없었다. 그는 혀를 차고 현관으로 내려갔다. 그의 방값은 내고 갔는지를 확인하려는 것이었다.

31

아무런 전문 지식 없이도 '단락短絡'이라는 수수께끼 같은 상황이 벌어진 뒤에 다시 전기를 연결할 수 있는 사람들이 많다. 또는 펜나이프의 도움을 받아 시계를 다시 움직이게 할 수 있는 사람들도 많다. 또 필요하다면 심지어 커틀릿을 튀길 수 있는 사람들도 많다. 그러나 알비누스는 그런 사람이 아니었다. 그는 예복용 넥타이를 매지도 못했고, 오른손 손톱을 깎지도 못했고, 소포를 포장하지도 못했다. 코르크 병마개를 따려고 하면 반은 조각내고 나머지 반은 병 안에 빠뜨리기 일쑤였다. 어린 시절에는 다른 아이들과 달리 집짓기를 하지 못했다. 조금 커서는 자전거를 한 번도 분해해본 적이 없었다. 사실 자전거는 타는 것 외에는 달리 어떻게 하지를 못했다. 타이어에 구멍이 나면 움직이지 않는 기계—낡은 고무덧신처럼 철벅거리는 소리를 냈다—를 밀고 가장 가까운 수리점까지 갔다. 나중에 그림 복원을 공부할 때도 직접 캔버스에 손을 대는 것이 늘 두려웠다. 전쟁중에는 손으로 아무 것도 하지 못하는 놀라운 무능력으로 돋보이는 존재가 되었다. 이 모든 사실을 고려할 때 그의 운전 실력이 형편없다는 것보다는 그가 운전을 한다는 것 자체가 놀라운 일이었다.

그는 천천히, 힘겹게 (또 교차로에서 경찰관과 복잡한 논쟁—그는 요지를 파악하지 못했지만—을 한 뒤에) 루지나르에서 빠져나와 약간 가속을 했다.

"어디로 가는 건지 말해줘도 괜찮겠어요? 말해줘도 괜찮다면 말이에요." 마르고트가 신랄하게 내뱉었다.

알비누스는 어깨를 으쓱하더니 앞에서 검푸르게 빛나는 도로만 똑바로 노려보았다. 이제 좁은 도로에 사람과 자동차가 꽉 차 있어 경적을 울리고 갑자기 덜컥하며 서고 꼴사납게 방향을 틀어야 했던 루지나르에서 벗어났기 때문에, 이제 차가 간선도로를 따라 부드럽게 굴러가고 있었기 때문에, 어둡고 혼란스러운 다양한 생각들이 그의 뇌를 떠다니기 시작했다. 도로가 점점 위로 올라가며 산속으로 들어가고 있다는 생각, 곧 길이 위험하게 구불거리기 시작할 것이라는 생각, 렉스의 단추가 마르고트의 레이스에 엉킨 적이 있었다는 생각, 그의 마음이 지금처럼 무겁고 괴로웠던 적이 없었다는 생각.

"어디를 가나 나한테는 다 똑같아요." 마르고트가 말했다. "하지만 그냥 알고 싶어요. 그리고 제발 오른쪽으로 좀 붙어 가세요. 운전을 못하겠으면 기차를 타거나, 아니면 가까운 정비소에 가서 기사를 고용하는 게 낫지 않겠어요?"

알비누스가 갑자기 브레이크를 꽉 밟았다. 멀리서 버스가 나타났기 때문이다.

"도대체 뭐하는 거예요, 알베르트? 계속 오른쪽에 붙어서 가요. 그렇게만 하면 돼요."

관광객들을 가득 태운 버스가 천둥소리를 내며 지나갔다. 알비누스는 다시 출발했다. 도로가 산을 돌며 구부러지기 시작했다.

'우리가 어디로 가느냐가 중요해?' 그는 생각했다. '어디로 가든 이 고통은 벗어날 수 없을 텐데. "그런 싸구려에, 그렇게 시끄럽고, 그렇게 지저분한—" 이러다 미쳐버릴 거야.'

"다시 묻지 않을게요." 마르고트가 말했다. "하지만 제발 굽은 길 앞에서 흔들거리지만 마요. 우스꽝스럽잖아요. 뭘 하려는 거예요? 내가 골치가 얼마나 아픈지 안다면 이러지 않을 텐데. 어디든 도착만 해주면 고맙겠어요."

"아무것도 없다고 맹세하지?" 알비누스가 희미한 목소리로 물었다. 뜨거운 눈물 때문에 시야가 흐려지는 것이 느껴졌다. 그는 눈을 깜빡였다. 도로가 다시 나타났다.

"맹세해요." 마르고트가 말했다. "이제 맹세하는 것도 지겨워요. 죽여도 좋으니까, 이제 그만 좀 괴롭혀요. 그런데 너무 더워요. 외투를 벗어야 할 것 같아요."

그는 브레이크를 밟았다.

마르고트는 웃음을 터뜨렸다. "외투 벗는 것 때문에 멈출 필요가 뭐가 있어요? 참, 나, 참, 나."

그는 그녀가 더스트코트 벗는 것을 도와주었고, 그러다가 오래, 아주 오래전에 형편없는 작은 카페에서 처음으로 그녀가 소매에서 팔을 빼내고, 꿈틀거리면서 어깨를 움직이고, 어여쁜 목을 구부리는 것을 보았을 때가 아주 생생하게 기억났다.

이제 눈물이 걷잡을 수 없이 흘러내리고 있었다. 마르고트는 두 팔로 그의 목을 안고 그의 숙인 머리에 자신의 관자놀이를 갖다댔다.

차는 난간 가까운 곳에 서 있었다. 두 뼘 정도 높이의 단단한 돌벽 너머는 좁은 협곡으로, 가시나무가 덮인 비탈이 가파르게 아래로 달려 내려가고 있었다. 저 아래에서 급류가 철썩이고 우르릉거리는 소리가 들렸다. 왼쪽 길 건너에는 소나무들이 자라는 불그스름한 바위 절벽이 위로 정상까지 뻗어 있었다. 해는 몹시 뜨거웠다. 앞쪽으로 조금 떨어진 곳에 검은 안경을 쓴 남자가 도롯가에 앉아 돌을 깨고 있었다.

"너를 몹시 사랑해." 알비누스가 신음을 토했다. "몹시."

그는 그녀의 손을 어루만지고 발작적으로 몸을 쓰다듬었다. 그녀는 작게 웃음을 터뜨렸다—만족한 웃음이었다.

"이제 내가 운전할게요." 마르고트가 간청했다. "내가 아저씨보다 잘한다는 걸 아저씨도 알잖아요."

"아냐, 나도 나아지고 있어." 그는 말하고 나서 웃음을 짓고, 침을 꿀꺽꿀꺽 삼키고, 코를 풀었다. "이상한 일이지만, 우리가 어디로 가는지 정말 모르겠어. 짐은 산레모로 보낸 것 같은데, 확실치는 않아."

그는 시동을 걸고 다시 차를 움직였다. 이제 차가 아까보다 수월하고 유순하게 움직인다는 느낌이 들었다. 그래서 이제 운전대를 그렇게 신경질적으로 움켜쥐지 않았다. 굽은 곳이 점점 잦아졌다. 한쪽 옆은 가파른 절벽이 위로 솟구치고 있었고, 반대편은 협곡이었다. 해가 눈을 찔렀다. 속도계 바늘이 떨리며 올라갔다.

급하게 굽은 길이 다가오고 있었고, 알비누스는 그답지 않게 능숙한 솜씨로 그 굽이를 통과하려 했다. 도로를 굽어보는 높은 곳에서 약초를 따던 늙은 여자는 이 작은 파란 차가 절벽 오른쪽에서 빠른 속도로 굽은 곳을 향해 다가오는 것을 보았다. 굽이의 모퉁이 뒤에서는 핸들 위로 몸을 잔뜩 구부리고 자전거를 모는 두 사람이 미지의 만남을 향해 빠른 속도로 길을 내려오고 있었다.

32

비탈에서 약초를 따던 늙은 여자는 자동차와 자전거 두 대가 마주보고 급한 굽이를 향해 다가오는 것을 보았다. 하늘에서 반짝거리는 파란 먼지를 뚫고 해안 쪽으로 날아가던 우편 비행기 조종사는 호를 그리는 도로, 해를 받는 비탈들을 가로지르는 비행기 날개 그림자, 서로 이십 킬로미터 떨어진 두 마을을 보았다. 아마 더 높이 올라갔다면 프로방스의 산들과 멀리 다른 나라의 도시—예를 들어 이곳과 마찬가지로 더운 베를린—를 동시에 볼 수 있었을지도 모른다. 이날 지브롤터에서 스톡홀름에 이르기까지 지구의 뺨은 감미로운 햇빛에 물들어 있었다.

이날 베를린에서는 얼음이 아주 많이 팔렸다. 예전에 이르마는 아이스크림 장수가 얇은 얼음을 노르스름하고 끈끈한 물질로 물들이는 과정을 묵직한 탐욕의 눈으로 바라보곤 했다. 그 노란 물질이 입에 들어가면 혀가 춤을 추고, 앞니가 맛있게 시큰거렸다. 그래서 엘리자베트는 발코니로 나가 아이스크림 장수를 찾곤 했는데, 그때마다 그녀는 아이스크림 장수는 새하얀 옷을 입고 자신은 새까만 옷을 입고 있는 것이 이상해 보였다.

그녀는 몹시 불안한 마음으로 잠을 깼다. 순간 그녀는 최근 들어 익숙해져가던 그 둔한 무감각 상태에서 처음으로 벗어났다는 것을 깨닫고 이상한 당혹감을 느꼈다. 왜 이렇게 이상한 불안감이 드는지 이해할 수가 없었다. 그녀는 발코니에서 미적거리며 전날 일들을 생각해보았다. 특별한 일은 전혀 없었다. 평소처럼 교회까지 차를 타고 가고, 벌들이 그녀의 꽃에 내려앉고, 무덤 주위의 회양목 산울타리가 축축하게 반짝거렸다. 주위는 고요하고 땅은 부드러웠다.

'도대체 뭘까?' 그녀는 궁금했다. '내가 왜 이렇게 흥분하는 걸까?'

그녀는 발코니에서 하얀 모자를 쓴 아이스크림 장수를 볼 수 있었다. 발코니가 높이, 더 높이 솟구치는 것 같았다. 해는 기와에 눈부신 빛을 뿌리고 있었다—베를린에서도, 브뤼셀에서도, 파리에서도, 그리고 더 멀리 남쪽에서도. 우편 비행기는 생카시앵을 향해 날아가고 있었다. 늙은 여자는 바위가 많은 비탈에서 약초를 따고 있었다. 그녀는 앞으로 적어도 일 년 동안은 사람들에게 말을 하게 될 터였다…… 어떻게 하다 보았는지…… 무엇을 보았는지……

33

알비누스는 언제 어떻게 이런 것들, 그러니까 유쾌하게 그 굽이로 들어설 때부터 지금까지 흐른 시간(두 주였다), 그가 있는 곳(그라스의 병원이었다), 그가 받은 수술(두개골에 구멍을 뚫는 수술이었다), 그가 오랜 기간 의식을 잃었던 이유(뇌로 피가 흘러들어갔기 때문이다) 등을 자신이 알게 되었는지 자신 있게 말할 수 없었다. 그러나 이모든 정보의 조각들이 하나로 모이는 순간이 찾아왔다—그는 살아 있었고, 완전히 의식을 되찾았으며, 마르고트와 병원 간호사가 가까운 곳에 있음을 알고 있었다. 기분좋게 졸다가 막 깨어난 기분이었다. 그러나 몇시인지, 그것은 알지 못했다. 아직 이른 아침인 것 같았다.

이마와 눈은 부드럽고 두툼한 붕대로 덮여 있었다. 그러나 두개골의 붕대는 이미 풀었으며, 손가락으로 머리에 새로 자란 빳빳한 머리카락을 만지는 기분은 이상했다. 그의 기억에는 유리에 박은 천연색 사진처럼 야하고 강렬한 그림이 보존되어 있었다. 광택이 나는 파란색 굽은 도로, 왼쪽에는 위로 치솟은 녹색과 붉은색이 섞인 절벽, 오른쪽으로는 하얀 난간과 앞에서 다가오는 자전거—자전거에 탄 두 사람은 오렌지 색깔의 저지를 입은 먼지투성이 원숭이들 같았다. 그들을 피하려고 운전대를 급하게 틀었다—그러자 차는 위로 쏜살같이 올라가 오른쪽의 돌무더기를 타고 올랐고, 순식간에 앞유리로 전신주가 커다랗게 다가왔다. 마르고트의 뻗은 팔이 그 그림을 가로질러 날아갔다—그리고 다음 순간 환등기는 꺼졌다.

이 회상은 마르고트에 의해 완성되었다. 어제, 또는 그저께, 또는 그보다 더 전에—그녀가 말해주었다. 아니, 그녀의 목소리가—왜 그녀의 목소리뿐이었을까? 왜 그녀를 진짜로 본 지가 이렇게 오래된 것일까? 그래, 이 붕대. 아마 곧 풀어주겠지…… 마르고트의 목소리가 뭐라고 했더라?

"……전신주가 아니었으면 우리는 난간을 넘어 절벽 아래로 떨어졌을 거예요. 무시무시했어요. 나는 아직도 엉덩이에 아주 커다란 멍이 남아 있어요. 차는 공중제비를 넘어 달걀처럼 부서졌어요…… 그 바람에 날아간 게…… 르 카르le car…… 밀mille…… 보쿠 밀 마르크스 beaucoup mille marks*"(이것은 아마 간호사에게 하는 이야기인 듯했다). "알베르트, 이만을 프랑스어로 뭐라고 해요?"

---

* 대체로 '자동차…… 천…… 수천 마르크' 정도의 의미.

"아, 그게 무슨 상관이야……넌 살아 있잖아!"

"자전거를 탄 사람들이 아주 착했어요. 흩어진 짐을 다 챙겨주었죠. 하지만 테니스 라켓은 찾지 못했어요."

테니스 라켓? 테니스 라켓 위에 비치는 태양. 그게 왜 그렇게 불쾌할까? 아, 그래, 루지나르의 그 악몽 같은 일. 손에 권총을 쥔 나. 고무창이 달린 신발을 신고 오던 아이…… 말도 안 돼—모든 것이 정리되었어. 다 괜찮아…… 몇시지? 언제 붕대를 풀지? 언제 일어날 수 있지? 신문에 났나—독일 신문에?

그는 고개를 이쪽저쪽으로 돌려보았다. 붕대 때문에 걱정이 되었다. 또—감각들 간의 불일치도. 그의 귀는 계속 아주 많은 인상들을 흡수했는데, 눈은 전혀 흡수하지 않았다. 그는 방, 또는 간호사, 또는 의사가 어떻게 생겼는지 알지 못했다. 그런데 시간은? 아침인가? 그는 길고 달콤한 잠을 잤다. 밖에서 말발굽이 다그닥다그닥하는 소리가 들리는 것을 보니 창문이 열려 있는 듯했다. 또 물이 흐르는 소리, 들통이 뗑그렁거리는 소리도 들렸다. 아마 우물이 있고, 플라타너스 때문에 서늘한 아침 그늘이 드리운 마당이 있는 모양이었다.

그는 잠시 꼼짝도 않고 누워 일관성 없는 소리를 그에 상응하는 형태나 색깔로 바꾸려고 노력했다. 보티첼리의 천사들이 어떤 목소리를 가졌을지 상상하는 것과 정반대의 노력이었다. 곧 마르고트의 웃음소리, 이어 간호사의 웃음소리가 들렸다. 옆방에 앉아 있는 것 같았다. 간호사는 마르고트에게 프랑스어의 정확한 발음을 가르쳐주고 있었다. "수쿠프soucoupe,* 수쿠프"—마르고트는 몇 번 되풀이했고 그들은 함께 작은 소리로 웃음을 터뜨렸다.

알비누스는 절대 금지된 짓을 한다고 느끼면서도 붕대를 조심스럽게 위로 밀어올리고 밖을 내다보았다. 그래도 방은 여전히 깜깜했다. 심지어 창의 푸르스름한 빛이나 밤에도 벽에 머물곤 하는 희미한 빛 조각도 보이지 않았다. 그러니까 결국 밤이었다. 아침이 아니었다. 심지어 이른 아침도 아니었다. 달도 없는 검은 밤이었다. 소리가 얼마나 기만적일 수 있는지. 아니면 블라인드가 특별히 두꺼운 걸까?

옆방에서 그릇이 기분좋게 달가닥거리는 소리가 들렸다. "카페 에메 투주르, 테 니히트 투주르Café aimé toujours, thé nicht toujours."**

알비누스는 침대맡의 탁자를 더듬다가 마침내 작은 전기 램프에 손이 닿았다. 그는 스위치를 한 번, 두 번 눌렀다. 그러나 어둠은 너무 무거워서 움직이지 않는 것처럼 그대로였다. 플러그가 뽑힌 듯했다. 그는 손으로 성냥을 더듬어 찾다가 마침내 성냥갑을 찾아냈다. 안에는 성냥이 한 개비뿐이었다. 그는 성냥을 켰고 불이 밝혀진 것처럼 지글거리는 소리가 들렸다. 그러나 불꽃은 보이지 않았다. 그는 성냥을 던졌고 갑자기 희미한 유황 냄새가 났다. 이상했다.

"마르고트." 그가 갑자기 소리를 질렀다. "마르고트!"

빠른 발소리가 들리더니 문이 열리는 소리가 났다. 그러나 아무것도 달라지지 않았다. 그들이 거기에서 커피를 마시고 있었다면 문 뒤가 어떻게 깜깜할 수 있을까?

---

* '잔받침'이라는 뜻.
** '오늘은 커피가 좋아, 차는 싫어' 정도의 의미.

"불을 켜." 그가 화난 목소리로 말했다. "제발, 불 좀 켜."

"못된 아이." 마르고트의 목소리가 말했다. 그는 그녀가 절대적 어둠을 빠르고 자신 있게 통과하여 다가오는 소리를 들었다. "그 붕대는 만지면 안 돼요."

"무슨 소리야? 너는 나를 보는 것 같은데." 그가 더듬거렸다. "어떻게 나를 볼 수 있지? 불을 켜, 들려? 당장!"

"카메−부Calmez-vous.* 흥분하지 마세요." 간호사의 목소리가 말했다.

이 소리들, 이 발소리들과 목소리들은 다른 수준에서 움직이고 있는 것 같았다. 그는 여기 있었고, 그들은 다른 어딘가에 있었다. 그럼에도 어떤 설명할 수 없는 방식으로 가까이 있었다. 그들과 그를 둘러싸고 있는 밤 사이에는 뚫고 들어갈 수 없는 벽이 있었다. 그는 눈까풀을 문지르고, 고개를 이쪽저쪽으로 돌리고, 몸을 발작적으로 이리저리 움직였다. 그러나 그 자신의 일부와 같은 이 단단한 어둠을 뚫고 나아가기란 불가능했다.

"이럴 수는 없어!" 알비누스가 깊은 절망을 드러내며 말했다. "미칠 것 같아! 창문을 열어. 어떻게 좀 해봐!"

"창문은 열려 있어요." 그녀가 작은 소리로 대답했다.

"아마 해가 없는 건지도 몰라…… 마르고트, 아마 아주 화창한 날에는 뭐가 보일지도 몰라. 아주 희미한 빛이라도. 혹시 안경을 쓰면."

"가만히 누워 있어요, 아저씨. 해는 빛나고 있고, 지금은 찬란한 아

---

* '진정하라'는 뜻.

침이에요. 알베르트, 날 아프게 하지 마요."

"나는…… 나는……" 알비누스는 깊은 숨을 들이마셨다. 그 숨 때
문에 가슴이 거대한 괴물처럼 둥글게 부풀어오르는 것 같았다. 그는
그 속을 가득 채우고 소용돌이치는 포효를 바로 내뱉었다. 질펀하게,
꾸준하게…… 그것이 다 사라지자 가슴은 다시 차오르기 시작했다.

34

찢어진 곳과 멍든 곳이 아물고, 머리카락은 다시 자랐다. 그러나 견고한 검은 벽이라는 이 끔찍한 느낌은 변함없이 그대로였다. 그는 무시무시한 공포의 발작을 일으켜 으르렁거리며 펄쩍펄쩍 뛰어다니고, 눈에서 뭔가를 떼어내려고 미친듯이 애를 쓰다가 반쯤 의식을 잃은 상태에 빠져들곤 했다. 그러다 곧 다시 그 견딜 수 없는 억압의 산이 거대하게 솟아오르곤 했다. 깨어보니 무덤 속에 있는 것을 알게 된 사람의 공포 외에는 이 감정을 달리 비교할 데가 없었다.

그러나 이런 발작의 횟수는 점차 줄었다. 그는 입을 다물고 몇 시간씩 꼼짝도 않고 누워 낮의 소리들에 귀를 기울였다. 그 소리들은 그에게 등을 돌린 채 자기들끼리 즐겁게 대화를 나누는 듯했다. 갑자기 루지나르에서의 그날 아침 일—사실 그 일이 이 모든 것의 시작이었다—

이 떠올라 그는 새로 한숨을 쉬었다. 그는 하늘, 파랗고 먼 곳들, 밝음과 어둠, 밝은 녹색 비탈에 점점이 박힌 분홍색 집들, 그가 아주 어려서, 아주 어려서 바라보던 어여쁜 꿈의 풍경들을 그려보았다……

그가 아직 병원에 있을 때 마르고트가 렉스에게서 온 편지를 읽어주었다.

친애하는 알비누스, 무엇이 나에게 가장 충격적인 일인지 잘 모르겠습니다. 납득이 가지 않는 매우 무례한 출발로 나를 부당하게 대접한 일인지, 아니면 선생님에게 닥친 불행인지. 선생님이 나에게 깊은 상처를 주기는 했지만, 선생님의 불행은 진심으로 가슴 아프게 생각합니다. 특히 선생님의 그림에 대한 사랑, 그리고 시각을 우리의 모든 감각의 왕으로 만드는, 색과 선의 아름다움에 대한 사랑을 생각할 때 말입니다.

오늘 나는 파리에서 런던으로, 그리고 거기서 다시 뉴욕으로 갑니다. 다시 독일을 보려면 시간이 좀 걸리겠군요. 선생님의 동반자에게 내 우정 어린 인사를 전해주시기 바랍니다. 그 변덕스럽고 망가진 본성이 아마도 선생님의 나에 대한 의리 없는 행동의 원인이었던 듯하지만요. 안타깝게도 그 사람은 오직 자신에게만 충실할 뿐입니다. 하지만 많은 여자들처럼 그 사람도 다른 남자들이 자신을 사모해주기를 간절히 바랍니다. 그러나 문제의 남자가 노골적인 말, 역겨운 외모와 부자연스러운 취향 때문에 조롱과 혐오만 일으킬 때는 그런 마음이 심술로 변해버리죠.

정말이지, 알비누스, 나는 선생님을 정말 좋아했습니다. 내가 보여드린 것 이상으로 좋아했지요. 만일 선생님이 솔직하게 내가 함께 있는 것이 두 분께는 넌더리나는 일이라고 말씀하셨다면, 나는 선생님의 솔직함을 높이 평가했을 것입니다. 그러면 우리의 그림 이야기, 색채의 세상을 이리저리 거닐던 일이 선생님의 신의 없는 도주의 그림자로 그렇게 슬프게 얼룩지는 일은 없었겠지요.

"그래, 그건 동성애자의 편지군." 알비누스가 말했다. "그러거나 저러거나 나는 그 친구가 사라졌다는 게 기뻐. 어쩌면, 마르고트, 내가 너를 휘저어놓은 것 때문에 신이 나한테 벌을 내린 건지도 몰라. 그래도 너한테 화禍가 있을 거야, 만에 하나……"

"만에 하나 뭐요, 알베르트? 계속해봐요, 하던 말을 마무리해봐요……"

"아니. 아무것도 아니야. 너를 믿어. 아, 나는 너를 믿어."

그는 입을 다물더니 그 막힌 소리를 내기 시작했다. 반은 신음이고 반은 울부짖음인 그 소리는 늘 그를 둘러싸고 있는 어둠에 대한 공황 발작의 시작이었다.

"우리의 모든 감각의 왕." 그는 더듬거리는 목소리로 몇 번 되풀이했다. "아, 그래, 왕……"

알비누스가 차분해지자 마르고트는 여행사에 다녀오겠다고 말했다. 그녀는 그의 뺨에 입을 맞추고 거리의 그늘진 쪽을 따라 빠르고 경쾌하게 걸어갔다.

그녀는 시원하고 작은 레스토랑에 들어가 렉스 옆에 앉았다. 그는 화이트 와인을 마시고 있었다.

"그래," 그가 물었다. "그 가엾은 놈이 편지를 읽어주니까 뭐래? 내가 귀엽게 쓰지 않았어?"

"그래, 잘됐어요. 수요일에 우리는 그 전문가를 만나러 취리히로 갈 거예요. 부탁인데, 표 좀 알아봐줘요. 하지만 당신 건 다른 칸으로 해요—그게 안전해."

렉스가 태평하게 말을 받았다. "공짜로 나한테 표를 주지는 않을 것 같은데."

마르고트는 부드럽게 웃으며 핸드백에서 지폐를 꺼내기 시작했다.

그러자 렉스가 덧붙였다. "전체 상황을 볼 때 내가 출납원 노릇을 하면 일이 훨씬 간편해질 것 같은데 말이야."

35

알비누스는 몇 번—날빛의 환한 잠담을 그대로 간직한 깊은 밤에—
산책을 나갔다. 병원 정원의 우지끈 밟히는 자갈길을 따라 애처로울
정도로 머뭇거리며 걸어가는 산책이었다. 그러나 그 정도 산책으로 취
리히까지 여행할 준비를 갖추었다고는 결코 말할 수 없었다. 기차역에
서 그의 머리는 헤엄을 치기 시작했다—눈먼 사람이 머리가 빙글빙글
돌아갈 때만큼 생소하고 무력한 상태는 찾아보기 어렵다. 그는 그 모
든 다양한 소리에, 발소리, 목소리, 바퀴에, 그에게 쏜살같이 몰려오는
몹시 날카롭고 강한 것들에 어리둥절했다. 그래서 마르고트가 안내를
하고 있었음에도 매 순간 뭔가에 부딪힐지 모른다는 두려움에 사로잡
혔다.

기차에서는 구역질이 치밀며 속에 있는 것이 올라올 것 같았다. 열

차의 덜걱거리는 소리와 흔들림을 어떤 전진운동과 연결시킬 수가 없었기 때문이다. 틀림없이 옆에서 빠르게 지나가고 있을 풍경을 상상해보려고 열심히 노력했으나 아무 소용이 없었다. 취리히에 가서도 보이지 않는 사람과 사물 들을 헤치고 나아가야 했다. 그와 부딪치기 전에 숨을 멈추는 장애물들과 모서리들.

"아, 어서요, 겁먹지 마요." 마르고트가 짜증스럽게 말했다. "내가 안내하고 있잖아요. 이제 멈춰요. 곧 택시를 탈 거예요. 이제 발을 올려요. 꼭 그렇게 소심하게 굴어야겠어요? 정말이지 꼭 두 살배기 같아."

유명한 안과 의사인 교수는 알비누스의 눈을 철저하게 검사했다. 의사는 부드럽고 번지르르한 목소리를 가졌기 때문에 알비누스는 그가 깨끗하게 면도를 한 사제 같은 얼굴의 노인일 것이라고 상상했다. 그러나 사실 그는 아직 상당히 젊었으며, 뻣뻣한 콧수염을 과시하고 있었다. 그는 알비누스가 대부분 이미 알고 있는 이야기만 되풀이했다. 시신경이 뇌와 연결되는 지점에 손상이 생겼다는 것이었다. 이 타박상은 나을 수도 있었다. 반대로 완전한 위축이 올 수도 있었다. 확실하지는 않지만 그 가능성은 반반이었다. 어쨌든 환자의 현상태를 고려할 때 절대 안정이 가장 중요했다. 산속의 요양소가 가장 좋았다. "그렇게 하고 나서 두고 봅시다." 교수는 말했다.

"두고 볼 수 있을까요?" 알비누스가 우울하게 웃음을 지으며 그의 말을 되풀이했다.

마르고트는 요양소로 가는 것이 마음에 들지 않았다. 마침 호텔에서 만난 늙은 아일랜드인 부부가 사람들이 많이 찾는 산악 휴양지 바로 위에 있는 조그만 샬레를 빌려주겠다고 제안했다. 그녀는 렉스와 상의한 뒤(간호사를 고용하여 알비누스를 맡겨놓고) 그와 함께 샬레를 보러 갔다. 가보니 상당히 좋았다. 조그마한 이층짜리 오두막으로, 방들은 작지만 깨끗했으며 문마다 성수聖水 컵이 하나씩 달려 있었다.

렉스는 그 위치가 마음에 들었다. 완전히 외떨어져 비탈 높은 곳의 빽빽한 검은 전나무들 사이에 자리잡고 있었지만, 비탈 밑의 마을과 호텔들까지는 걸어서 십오 분밖에 걸리지 않았다. 그는 위층에서 해가 가장 잘 드는 방을 자신의 방으로 찍었다. 요리사는 마을에서 고용했다. 렉스는 그 여자의 뇌리에 딱 박히게 말했다.

"우리가 이렇게 높은 급료를 주는 것은 댁이 심한 정신적 충격 때문에 눈이 먼 사람을 위해 일하게 될 것이기 때문이오. 나는 그 사람을 돌보는 의사지만, 환자의 정신 상태로 보아 의사가 그와 그의 조카딸과 한집에 산다는 것을 알아서는 안 되오. 따라서 직접적으로든 간접적으로든 내가 있다는 것을 눈치챌 만한 행동을 한다면, 예를 들어 환자가 듣는 데서 나를 부른다거나 한다면, 댁은 환자의 회복을 방해한 결과에 대해 모든 법적 책임을 져야 할 것이오. 내가 알기로 스위스에서는 그런 행동에 아주 심한 벌을 주고 있소. 나아가서 내 환자한테 가까이 가지 말고, 하물며 대화를 나누는 것은 절대 금물이오. 혹시 알고 싶어할지 몰라 말해주는데, 환자는 이미 어떤 나이든 여자, 댁처럼 매력적이지는 않지만 여러 면에서 아주 비슷한 여자요, 어쨌든 어떤 여자의 얼굴을 짓밟아 심한 부상을 입힌 적이 있소. 어쨌든 나는 그런 일이 다시 일어나는 것을 바라지 않소. 그리고 무엇보다 중요한 것은, 만일 댁이 마을에서 뒷얘기를 하여 사람들이 호기심을 느끼게 되면 환자는 현재의 상태로 볼 때 댁의 머리부터 시작해서 집에 있는 모든 걸 부숴버릴 거요. 알아들었소?"

여자는 너무 겁을 먹어 보수가 아주 좋은 이 자리를 거절할 뻔했으나, 환자의 조카딸이 시중을 들기 때문에 여자는 그 장님을 볼 일이 없을 것이며, 가만 놓아두면 아주 얌전하다고 안심을 시키자 간신히 받아들이겠다고 대답했다. 렉스는 또 여자에게서 정육점 심부름꾼이나 세탁부가 집으로 절대 들어오지 못하게 하겠다는 약속을 받아냈다. 이렇게 마무리를 짓고 나서 마르고트는 알비누스를 데리러 갔고, 렉스는 그 집으로 이사했다. 렉스는 모든 짐을 가져와 방을 어떻게 배정할지 결정하고 깨지기 쉬운 불필요한 물건은 다 치우게 했다. 그런 뒤에 자기 방으로 가서 휘파람을 불며 약간 외설적인 펜화 몇 점을 벽에 붙였다.

다섯시쯤 그는 쌍안경으로 밖을 살피다가 저멀리 아래쪽에서 세낸 자동차가 다가오는 것을 보았다. 화려한 붉은 점퍼를 입은 마르고트가 차에서 나와 알비누스가 내리는 것을 도왔다. 알비누스는 검은 안경을 쓰고 어깨를 웅크리고 있어 올빼미처럼 보였다. 차는 한 바퀴 돌더니 나무가 빽빽한 굽이 뒤로 사라졌다.

마르고트는 기백 없고 동작이 어설퍼 보이는 남자의 팔을 잡았다. 그는 지팡이를 앞으로 내밀고 작은 길을 올라갔다. 그들은 전나무 몇 그루 뒤로 사라졌다가, 다시 나타났다, 다시 사라졌다. 그러더니 마침내 작은 정원 테라스에 나타났고, 그곳에서 우울한 식모(그녀는 이미 전심으로 렉스에게 헌신하고 있었다)가 벌벌 떨며 그들을 맞으러 갔다. 그녀는 위험한 미치광이를 보지 않으려고 애를 쓰며 마르고트의 작은 가방을 받아들었다.

한편 렉스는 창밖으로 몸을 내밀고 우스꽝스러운 동작으로 마르고트에게 인사를 했다. 손으로 심장을 눌렀다가 갑자기 두 팔을 활짝 편 것이다—펀치*를 훌륭하게 모방한 것이었다. 물론 이 모든 동작은 무언극으로 이루어졌다. 더 유리한 환경이었다면 끽끽거리는 소리를 내 눈길을 끌었겠지만. 마르고트는 그를 쳐다보며 미소를 짓고 집으로 들어섰다. 여전히 알비누스의 팔을 잡아 안내를 하고 있었다.

"나를 방마다 데리고 다니면서 눈에 보이는 걸 모두 얘기해줘." 알비누스가 말했다. 사실 관심은 없었지만 그렇게 하면 마르고트가 좋아할 것이라고 생각했던 것이다. 이 아이는 새 장소에 자리잡는 것을 아주 좋아하니까.

"작은 식당. 작은 응접실, 작은 서재." 그녀는 그를 데리고 일층을 돌아다니면서 큰 소리로 말했다. 알비누스는 가구를 만져보고, 낯선 아이들의 머리라도 되는 것처럼 다양한 물건을 토닥이며 방향을 잡으려고 노력했다.

"그러니까 창문이 저쪽에 있는 거로군." 그는 믿는 마음으로 텅 빈 벽을 가리켰다. 탁자 모서리에 아프게 부딪혔지만 일부러 부딪친 척하려고 애를 썼다. 마치 크기를 알고 싶다는 듯 두 손으로 탁자 위를 더

---

* 꼭두각시 쇼의 등장인물.

듭었다.

이윽고 그들은 나란히 삐걱거리는 나무 층계를 올라갔다. 위쪽 맨 위 계단에 렉스가 앉아서 환희에 찬 표정으로 소리 없이 몸부림을 치고 있었다. 마르고트는 그를 향해 손가락을 흔들었다. 렉스는 조심스럽게 일어서서 뒤꿈치를 들고 뒤로 물러섰다. 사실 그렇게까지 조심할 필요는 없었다. 맹인의 발밑에서 층계가 귀가 아플 정도로 삐걱거리는 소리를 냈기 때문이다.

그들은 방향을 틀어 복도로 접어들었다. 이제 자신의 방문 앞으로 물러선 렉스는 연거푸 허리를 굽히며 손으로 입을 눌렀다. 마르고트는 성난 표정으로 고개를 저었다. 위험한 게임이었다. 렉스는 초등학생처럼 들떠 있었다.

"여기가 내 방이에요. 여기는 당신 방이고." 그녀가 말했다.

"왜 한방을 안 써?" 알비누스가 아쉬워하는 표정으로 물었다.

"오, 알베르트." 그녀가 한숨을 쉬었다. "의사가 뭐라고 했는지 알잖아요."

다 다녀본 뒤(물론 렉스의 방은 빼고) 알비누스는 그녀의 도움 없이 집을 돌아다녀보려 했다. 그저 그녀의 멋진 솜씨 덕분에 모든 것을 파악하게 되었다는 것을 보여주려는 것뿐이었다. 그러나 거의 즉시 길을 잃고 벽에 부딪혔으며, 사과하는 웃음을 지었다. 그러나 곧 다시 세숫대야를 부술 뻔했다. 또 길을 잃고 구석방(렉스가 차지한 방으로, 복도를 통해서만 들어갈 수 있었다)으로 들어가기도 했다. 그러나 이미 혼란에 빠져 있었기 때문에 알비누스는 자신이 욕실에서 나오는 줄 알왔다.

"조심해요, 거긴 창고예요." 마르고트가 말했다. "거기 들어갔다간 머리가 깨질 거예요. 이제 방향을 돌려서 곧장 침대로 걸어가도록 해봐요. 하지만 정말이지 이렇게 돌아다니는 게 아저씨한테 도움이 되는 건지 모르겠어요. 아저씨가 계속 이런 식으로 탐험하고 다니게 둘 거라고 생각하지 마요. 오늘은 예외예요."

사실 알비누스는 이미 완전히 지쳤다. 마르고트는 그를 침대에 눕히고 저녁을 갖다주었다. 이윽고 그가 잠이 들자 렉스에게 갔다. 그들은 아직 집의 음향적인 면을 파악하지 못했기 때문에 작은 소리로 이야기를 나누었다. 사실 큰 소리로 떠들어도 아무런 상관이 없었다. 알비누스의 방은 충분히 멀리 떨어져 있었다.

36

현재 알비누스를 둘러싸고 있는 뚫고 들어갈 수 없는 검은 수의 때문에 그의 사고와 감정에는 어떤 내핍, 심지어 기품의 요소가 생겨나게 되었다. 그는 어둠에 의해 이전의 삶과 분리되었다. 이전의 삶은 그 가장 급한 굽이에서 갑자기 꺼져버렸다. 이제 기억 속의 장면들이 그의 정신의 화랑을 채우고 있었다. 무늬가 있는 앞치마를 두르고 자주색 커튼(지금 그는 그 음침한 색을 얼마나 갈망하게 되었는지!)을 거는 마르고트, 빛나는 우산을 쓰고 심홍색 웅덩이들을 경쾌하게 통과하는 마르고트, 벌거벗고 옷장 거울 앞에 서서 노란 롤빵을 물어뜯는 마르고트, 반짝이는 수영복을 입고 공을 던지는 마르고트, 은색 야회복을 입고 햇볕에 그을린 어깨를 드러낸 마르고트.

이윽고 그는 아내를 생각했다. 그녀와 살았던 삶은 이제 차분하고 창백한 빛에 잠겨 있는 것 같았다. 그 뿌연 아지랑이로부터 아주 가끔씩 뭔가가 떠올랐다. 예를 들어 램프 불빛을 받는 그녀의 금발, 액자에 반사되는 빛, 유리구슬(모두 안에 무지개가 들어 있었다)을 갖고 노는 이르마, 그러다 다시 아지랑이—그리고 엘리자베트의 고요한, 마치 둥둥 떠다니는 듯한 움직임.

모든 것, 심지어 그의 과거 삶에서 가장 슬프고 가장 수치스러운 것조차 기만적으로 매혹적인 색채로 덮여 있었다. 그는 자신이 과거에 눈을 얼마나 적게 사용했는지 깨닫고 경악했다—그 색채들이 너무 모호한 배경을 가로질러 움직이고, 윤곽들은 묘하게 번져 있었기 때문이다. 예를 들어 한때 살았던 곳의 풍경을 기억한다고 할 경우, 떡갈나무나 장미 외에는 식물의 이름을 단 하나도 말할 수 없었고, 참새와 까마귀 외에는 새 이름을 단 하나도 말할 수 없었다. 심지어 이런 것들조차 자연이라기보다는 어떤 문장紋章에 가까웠다. 알비누스는 이제 자신이 전에 비웃곤 하던 편협한 전문가와 다를 것이 없다는 사실을 깨닫게 되었다. 자신의 연장만 아는 일꾼, 또는 인간의 살로 이루어진 바이올린 부속품에 불과한 연주의 명인과 다를 바가 없었던 것이다. 알비누스의 전공은 예술에 대한 열정이었다. 그의 가장 찬란한 발견은 마르고트였다. 그런데 이제 그녀에게서 남은 것은 목소리, 바스락거림, 향기뿐이었다. 그가 작은 영화관에서 끌어냈는데, 이제 그녀는 다시 그 어둠 속으로 들어가버린 것 같았다.

그러나 알비누스가 늘 이렇게 미학적이거나 도덕적인 사유로 자위할 수 있는 것은 아니었다. 신체적 맹목이 곧 영적 개안이라고 자신을 설득하는 데 늘 성공할 수는 없었다. 이제 마르고트와의 삶이 더 행복해지고, 깊어지고, 순수해질 것이라는 환상으로 자신을 속이려 했으나 소용이 없었고, 그녀의 감동적인 헌신만 생각하려 해도 소용이 없었다. 물론 그 헌신은 감동적이었고, 물론 그녀는 일반적인 의리 있는 아내들보다 나았다—이 보이지 않는 마르고트, 이 천사의 서늘함, 그에게 흥분하지 말라고 간청하는 이 목소리. 그러나 어둠 속에서 그녀의 손을 잡자마자, 자신의 고마움을 표시하려 하자마자, 갑자기 속에서 그녀를 눈으로 보고 싶은 갈망에 불이 붙는 바람에 모든 도덕적 해석은 스러져버리고 말았다.

렉스는 그와 함께 방안에 앉아 그의 움직임을 지켜보는 것을 아주 좋아했다. 마르고트는 눈먼 남자의 가슴에 꼭 끌어안기면 그의 어깨를 밀어내며 익살맞은 체념의 표정으로 천장을 올려다보거나 그를 향해 혀를 쏙 내밀었다—이것은 눈먼 남자의 얼굴에 나타난 광포하면서도 애정 어린 표정과 대조를 이루어 더욱 재미있었다. 이윽고 마르고트는 매끈한 동작으로 알비누스에게서 몸을 풀어내 렉스에게로 물러났다. 렉스는 하얀 바지만 입고 발가락이 긴 발과 몸통을 드러낸 채 창턱에 앉아 있었다. 햇볕에 등을 굽는 것을 좋아했기 때문이다. 알비누스는 파자마에 실내복 차림으로 팔걸이의자에 등을 기대고 앉아 있었다. 얼굴은 빳빳한 수염으로 덮여 있었다. 관자놀이의 분홍색 흉터가 반짝거렸다. 마치 턱수염이 난 죄수처럼 보였다.

"마르고트, 이리 와." 알비누스가 애원하며 두 팔을 펼쳤다.

모험을 사랑하는 렉스는 이따금 맨발 뒤꿈치를 들고 바싹 다가가 살짝 알비누스를 건드렸다. 알비누스가 마르고트라 여기고 다정하게 가르랑거리는 소리를 내며 끌어안으려 하면 렉스는 소리 없이 옆걸음으로 물러나 늘 그의 차지인 창턱 자리로 돌아갔다.

"귀여운 것, 이리 오라니까." 알비누스는 신음을 토하며 팔걸이의자에서 허우적거리며 일어나 힘겹게 그녀 쪽으로 나아갔다. 창턱의 렉스는 두 다리를 끌어올리고, 마르고트는 알비누스에게 시키는 대로 하지 않으면 간호사에게 맡기고 당장 떠나겠다고 소리를 질렀다. 그러자 알비누스는 죄책감에 웃음을 지으면서 발을 질질 끌며 의자로 물러났다.

"알았어, 알았어." 그는 한숨을 쉬었다. "뭐 좀 읽어줘. 신문 좀."

그녀는 다시 눈길을 천장으로 던졌다.

렉스는 조심스럽게 소파에 앉아 마르고트를 무릎에 앉혔다. 그녀는 신문을 펼치고, 툭툭 두드리고 살펴본 다음 소리 내어 읽기 시작했다. 알비누스는 이따금 고개를 끄덕이며 눈에 보이지 않는 체리를 천천히 먹고 눈에 보이지 않는 씨를 손에 뱉었다. 렉스는 마르고트를 흉내 내어 그녀가 책을 읽을 때 하듯이 입술을 오므렸다가 다시 안으로 끌어들였다. 또는 그녀를 바닥에 떨어뜨리는 척했다. 그러면 갑자기 그녀의 목소리가 훌쩍 높아지고, 그녀는 끊어진 문장을 찾아다녀야 했다.

'그래, 어쩌면 잘된 일인지도 몰라.' 알비누스는 생각했다. '우리 사랑은 이제 더 순수해지고 고귀해졌어. 그녀가 지금 나에게 붙어 있다는 것은 나를 정말로 사랑한다는 뜻이야. 그건 좋은 거야, 좋은 거지.'

갑자기 그는 소리 내어 흐느끼기 시작했다. 그는 두 손을 비틀며 자기를 다른 전문가, 세번째, 네번째 전문가에게 데려다달라고 간청했다. 수술이든 고문이든, 시력을 회복할 수 있는 일이라면 뭐든지 하게 해달라고 말했다.

렉스는 소리 없이 하품을 하며 탁자 위의 사발에서 체리를 한 움큼 집어 정원으로 나갔다.

함께 생활하게 된 초기에 렉스와 마르고트는 여러 가지 해로울 것 없는 농담을 했지만, 그래도 조심했다. 렉스는 그의 방에서 복도로 나가는 문 앞에 만일에 대비하여 상자와 트렁크로 바리케이드를 쳐놓았고, 마르고트는 밤에 그것을 넘어 들어갔다. 그러나 알비누스는 처음 한 번 집안을 돌아다닌 후 집의 지형에 더 관심을 갖지 않았다. 하지만 자신의 침실과 서재에서는 방향을 잘 잡을 수 있게 되었다.

마르고트는 그에게 파란 벽지, 노란 블라인드 등 색깔을 모두 묘사해주었다. 그러나 렉스가 부추기는 바람에 색깔을 다 바꾸어서 말했다. 렉스는 눈먼 남자가 자신이 지정한 색조로 작은 세상을 그려볼 수밖에 없다는 사실에 기막힌 즐거움을 맛보았다.

알비누스는 자신의 방에서는 가구와 다양한 물체들을 실제로 보는 듯한 느낌이었고, 이 때문에 안정감을 맛보았다. 그러나 정원에 앉아 있을 때면 거대한 미지의 세계에 둘러싸인 느낌이었다. 모든 것이 너무 크고, 너무 가볍고, 너무 시끌벅적하여 그 그림을 그려볼 수 없었다. 그는 귀를 곤두세우고 소리에서 움직임을 연역해보려 했다. 곧 렉스는 들키지 않고 들락거리는 것이 아주 어렵게 되었다. 아무리 살살 걸어도 알비누스는 바로 그쪽으로 고개를 돌리며 물었다. "너야, 귀여운 것?" 그러다 마르고트가 완전히 다른 쪽에서 대답을 하면 자신의 계산 착오에 안달을 했다.

날이 갈수록 알비누스는 귀를 더 곤두세웠고, 렉스와 마르고트는 더 대담해졌다. 두 사람은 알비누스의 눈이 먼 상태를 안전판처럼 이용하는 데 익숙해졌다. 렉스는 처음에는 부엌에서 늙은 에밀리아의 숭배하는 멍한 눈길 밑에서 식사를 했으나, 이제는 두 사람과 한 식탁에 앉을 수 있었다. 그는 소리를 내지 않고 먹는 데 달인이었다. 나이프나 포크를 접시에 대지도 않았고 알비누스의 턱이 움직이는 박자에, 또 밝은 음악 같은 마르고트의 목소리에 완벽하게 맞추어 무성영화에서 식사를 하는 사람처럼 씹었다. 마르고트는 두 남자가 씹고 삼키는 동안에는 일부러 아주 큰 소리로 이야기했다. 한번은 렉스가 부스러기 때문에 목이 막힌 적이 있었다. 마르고트는 알비누스에게 커피를 따라주고 있었는데, 알비누스가 식탁 맞은편에서 터져나온 이상한 소리, 상스럽게 튀기는 소리를 들었다. 마르고트는 바로 수다를 떨기 시작했지만, 알비누스가 막으며 손을 들어올렸다. "저게 뭐야? 저게 무슨 소리야?"

렉스는 접시를 들고 냅킨으로 입을 막으며 뒤꿈치를 들고 물러났다. 그러나 반쯤 열린 문을 살짝 통과하다 포크를 떨어뜨렸다.

알비누스는 의자에서 몸을 빙글 돌렸다. "저게 뭐야? 거기 누구야?" 그가 되풀이했다.

"아, 누구긴, 에밀리아예요. 왜 그렇게 흥분해요?"

"하지만 에밀리아는 여기 안 들어오잖아."

"오늘은 들어왔어요!"

"내 귀에서 환청이 들리기 시작하는 것 같아." 알비누스가 말했다. "어제는 말이야, 누가 맨발로 복도를 살금살금 걸어다닌다는 분명한 느낌을 받았어."

"조심하지 않으면 그러다 미쳐버리겠네요." 마르고트가 딱딱하게 대꾸했다.

알비누스는 오후에 보통 낮잠을 잤고, 그러면 마르고트는 가끔 렉스와 산책을 나가곤 했다. 그들은 우체국에서 편지나 신문을 가져오기도 하고, 폭포까지 올라가보기도 했다. 두어 번은 아래쪽 작고 예쁘장한 거리에 있는 카페에 가기도 했다. 한번은 집으로 돌아오다가 벌써 오두막으로 통하는 가파른 길에 이르렀는데 렉스가 말했다.

"결혼을 고집하지 않는 게 좋을 것 같아. 나는 그게 무척 두려워. 저 사람은 아내를 버렸기 때문에, 아내를 유리에 그려진 귀중한 성자처럼 여기게 되었어. 그래서 그 교회 유리창을 부수고 싶지 않을 거야. 저 사람 재산을 조금씩 챙기는 게 더 간단하고 나은 계획이야."

"흠, 우리가 벌써 꽤 많이 챙기지 않았나요, 안 그래요?"

"포메라니아에 있는 땅하고 그림들을 팔게 해야 돼." 렉스가 말을 이어갔다. "아니면 베를린에 있는 집들 가운데 한 채나. 조금만 꾀를 쓰면 그렇게 할 수 있을 거야. 당분간은 수표책만으로도 목표를 훌륭하게 달성할 수 있지만. 저 사람은 모든 것에 기계처럼 서명을 하고 있어—하지만 은행 계좌는 곧 말라버릴 거야. 우리도 서둘러야 돼. 예를

들어 올겨울에 저 사람을 떠나는 게 좋아. 가기 전에 개를 한 마리 사
줘야지―작은 감사의 표시로."

"그렇게 크게 말하지 마요." 마르고트가 말했다. "벌써 바위까지 왔
단 말이에요."

그녀가 말하는 커다란 회색 바위는 메꽃으로 덮여 커다란 배 한 척
이 떠 있는 것처럼 보였다. 이 바위가 있는 곳을 지나면 말하는 것 자
체가 위험했다. 그래서 그들은 소리 없이 걸었고, 몇 분 뒤에 정원 문
근처까지 왔다. 마르고트가 갑자기 웃음을 터뜨리며 다람쥐 한 마리를
가리켰다. 렉스는 그 동물을 향해 돌을 던졌지만, 맞히지 못했다.

"아, 그것 좀 죽여요―저것들 때문에 나무가 큰 피해를 본단 말이에
요." 마르고트가 작은 소리로 말했다.

"나무가 뭐 때문에 피해를 본다고?" 큰 목소리가 물었다. 알비누스
였다.

그는 길에서 잔디로 이어지는 작은 돌계단 위의 고광나무 관목들 사
이에 서서 몸을 흔들고 있었다.

"마르고트, 그 아래서 누구하고 이야기하고 있는 거야?" 알비누스
가 말을 이어갔다. 갑자기 그는 비틀거리며 지팡이를 내려놓고 층계에
무겁게 주저앉았다.

"무슨 맘을 먹고 거기까지 혼자 내려왔어요?" 그녀는 소리치며 그
를 거칠게 잡아 일으켜 세웠다. 그의 손에 작은 자갈 조각 몇 개가 들
러붙어 있었다. 그는 아이처럼 손가락을 펼치고 다른 손으로 자갈을
문질러 털어내려 했다.

"다람쥐를 잡고 싶었어요." 마르고트가 말하며 그의 손에 지팡이를 갖다댔다. "내가 뭘 하고 있었다고 생각한 거예요?"

"내 생각에는……" 알비누스가 입을 열었다. "거기 누구야?" 그가 날카롭게 소리를 질렀다. 그는 조심스럽게 잔디를 가로지르는 렉스 쪽으로 방향을 틀다가 다시 균형을 잃을 뻔했다.

"여기에는 아무도 없어요." 마르고트가 말했다. "나 혼자예요. 왜 그러고 있는 거예요?" 그녀는 인내심이 사라지는 것을 느꼈다.

"나를 집으로 데려다줘." 그가 울 것 같은 표정으로 말했다. "여기에는 소리가 너무 많아. 나무, 바람, 다람쥐, 그리고 뭔지 알 수 없는 것들. 내 주위에서 무슨 일이 벌어지고 있는지 모르겠어…… 너무 시끄러워."

"이제부터 당신을 집안에 가두어둘 거예요." 그녀는 알비누스를 집안으로 끌고 갔다.

이윽고 평소처럼 이웃한 산마루 너머로 해가 졌다. 평소처럼 마르고트와 렉스는 소파에 나란히 앉아 담배를 피우고 있었고, 그들로부터 대여섯 걸음 떨어진 곳에 알비누스가 가죽 팔걸이의자에 앉아 뿌옇고 파란 눈으로 그들을 뚫어져라 보고 있었다. 알비누스의 요청에 따라 마르고트는 그에게 자신의 어린 시절 이야기를 해주고 있었다. 그녀 자신도 약간 즐기고 있었다. 그는 일찌감치 잠자리에 들겠다고 하더니, 발가락과 지팡이로 한 걸음 한 걸음 더듬어 천천히 층계를 올라갔다.

그는 한밤중에 일어나 유리가 덮이지 않은 자명종 문자반을 손가락으로 만져 바늘의 위치를 찾았다. 한시 반쯤이었다. 묘하게 불안했다. 최근 들어 뭔가가 진지하고 아름다운 생각들, 맹목의 공포에 맞서 유일하게 자신을 지켜주던 생각들을 가로막고 있었다.

그는 누운 채로 생각했다. '그게 뭘까? 엘리자베트? 아니야, 엘리자베트는 멀리 있어. 멀리 저 아래 어딘가에 있어. 내가 절대 건드리면 안 될 귀하고 창백하고 슬픈 그림자야. 마르고트? 아니야, 이런 오누이 같은 상태는 잠깐일 뿐이야. 그럼 뭘까?'

그는 자신이 무엇을 원하는지도 잘 모르면서 침대에서 기어나와 마르고트의 방문까지 더듬어갔다(그의 방에는 다른 출구가 없었다). 그러나 그녀는 밤에 늘 문을 잠그기 때문에 그는 갇혀 있는 셈이었다.

'참 지혜로운 아이야.' 그는 부드러운 마음으로 생각했다. 그는 잠을 자는 그녀의 숨소리라도 듣고 싶은 마음에 열쇠 구멍에 귀를 갖다댔다. 그러나 아무런 소리도 들리지 않았다.

"작은 쥐처럼 조용하네." 그가 작은 소리로 말했다. "그냥 머리만 쓰다듬다가 물러나도 좋으련만. 혹시 문을 잠그는 것을 잊었을지도 몰라."

그는 큰 희망을 품지 않고 걸쇠를 눌렀다. 아니, 그녀는 잊지 않았다.

그때 갑자기 여드름이 나던 아이 시절 어느 무더운 여름밤 라인 강변에 있던 집의 코니스를 따라 기어가 하녀의 방으로 들어간 일(가서 그녀가 혼자 자고 있지 않다는 것을 알게 되었을 뿐이지만)이 기억이 났다―그러나 그때 그는 가벼웠고 유연했다. 그때 그는 앞을 볼 수 있었다.

'그래도, 한번 해볼 수 있잖아.' 그는 우울한 마음에 과감하게 나섰다. '그러다 떨어져 목이 부러진다 한들 그게 뭐 대수겠어.'

우선 그는 지팡이를 찾고, 창밖으로 몸을 기울이고, 지팡이로 창턱 너머 왼쪽으로 이웃 창문을 더듬었다. 창문은 열려 있었으며, 유리창은 지팡이가 닿자 땅땅 소리를 냈다.

'정말 푹 잠들었군!' 그는 생각했다. '무척 피곤했나봐. 하루종일 나를 돌보느라 말이야.'

지팡이를 거두어들이는데 뭔가가 걸렸다. 그 바람에 지팡이가 손에서 미끄러져 밑의 땅에 떨어지며 희미하게 툭 소리를 냈다.

알비누스는 창틀을 잡고 창턱 위로 기어나가 코니스를 따라 왼쪽으로 움직였다. 배수관으로 여겨지는 것을 움켜쥐고 있었다. 그 관의 차갑게 굽은 쇠를 가로질러 옆방의 창턱을 움켜쥐었다.

'정말 간단하잖아!' 그는 그렇게 생각하며 적잖은 자부심을 느꼈다. "어이, 마르고트." 그는 작은 소리로 부르며, 열린 창문을 통해 안으로 기어들어가려 했다. 그러다가 미끄러져, 하마터면 뒤쪽의 정원이라는 추상적인 곳으로 떨어질 뻔했다. 심장이 격하게 뛰고 있었다. 그는 다시 창턱 위로 꿈틀거려 방으로 들어갔다. 그가 건드린 무거운 물체가 땅바닥으로 떨어지며 시끄러운 소리를 냈다.

그는 가만히 서 있었다. 얼굴은 땀으로 덮여 있었다. 손에 뭔가 끈끈한 것이 느껴졌다(집을 지은 소나무에서 배어나온 송진이었다).

"마르고트, 귀여운 것." 그가 명랑하게 말했다. 정적. 그는 침대를 발견했다. 레이스 이불로 덮여 있었다—잠을 잔 흔적은 없었다.

알비누스는 거기에 앉아 생각에 잠겼다. 만일 침대의 이불이 젖혀져 있고 따뜻하다면 이해가 쉬웠을 것이다. 그랬다면 그녀는 곧 돌아올 것이었다.

몇 분 뒤 그는 복도로 나가(지팡이가 없어 무척 힘들었다) 귀를 기울였다. 어딘가에서 뭔가에 막힌 낮은 소리가 들린다는 생각이 들었다. 삐거덕거리는 소리와 바스락거리는 소리의 중간이었다. 으스스한 느낌이 들기 시작했다. 그는 소리쳤다.

"마르고트, 어디 있는 거야?"

사방이 적막했다. 이윽고 문이 하나 열렸다.

"마르고트, 마르고트." 그는 되풀이하며 더듬더듬 복도를 따라 내려 갔다.

"네, 네, 나 여기 있어요." 그녀의 목소리가 차분하게 대답했다.

"어떻게 된 거야, 마르고트? 왜 자지 않았어?"

그녀는 어두운 복도에서 그와 부딪쳤고, 그의 손이 그녀의 몸에 닿는 순간 그는 그녀가 옷을 입지 않았다는 것을 알았다.

"햇볕에 누워 있었어요." 그녀가 말했다. "아침이면 늘 그러잖아요."

"하지만 지금은 밤이잖아." 그가 소리치며 숨을 헐떡거렸다. "이해를 못하겠어. 어딘가, 뭔가 잘못됐어. 시곗바늘을 만져봐서 알아. 지금 한시 반이야."

"말도 안 돼. 지금은 여섯시 반이고, 밖은 화창하고 아름답다고요. 아저씨 시계가 잘못된 게 틀림없어요. 바늘을 너무 만져서 그래요. 그런데 이봐요—방에서 어떻게 나온 거죠?"

"마르고트, 정말 아침이야? 지금 사실을 말하는 거야?"

그녀는 갑자기 그에게 다가가 뒤꿈치를 들고 서서 예전에 그랬듯이 두 팔로 그의 목을 끌어안았다.

"환하기는 하지만." 그녀가 작은 소리로 말했다. "당신이 좋다면, 당신이 좋다면, 자기…… 특별히 예외로……"

그녀는 별로 그러고 싶지 않았지만, 이것이 유일한 길이었다. 이제 알비누스는 공기가 아직도 차다거나, 새 우는 소리가 들리지 않는다거나 하는 것은 전혀 의식하지 못했다. 오직 한 가지만 느끼게 되었기 때문이다─불같은 격렬한 희열. 이어 그는 깊은 잠에 빠져들어 한낮까지 잤다. 그가 잠을 깨자 마르고트는 그가 기어나가 보여준 묘기 때문에 그를 꾸짖었으며, 그가 우울한 미소를 짓자 더 격분하여 그의 따귀를 때렸다.

그날 하루종일 그는 응접실에 앉아 행복한 아침을 생각하며, 며칠이나 더 있어야 이런 행복이 또 찾아올까, 하는 생각을 했다. 그때 갑자기, 또렷하게, 누가 작고 흐릿하게 기침을 하는 소리가 들렸다. 마르고트일 리는 없었다. 그녀는 부엌에 있다는 것을 알고 있었기 때문이다.

"누구야?" 그가 물었다.

하지만 아무도 대답하지 않았다.

'또 환청이로군!' 알비누스는 지친 마음으로 생각하다. 갑자기, 어젯밤에 자신이 그렇게 걱정했던 이유를 깨달았다─그래, 그래, 가끔 들리는 그 이상한 소리들 때문이었어.

"이봐, 마르고트." 그는 그녀가 돌아오자 말했다. "이 집에 에밀리아

외에는 아무도 없어? 확실한 거야?"

"아저씬 미쳤어요!" 그녀가 퉁명스럽게 말했다.

그러나 한번 의심이 생기자 가라앉지를 않았다. 그는 하루종일 가만히 앉아 우울한 표정으로 귀를 기울였다.

렉스는 이것을 아주 재미있게 여겼다. 마르고트가 더 조심하라고 간청했음에도 그는 그녀의 경고에 전혀 귀를 기울이지 않았다. 한번은 심지어 알비누스에게서 두 걸음밖에 안 떨어졌을 때 휘파람으로 아주 능숙하게 꾀꼬리 소리를 냈다. 마르고트는 새가 창턱에 앉아 노래를 부르고 있다고 설명할 수밖에 없었다.

"쫓아내." 알비누스가 엄하게 말했다.

"쉬, 쉬." 마르고트가 말하며 렉스의 통통한 입술에 손을 얹었다.

알비누스가 며칠 뒤에 말했다. "말이지, 에밀리아와 이야기를 좀 하고 싶어. 푸딩이 마음에 들거든."

"절대 불가능한 일이에요." 마르고트가 대답했다. "그 여자는 귀머거리에다 당신을 죽어라 무서워한다니까요."

알비누스는 몇 분 동안 곰곰이 생각했다.

"불가능해." 그가 천천히 말했다.

"뭐가 불가능해요, 알베르트?"

"아, 아무것도 아니야." 그가 중얼거렸다. "아무것도 아니야."

그가 곧이어 다시 말했다. "있잖아, 마르고트, 나 면도 좀 해야겠어. 마을에서 이발사 좀 불러줘."

"그럴 필요 없어요." 마르고트가 말했다. "턱수염이 아주 잘 어울리는데요 뭐."

알비누스는 누군가가─마르고트가 아니라 마르고트 옆에 있는 누군가가─작게 킥킥거린다고 생각했다.

37

　사무실에 있는 사람이 그 사고를 간략하게 다룬 〈베를리너 차이퉁〉을 파울에게 보여주었고, 파울은 엘리자베트도 그 기사를 읽었을까 걱정이 되어 즉시 차를 몰아 집으로 갔다. 그녀는 읽지 않았지만, 묘하게도 그 신문(보통은 보지 않는 신문이었다)이 집안에 있었다. 그는 그날로 그라스 경찰서에 전보를 보냈고, 결국 병원의 의사와 연락이 되었다. 의사는 알비누스가 위험한 상태는 벗어났지만 완전히 눈이 멀었다고 대답했다. 파울은 아주 조심스럽게 그 소식을 엘리자베트에게 알렸다.

　그뒤 알비누스가 자신과 같은 은행을 쓴다는 간단한 사실 덕분에 파울은 그의 스위스 주소를 알 수 있었다. 그와 오랜 사업상의 친구였던 은행 관리자는 급한 일이라도 생긴 듯 정기적으로 스위스 쪽에서 쏟아져 들어오는 수표를 보여주었다. 파울은 알비누스가 꺼내가는 현금 액수에 놀랐다. 서명은 비록 곡선 부분이 심하게 흔들리고 애처로울 정도로 오른쪽으로 기울었지만 매형 것이 분명했다. 그러나 숫자는 다른 사람이 쓴 것이었다—한 번에 화려하게 휘갈겨 쓴 대담한 남성적 필체였다. 어쩐지 이 전체에 희미하게 위조의 냄새가 묻어났다. 이런 묘한 인상은 눈먼 사람이 자기가 본 것이 아니라 들은 대로 서명을 했다는 사실에서 나오는 것이 아닌가 하는 생각이 들었다. 그가 요구하는 큰 액수도 묘했다—그 또는 다른 누군가가 가능한 한 많은 돈을 빼내느라 급해서 미칠 지경인 듯했다. 그러다가 수표가 와도 현금 지급이 불가능한 상황이 되고 말았다.

'뭔가 지저분한 일이 벌어지고 있어.' 파울은 생각했다. '내 직감이 틀림없어. 그런데 정확히 어떤 일일까?'

그는 자신이 알비누스라고 상상해보았다. 위험한 정부와 단둘이 있다. 그 여자는 나를 완전히 잡고 휘두르고 있다. 나는 앞이 안 보이기 때문에 암흑 같은 집에서 살고 있다.

며칠이 지났다. 파울은 몹시 불안했다. 단지 이 사람이 자기 눈으로 볼 수도 없는 수표에 서명을 하고 있다는 사실 때문만이 아니었다(어차피 알고 낭비하든 모르고 낭비하든 돈은 그의 것이었다—엘리자베트에게는 그 돈이 필요 없었고, 이제 이르마를 고려할 필요도 없었다). 자기 주위에서 자라나도록 방치한 사악한 세계 안에서 그가 완전히 무력한 상태라는 점도 문제였다.

어느 날 저녁 파울이 퇴근해 보니 엘리자베트가 큰 여행가방에 짐

을 싸고 있었다. 묘한 일이지만 몇 달 동안 그렇게 행복해 보인 적이
없었다.

"무슨 일이야?" 그가 물었다. "어디 가?"

"네가 가는 거야." 그녀가 조용히 말했다.

38

　다음날 파울은 스위스로 갔다. 브리고에서 택시를 타고, 한 시간 남
짓 걸려 알비누스가 사는 곳 아래에 있는 작은 도시에 이르렀다. 파울
은 우체국 앞에서 택시를 세웠다. 우체국을 책임지고 있는, 말이 아주
많은 젊은 여자는 샬레까지 가는 길을 알려주면서 알비누스가 그곳에
조카딸, 의사와 함께 묵고 있다고 덧붙였다. 파울은 즉시 출발했다. 조
카딸이 누구인지는 그도 알았다. 그러나 의사가 있다는 것에 깜짝 놀
랐다. 어쩌면 알비누스는 생각보다 제대로 보살핌을 받고 있는 것인지
도 몰랐다.

　'어쩌면, 결국, 내가 헛걸음을 한 건지도 몰라.' 파울이 불편한 마음
으로 생각했다. '어쩌면 알비누스는 아주 만족하고 있을지도 몰라. 하
지만 기왕에 왔으니…… 뭐, 어차피, 매형의 의사라면 나도 이야기를

해볼 수 있는 거니까. 가엾은 사람, 인생이 박살났어…… 누가 이럴 줄 알았겠어……'

그날 아침 마르고트는 에밀리아와 함께 마을에 갔다. 그녀는 파울의 택시를 보지는 못했지만, 우체국에서 건장한 신사가 방금 알비누스에 관해 묻고, 그를 만나러 택시를 타고 올라갔다는 이야기를 들었다.

이 순간 알비누스와 렉스는 테라스로 통하는 유리문으로 햇빛이 흘러드는 작은 응접실에서 마주보고 앉아 있었다. 렉스는 접의자에 앉아 있었다. 완전히 벌거벗고 있었다. 매일 일광욕을 한 덕분에 가슴에 날개를 펼친 독수리 형태의 검은 털이 자리잡은, 여위었지만 튼튼한 그의 몸은 짙은 갈색으로 그을려 있었다. 그는 두툼한 붉은 입술 사이에 긴 풀줄기를 물고 털이 많은 다리를 꼰 채 손으로 턱을 괴고(대체로 로댕의 〈생각하는 사람〉과 비슷한 자세인 셈이었다) 알비누스를 물끄러미 바라보고 있었다. 알비누스도 어떤 목적을 갖고 그를 마주보고 있는 것처럼 보였다.

눈먼 남자는 헐렁한 쥐색 실내복을 입고 있었으며, 턱수염이 난 얼굴은 괴로운 긴장을 드러내고 있었다. 그는 귀를 기울이고 있었다—최근 들어 듣는 일밖에 하지 않았다. 렉스는 그것을 알고 이 사람의 생각들이 얼굴에 어떻게 반영되는지 지켜보고 있었다. 진짜 눈 두 개가 사라지고 난 뒤 얼굴이 커다란 눈이 된 것 같았다. 한두 가지 작은 실험이 재미를 더해주기도 했다. 그는 자신의 무릎을 살짝 때렸다. 그러자 찌푸린 이마로 손을 들어올렸던 알비누스는 팔을 들어올린 채 모든 동작을 중지했다. 이윽고 렉스가 천천히 몸을 앞으로 기울여 조금 전까지 입으로 빨던 풀줄기 끝의 꽃으로 알비누스의 이마를 살짝 건드렸다. 알비누스는 묘하게 한숨을 쉬더니 상상의 파리를 손으로 털어버렸다. 렉스가 입술을 간질이자 알비누스는 다시 그 무력한 동작을 되풀이했다. 정말로 재미있었다.

갑자기 눈먼 남자가 머리를 기울였다. 렉스도 고개를 돌렸다. 유리문 너머로 체크무늬 모자를 쓴 건장한 남자가 보였다. 렉스는 즉시 그 불그레한 얼굴을 알아보았다. 남자는 테라스에 서서 놀란 표정으로 안을 들여다보고 있었다.

렉스는 입술에 손가락을 대고 남자에게 신호를 했다. 바로 나갈 테니 그대로 있으라는 뜻이었다. 그러나 상대방은 문을 열고 안으로 들어왔다.

"물론 당신을 알지. 당신 이름은 렉스지." 파울은 깊은 숨을 쉬고, 여전히 웃음을 지으며 입술에 손가락을 대고 있는 벌거벗은 남자를 뚫어져라 바라보았다.

그러는 사이에 알비누스는 자리에서 일어섰다. 흉터의 불그스름한 색조가 이마 전체로 번진 것 같았다. 갑자기 그가 비명을 지르고 알아들을 수 없는 소리를 주절거렸다. 그 귀에 거슬리는 소리로부터 천천히 말이 만들어지고 있었다.

"파울, 나는 여기 혼자 있어." 그가 소리쳤다. "파울, 내가 혼자라고 얘기 좀 해줘. 그자는 미국에 있어. 여기 있는 게 아니야. 파울, 제발, 나는 눈이 완전히 멀었단 말이야."

"이런, 당신이 모든 걸 망쳤네요." 렉스가 말하더니 방밖으로 달려나가 층계를 올라가기 시작했다.

파울은 눈먼 남자의 지팡이를 움켜쥐고 렉스를 따라갔다. 렉스는 몸을 돌리더니 자신을 보호하려고 두 손을 들어올렸다. 파울, 평생 살아 있는 생물을 때려본 적이 없는 선량한 파울이 렉스의 머리를 향해 있는 힘껏 지팡이를 휘둘렀고, 엄청나게 큰 소리가 났다. 렉스는 뒤로 풀쩍 뛰었다. 그의 얼굴은 여전히 미소로 뒤틀려 있었다. 갑자기 놀랄 만한 일이 일어났다. 하얀 벽 옆에 웅크리고 희미하게 웃음을 짓던 렉스가 타락 후의 아담처럼 손으로 자신의 벗은 몸을 가린 것이다.

파울이 다시 그를 쫓아갔으나, 그는 몸을 피해 층계를 달려올라갔다. 그 순간 누가 뒤에서 파울의 몸 위로 쓰러졌다. 알비누스였다. 파울을 부여잡고 훌쩍거리고 있었다. 손에 대리석 문진을 쥐고 있었다.

"파울." 그가 신음을 토했다. "파울, 이제 다 알았어. 내 외투를 줘, 얼른. 저기 옷장에 걸려 있는 거 말이야."

"어느 거요—노란 거요?" 파울이 거칠게 숨을 헐떡이며 물었다.

알비누스는 즉시 주머니에서 자신이 원하는 것을 찾더니 울음을 그쳤다.

"여기서 당장 데리고 나갈게요." 파울이 헐떡이며 말했다. "실내복을 벗고 외투를 입으세요. 그 문진은 이리 줘요. 어서. 내가 도와줄 테니…… 자, 내 모자를 받아요. 슬리퍼만 신은 건 상관없어요. 어서 나갑시다, 나가요, 알베르트. 저 아래 택시가 있어요. 제일 먼저 할 일은 이 고문실에서 나가는 거예요."

"잠깐 기다려." 알비누스가 말했다. "그 아이하고 먼저 얘기를 해야 돼. 그 아이는 곧 돌아올 거야. 꼭 해야 돼, 파울. 오래 안 걸릴 거야."

그러나 파울이 그를 정원으로 밀어내고 택시 기사에게 소리를 치며 손짓을 했다.

"그 아이하고 얘기를 해야 돼." 알비누스가 되풀이했다. "아주 가까이서. 제발, 파울, 얘기해봐. 혹시 벌써 와 있는 거야? 혹시 돌아온 거야?"

"아니에요. 진정해요. 우린 가야 돼요. 여기에는 아무도 없어요. 저 빨가벗은 놈만 창밖으로 내다보고 있어요. 가요, 알베르트, 어서!"

"그래, 갈 거야." 알비누스가 말했다. "하지만 그애가 보이면 꼭 말해줘. 가는 길에 만날지도 모르니까. 그럼 꼭 이야기를 해야 돼. 아주 가까이서, 아주 가까이서."

그들은 좁은 길을 따라 내려갔다. 알비누스는 몇 걸음 걷다가 갑자기 두 팔을 펼치더니 기절을 하며 뒤로 쓰러졌다. 택시 기사가 얼른 달려왔고, 그들은 함께 알비누스를 차에 태웠다. 그의 슬리퍼 한 짝이 길에 남았다.

그 순간 작은 마차가 달려오더니 마르고트가 뛰어내렸다. 그녀가 그들을 향해 달려가며 뭐라고 소리쳤지만, 차는 이미 도로로 방향을 틀고 있었다. 차는 후진하여 그녀를 쓰러뜨릴 뻔하더니, 앞으로 쓰러질 듯 달려나가 굽이를 돌아 사라졌다.

화요일에 엘리자베트는 전보를 받았고, 수요일 밤 여덟시쯤 현관에서 파울의 목소리와 더불어 지팡이가 탁탁 두드리는 소리가 들렸다. 문이 열렸고 파울이 그녀의 남편을 이끌고 들어왔다.

남편은 말끔하게 면도를 하고, 검은 안경을 쓰고 있었다. 창백한 이마에는 흉터가 있었다. 눈에 선 자줏빛이 감도는 갈색 양복(그가 직접 골랐다면 절대 선택하지 않았을 색깔이었다)은 너무 커 보였다.

"여기 왔어." 파울이 조용하게 말했다.

엘리자베트는 흐느끼며 손수건을 입에 갖다댔다. 알비누스는 막힌 흐느낌 쪽으로 조용히 고개를 숙였다.

"따라와요. 우리 둘 다 손을 씻어야 하니까." 파울이 그를 이끌고 천천히 방을 가로질렀다.

이윽고 세 사람은 식당에 앉아 저녁을 먹었다. 엘리자베트는 남편을 보는 데 익숙해지지가 않았다. 남편은 자신의 눈길을 느끼는 것 같았다. 그의 느린 동작에서 우울한 무게감을 느끼며 그녀의 마음은 동정심으로 인한 고요한 환희로 차올랐다. 파울은 어린아이를 상대하듯 그에게 이야기를 했고, 그의 접시의 햄을 작은 조각으로 잘라주었다.

그에게는 이르마의 육아실이 주어졌다. 이 낯설고, 커다랗고, 말없는 점유자를 위해 그 작은 방의 성스러운 잠을 방해한다는 결정, 그 모든 내용물을 이 눈먼 남자의 요구에 맞게 이동하고 바꾼다는 결정이 그렇게 쉽게 내려진 것에 그녀는 놀랐다.

알비누스는 아무 말도 하지 않았다. 처음에는—그들이 아직 스위스에 있었을 때—물론 마르고트에게 가서 자신을 만나러 와달라는 부탁을 해달라고 심술을 부리며 파울을 집요하게 졸라댔다. 그는 마지막으로 한 번만, 그것도 잠깐만 보고 끝낼 것이라고 맹세했다. (실제로 익숙한 어둠을 더듬어 그녀를 한 손으로 꼭 끌어안고 자동 권총의 총신을 그녀의 옆구리에 박은 다음 총알을 쑤셔넣는 데 시간이 오래 걸릴까?) 파울은 그의 요청을 완강하게 거부했으며, 결국 알비누스는 아무 말도 하지 않게 되었다. 그는 베를린까지 아무 말 없이 여행하고, 아무 말 없이 도착했으며, 다음 사흘 동안 아무 말도 하지 않았다. 그래서 엘리자베트는 이제 그의 목소리를 들을 수가 없었다(어쩌면 딱 한 번만 빼고). 그는 장님에 벙어리인 것 같았다.

그 무겁고 검은 물체, 압축된 죽음 일곱 개가 담긴 보물창고는 실크 머플러에 싸여 그의 외투 깊은 곳에 들어가 있었다. 베를린에 도착해서는 그것을 용케 침대 옆의 서랍장에 옮겨놓을 수 있었다. 그는 그 열쇠를 조끼 주머니에 보관하다가, 밤에는 베개 밑에 두었다. 집안사람들은 한두 번 그가 뭔가를 더듬고 손으로 움켜쥐는 것을 보았지만, 아무 말도 하지 않았다. 손바닥에 닿는 그 열쇠의 감촉, 주머니에서 느껴지는 약간의 무게는 언젠가 그의 눈먼 상태에서 문을 열어줄—그는 그것을 확신하고 있었다—일종의 '열려라 참깨'와 같았다.

그는 여전히 한마디도 하지 않았다. 엘리자베트의 존재, 가벼운 걸음, 소곤거림(그녀는 이제 하인이나 파울에게 말할 때 집에 큰 병이 있는 것처럼 아주 작은 소리로 말했다)은 그에게 그녀의 기억과 마찬가지로 창백하고 어렴풋했다. 오드콜로뉴 향기를 희미하게 풍기며 께느른하게 떠도는 거의 소리 없는 기억—그뿐이었다. 아나콘다처럼 잔인하고 유연하고 강한 진짜 생명, 그가 지체 없이 파괴하기를 갈망하는 진짜 생명은 다른 곳에 있었다—그러나 어디에? 그는 알지 못했다. 그는 자신이 떠난 뒤 마르고트와 렉스가 짐 싸는 모습을 아주 또렷하게 그려보았다—둘 다 재빠르고 기민하며, 희번덕거리는 눈은 무시무시하게 빛나고, 팔다리는 길며 나긋나긋하다. 마르고트는 열린 트렁크들 사이에서 해롱거리며 렉스를 애무하고, 그러다 둘 다 떠난다—하지만 어디로, 어디로? 어둠 속에는 빛이 전혀 없었다. 하지만 그들의 꾸불꾸불한 길은 기어다니는 더러운 생물이 사람 피부에 남기는 자취처럼 그의 안에 타올랐다.

침묵의 사흘이 지나갔다. 나흘째 되는 날 아침 일찍 우연히 알비누스는 혼자 있게 되었다. 파울은 막 경찰서에 갔고(설명하고 싶은 것들이 있었다), 하녀는 뒷방에 있었고, 밤새 잠을 자지 못한 엘리자베트는 아직 일어나지 않았다. 알비누스는 불안에 사로잡혀 가구와 문을 만지작거리며 돌아다녔다. 조금 전부터 서재에서 전화벨이 울리고 있었다. 그 소리를 듣고 알비누스는 그것이 정보를 얻을 수 있는 수단이라는 사실을 깨달았다. 화가 렉스가 베를린에 돌아왔는지 말해줄 사람이 있을지도 몰랐다. 그러나 그는 전화번호를 단 하나도 기억하지 못했을 뿐만 아니라, 그렇게 짧은 이름임에도 그 이름을 도저히 발음할 수 없다는 것을 알게 되었다. 전화벨 소리는 점점 집요해졌다. 알비누스는 탁자로 가서, 보이지 않는 수화기를 집어들었다……

귀에 익은 느낌을 주는 어떤 목소리가 호헨바르트 씨를 찾았다—그러니까 파울을 찾고 있었다.

"나가고 없습니다." 알비누스가 대답했다.

망설이던 목소리가 갑자기 밝아지고 커졌다.

"이런, 알비누스 씨 아닙니까?"

"맞습니다. 그런데 댁은?"

"시퍼밀러입니다. 조금 전에 호헨바르트 씨 사무실로 전화를 했는데 아직 출근 전이더라고요. 그래서 이쪽으로 걸면 계실 거라고 생각했죠. 그런데 이렇게 알비누스 씨와 이야기를 하게 되다니 나도 운이 좋은데요!"

"무슨 일인데요?" 알비누스가 물었다.

"어, 아마 괜찮겠지만, 아무래도 확실히 해두는 것이 내 일이라고 생각되네요. 있잖습니까, 페터스 양이 방금 물건을 가지러 와서요……

어…… 그분을 알비누스 씨 아파트로 들여보냈습니다만, 그래도 잘 모르겠어서…… 그래도 전화를 해보는 게 낫다 싶어……"

"괜찮습니다." 알비누스는 어렵게 입술을 움직였다(마치 코카인에 마비된 듯한 느낌이었다).

"뭐라고 하셨나요, 알비누스 씨?"

알비누스는 말을 정복하려고 안간힘을 썼다. "괜찮다고요." 그는 또렷하게 되풀이하고 떨리는 손으로 전화를 끊었다.

그는 머뭇거리며 방으로 돌아와 성스러운 서랍장의 자물쇠를 열고, 앞을 더듬어 현관으로 가서 모자와 지팡이를 찾으려 했다. 그러나 너무 오래 걸리는 바람에 포기했다. 그는 조심스럽게 손으로 두드리고 발을 질질 끌며 층계를 내려갔다. 난간을 꽉 움켜쥐고 열에 들떠 속으로 중얼거렸다. 그는 몇 분 뒤 거리에 섰다. 뭔가 차갑고 간질거리는 것이 이마에 뚝뚝 떨어지고 있었다. 비였다. 그는 앞 정원의 철책을 붙들고 택시 경적 소리가 들리게 해달라고 필사적으로 기도했다. 곧 타이어가 축축하고 느긋하게 굴러가는 소리가 들렸다. 그는 소리를 질렀지만, 그 소리는 무심하게 지나가버렸다.

"길 건너는 걸 도와드릴까요?" 쾌활한 젊은 목소리가 물었다.

"제발 택시 좀 잡아주세요." 알비누스가 애원했다.

다시 타이어 소리가 다가왔다. 누군가 그가 택시에 타는 것을 도와준 다음에 문을 쾅 닫았다. (사층에서 창문이 열렸지만 이미 늦었다.)

"직진해주세요, 직진이요." 알비누스가 작은 소리로 말했다. 택시가 움직이자 그는 손가락으로 유리창을 두드리며 주소를 이야기했다.

'방향을 트는 횟수를 세야지.' 알비누스는 생각했다. 첫번째―이건 모츠슈트라세일 거야. 왼쪽에서 전차가 날카롭게 딸랑거리는 소리가 들렸다. 알비누스는 앉은 자리, 앞쪽의 칸막이, 바닥을 손으로 훑었다. 누군가 옆에 앉아 있을지도 모른다는 생각에 갑자기 불안해졌다. 다시 방향을 틀었다. 이건 틀림없이 빅토리아-루이젠플라츠일 거야. 아니, 프라거플라츠인가? 이제 곧 카이저알레에 도착하겠군.

택시가 멈추었다. 벌써 다 온 건가? 그럴 리가. 교차로일 뿐이야. 아직 적어도 오 분은 더 가야 돼…… 하지만 문이 열렸다.

"여기가 56번지인데요." 택시 기사가 말했다.

알비누스는 택시에서 내렸다. 앞쪽의 공기를 타고 방금 전화로 들었던 목소리의 온전한 판본이 명랑하게 솟아올랐다. 관리인 시퍼밀러였다.

"다시 뵙게 되어 반갑습니다, 알비누스 씨. 아가씨는 위층, 알비누스 씨의 아파트에 계십니다. 아가씨는……"

"쉬, 쉬잇." 알비누스가 소곤거렸다. "택시비 좀 내주세요. 내 눈이……"

흔들리고 딸랑거리는 뭔가에 무릎이 부딪혔다―보도의 아이 자전거인 것 같았다.

"나를 집안으로 안내해주세요." 그가 말했다. "내 아파트 열쇠를 주고. 얼른 좀. 이제 엘리베이터에 태워주세요. 아니, 아니, 댁은 그냥 여기 있고. 나 혼자 올라가겠어요. 단추는 내가 누를게요."

엘리베이터는 낮게 신음하는 소리를 냈고, 그는 희미한 어지럼증을 느꼈다. 이윽고 바닥이 그의 펠트 천 슬리퍼 밑에서 급하게 흔들리는 느낌이 찾아왔다. 다 온 것이다.

그는 엘리베이터에서 내려 앞으로 움직이며 한 발을 심연 속에 담갔다—아니, 아무것도 아니었다. 아래층으로 내려가는 계단이었을 뿐이다. 잠시 가만히 서 있어야만 했다. 그는 부들부들 떨며 그렇게 서 있었다.

"오른쪽이야, 더 오른쪽이야." 그는 소곤거렸고, 손을 뻗은 채 층계참을 걸어갔다. 마침내 그는 열쇠 구멍을 찾아내고 열쇠를 들이민 다음 돌렸다.

아, 이것이었다. 그가 며칠 동안 탐내던 소리—조금만 왼쪽으로, 작은 응접실로…… 포장지가 바스락거리는 소리, 이어 아래로 웅크리고 있는 사람의 관절이 내는 소리처럼 부드럽게 삐걱거리는 소리.

"곧 부를 거예요, 시퍼밀러 씨." 마르고트의 긴장된 목소리가 말했다. "날 좀 도와주셔야 하거든요. 이걸……"

목소리가 끊어졌다.

'나를 봤구나.' 알비누스가 생각하며 호주머니에서 권총을 뽑았다.

왼쪽, 응접실에서 여행용 손가방의 자물쇠가 닫히는 소리가 들렸다. 마르고트는 만족스럽게 약간 끙끙거리는 소리를 냈다—마침내 닫힌 것이다—이어 그녀는 노래하는 듯한 목소리로 말을 이어갔다.

"……아래층으로 날라야 돼요. 아니면 사람을 좀 불러야……"

'불러야'라는 말에서 그녀의 목소리가 돌아보는 것 같더니 갑자기 사라졌다.

알비누스는 오른손에 권총을 쥐고 쏠 준비를 한 채 왼손으로 열린 문의 문설주를 만지며 안으로 들어가 문을 쾅 닫은 다음 문을 등지고 섰다.

사방이 고요했다. 그러나 알비누스는 자신이 방에 마르고트와 단둘이 있고, 이 방에는 출구가 하나뿐이라는 것을 알고 있었다—그가 막고 있는 출구. 그는 방을 또렷하게 볼 수 있었다—마치 눈을 사용하는 것 같았다. 왼쪽에는 줄무늬 소파가 있고, 오른쪽 벽에는 발레리나 자기 조각상이 있는 작은 탁자가 붙어 있었다. 창문 옆 구석에는 귀중한 세밀화가 든 캐비닛이 있었다. 중앙에는 반짝거리는 만질만질한 큰 탁자가 있었다.

알비누스는 총을 쥔 손을 뻗어 좌우로 움직였다. 그녀가 정확한 위치를 드러내도록 소리를 끌어내려는 것이었다. 그는 그녀가 세밀화 근처 어딘가에 있다고 느꼈다. 그쪽에서 '뢰르 블뢰L'heure bleue'*라는 이름의 향수가 묻은 더운 바람이 희미하게 불어왔기 때문이다. 그쪽 구석에서 아주 더운 날 바닷가 모래 위의 공기처럼 뭔가가 떨고 있었다. 그는 손이 움직이는 호를 좁혔다. 갑자기 희미하게 바스락거리는 소리가 났다. 쏠까? 아니, 아직 아냐. 훨씬 더 가까이 가야 돼. 그는 중앙 탁자에 부딪혀 발을 멈추었다. 마르고트가 한쪽 옆으로 살금살금 움직인다고 느꼈지만, 상당히 억제를 했음에도 그 자신의 몸이 아주 큰 소리를 냈기 때문에 그녀가 움직이는 소리를 들을 수 없었다. 그래, 지금은

---

* '파란 시간'이라는 뜻.

더 왼쪽으로, 창문 가까이로 갔구나. 아, 이 아이가 이성을 잃고 창문을 열고 비명을 질러만 준다면 정말 좋겠는데—그럼 멋진 과녁이 생길 텐데. 하지만 내가 앞으로 나아갈 때 아이가 탁자를 돌아 나를 지나 빠져나가면 어쩌지? '문을 잠그는 게 좋겠군.' 그는 생각했다. 아니, 열쇠가 없었다(문은 늘 그에게 불리했다). 그는 탁자 가장자리를 한 손으로 움켜쥐고, 문을 뒤에 두려고 뒷걸음질로 물러나며 탁자를 잡아당겼다. 다시 온기가 변하고, 움츠러들고, 작아지는 것이 느껴졌다. 출구를 막자 더 자유로워진 느낌이었다. 그는 다시 권총을 겨누고 어둠 속에서 살아서 떨리는 뭔가를 찾았다.

이제 그는 모든 소리를 탐지해내려고 가능한 한 조용히 앞으로 움직였다. 까막잡기, 까막잡기……오래, 오래전 겨울밤 시골 저택에서. 그는 뭔가 단단한 것에 부딪혀 비틀거리다 한 손으로 그것을 만져보았다. 잠시도 그가 방을 가로질러 팽팽하게 유지하고 있는 선을 늦추지는 않았다. 그가 부딪힌 것은 작은 트렁크였다. 그는 무릎으로 그것을 밀며 움직였다. 앞에 있는 보이지 않는 먹이를 상상의 구석으로 몰았다. 그는 처음에는 그녀의 침묵에 약이 올랐다. 그러나 이제는 아주 분명하게 그녀를 탐지할 수 있었다. 그녀의 호흡도 아니고, 심장박동도 아니고, 일종의 전체적 인상이었다. 그녀의 생명 자체의 목소리였다. 이제 곧 그가 부숴버릴 생명. 그뒤에는—평화, 고요, 빛.

그는 갑자기 앞의 구석에서 긴장이 풀리는 것을 의식하게 되었다. 그는 총을 옮기고, 그녀의 따뜻한 존재를 다시 뒤로 밀어붙였다. 그 존재는 외풍을 맞은 불길처럼 갑자기 구부러지는 것 같았다. 이윽고 기다가 뻗어…… 그의 다리로 다가왔다. 알비누스는 이제 자신을 제어할 수 없었다. 그는 격하게 신음을 토하며 방아쇠를 당겼다.

총소리가 어둠을 찢었다. 그 직후 뭔가가 그의 두 무릎을 때리며 지나가는 바람에 그는 쓰러졌다. 순간적으로 그는 그를 향해 날아온 의자와 뒤엉켰다. 쓰러지면서 권총을 떨어뜨렸으나 곧 다시 찾았다. 동시에 빠른 호흡을 의식했다. 향수와 땀 냄새가 그의 콧구멍을 때렸다. 차갑고 민첩한 손이 그의 손아귀에서 무기를 떼어내려 했다. 알비누스는 살아 있는 뭔가를 잡았다. 그것은 무시무시한 비명을 내질렀다. 악몽 속의 생물이 악몽 속의 짝에게 간질임을 당하는 것 같았다. 그가 잡고 있던 손이 권총을 비틀어 빼앗아갔고, 그는 총신이 자신을 찌르는 것을 느꼈다. 이어 아주 먼 곳에서, 다른 세상에서 들리는 듯한 희미한 폭발음과 더불어 옆구리를 칼로 찌르는 듯한 느낌이 찾아오면서 눈부신 영광이 그의 눈을 채웠다.

'이렇게 끝나는구나.' 그는 침대에 누운 듯 아주 부드럽게 생각했다. '잠시 가만히 있다가 저 밝은 고통의 모래를 따라 저 푸르고 푸른 파도를 향해 아주 천천히 걸어가야지. 푸르름 속에 얼마나 큰 희열이 있는지. 나는 푸르름이 얼마나 푸를 수 있는지 알지를 못했어. 얼마나 엉망인 인생이었던가. 하지만 이제 모든 걸 알았어. 온다, 온다, 나를 삼키러 온다. 이거야. 얼마나 아픈지. 숨을 쉴 수가 없어……'

그는 머리를 숙이고 바닥에 앉아 있다가 앞으로 몸을 구부리며 크고 부드러운 인형처럼 한쪽 옆으로 쓰러졌다.

마지막 침묵의 장면을 위한 무대 지시 사항. 문—활짝 열려 있다. 탁자─문에서 밀려나 있다. 카펫─탁자 다리가 있는 곳이 불거진 채 파도 모양으로 얼어붙어 있다. 의자─자줏빛을 띤 갈색 양복에 슬리퍼 차림으로 죽은 남자의 몸 가까이에 쓰러져 있다. 자동 권총은 보이지 않는다. 그것은 그의 몸 아래 있다. 세밀화가 들어 있던 캐비닛─비어 있다. 오래전에 자기 발레리나상이 서 있던(나중에 다른 방으로 옮겨졌다) 다른 (작은) 탁자에는 겉은 검고 속은 흰 여자 장갑이 한 짝 놓여 있다. 줄무늬 소파 옆에는 멋진 작은 트렁크가 서 있고, 거기에는 아직도 색색깔의 작은 딱지가 붙어 있다─'루지나르, 브리타니아 호텔'.

현관에서 층계참으로 통하는 문도 활짝 열려 있다.

웃음을 자아내는 메타 치정극

블라디미르 나보코프의 『어둠 속의 웃음소리』는 1938년에 출간되었지만, 이 제목으로 출간되기까지 약간의 사연이 있다. 이 작품은 원래 삼십대 초반의 나보코프가 이민자로서 베를린에 거주하던 1932년, 파리에서 발간되는 러시아 이민자들의 잡지 『현대의 수기』에 러시아어로 연재되었다. 연재 당시의 제목은 '카메라 옵스쿠라 Камераобскура'였는데, 이 작품의 첫 영역판은 위니프레드 로이가 번역을 맡아 1936년에 런던에서 같은 제목(Camera Obscura)으로 출간되었으며, 이때 저자의 이름은 나보코프-시린('시린'은 나보코프의 필명이기도 하다)이었다.

이듬해 9월 나보코프는 미국의 출판사 봅스-메릴로부터 선금 600달러에 『카메라 옵스쿠라』의 미국 판권을 사겠다는 제안을 받는다. 돈이 궁했던 나보코프는 1938년 1월 1일에 원고를 주겠다는 계약서에 서명하고 즉시 미국판을 준비하는 작업에 들어갔다. 사실 나보코프는 위니프레드 로이의 번역이 못마땅하여 영역판이 출간되기 전 출판사에 편지를 보내 그런 생각을 토로하기도 했는데, 주로 원문 그대로 정확하게 옮기지 않은 점을 비판했다.

느슨하고, 엉성하고, 조잡하고, 실수와 누락이 셀 수 없이 많으며, 힘도 탄력도 부족하고, 영어는 따분하고 단조로워 축 늘어집니다. (…) 자신의 작품에서 절대적 정확성을 목표로 삼고, 그것을 성취하기 위해 수고를 마다하지 않은 작가로서 번역자가 이렇게 무심하게 모든 행운의 구절을 망쳐놓은 꼴을 보는 것은 상당히 힘든 일입니다. (…) 귀사와 같은 훌륭한 출판사라면 책이 성공하는 데 좋은 번역이 매우 중요하다는 점에 동의하실 겁니다.

러시아의 부유한 집안에서 성장하여 러시아어, 영어, 프랑스어를 자유자재로 구사했으며, 심지어 읽기와 쓰기를 러시아어보다 영어로 먼저 익혔고, 실제로 번역도 자주 했던 나보코프는 스스로 이 작품을 번역하기로 했다. 나보코프는 부지런히 번역을 끝낸 뒤 '색깔 있는 유령' '환등기' '눈먼 나방' 등 이런저런 제목을 두고 고심한 끝에 결국 '어둠 속의 웃음소리'를 택한다.

나보코프는 이 작품을 영어로 옮기며 원문에 가깝게 번역을 맞추는 작업에만 그치지 않았다. 그는 등장인물의 이름을 모두 독일어 냄새가 덜 나게 바꾸고, 중심 플롯은 손대지 않았지만 내용도 대폭 수정한다. 원작이 자신의 작품이니까 가능했겠지만, 전반적으로 번역을 했다기 보다는 영어로 다시 썼다고 보는 것이 적합할지도 모른다. 그렇게 본 다면 원래의 번역에 불만이 있었던 것과는 별도로, 자신의 원작에도 상당한 불만이 있었던 듯하다. 어쨌든 미국 그리고 나아가 할리우드에 보다 친숙하게 다가가기 위해서는 손봐야 할 데가 많다고 느꼈던 것 같다.

1938년 4월 22일에 미국에서 출간된 『어둠 속의 웃음소리』는 미국 에서 간행된 나보코프의 첫 책이 되었다. 평가는 엇갈렸는데, 호평에 서는 나보코프를 "떠오르는 별"로 상찬하기도 하고, 작가가 인간을 움 직이는 동인을 깊이 이해한다고 평가하기도 했다. 그러나 판매는 형편 없었다. 또 나보코프의 기대와는 달리 영화사들은 관심을 갖지 않았 다. 이 작품의 성격이 미국에 맞지 않는다고 생각했고 또 검열도 우려 되었기 때문이다.

『어둠 속의 웃음소리』가 출간되고 이 년 뒤인 1940년에 나보코프는 나치의 위협을 피해 미국으로 이주했다. 그는 유럽에서는 이미 자리를 잡은 작가였지만, 유럽을 넘어 세계적인 명성을 얻게 된 것은 미국에 서 영어로 작품을 집필하면서부터였으니, 『어둠 속의 웃음소리』는 비 록 나보코프의 기대를 충족시키지는 못했지만 여러 면에서 그의 운명 을 이끈 작품이라고 말할 수 있을 것 같다. 『어둠 속의 웃음소리』의 모 티프를 발전시킨 작품으로 볼 수 있는 『롤리타Lolita』는 미국으로 이주 한 지 십오 년이 흐른 1955년에 출간되었고, 1962년에 스탠리 큐브릭

감독이 영화로 만들어 큰 성공을 거두었다. 『어둠 속의 웃음소리』도 1969년에 마침내 영화로 제작되었으나(무대를 런던으로 옮겼다) 결과는 신통치 않았다.

**

앞서도 말했듯이 나보코프는 『어둠 속의 웃음소리』를 스스로 번역하면서 영화화를 의식하여 상당한 개작을 했다. 책의 앞부분에서 주인공 알비누스가 여러 명화에 나오는 장면들을 이용하여 동영상을 만드는 상상을 하는 것이 그런 예다. 그러나 『어둠 속의 웃음소리』는 개작하기 전에도 이미 영화적 요소를 작품 안에 상당히 끌어들이고 있었다. '어둠 속의 웃음소리'라는 제목도 그렇지만, 이렇게 바뀌기 전의 제목인 '카메라 옵스쿠라'—어두운 방이라는 뜻으로, 지붕이나 벽 등에 작은 구멍을 뚫고 그 반대쪽의 하얀 벽이나 막에 옥외의 모습을 거꾸로 비추게 하는 장치인데, 카메라의 최초 형태라고 말할 수도 있지만, 사람이 들어갈 만한 이 큰 방은 영화관의 모습을 단순화한 것처럼 보이기도 한다—에서는 그런 면이 더욱 강하다.

그 외에도 이 작품은 줄거리 자체에 영화와 연결되는 요소들이 많이 등장한다. 여주인공 마르고트는 영화계 스타를 꿈꾸면서 영화관에서 안내원 일을 한다. 주인공 알비누스가 그녀를 처음 발견하는 곳도 영화관이다. 나중에 알비누스는 돈의 힘으로 마르고트를 영화에 출연시킨다. 나보코프는 단지 영화적 요소를 줄거리에 박아넣는 것이 아니라 그런 요소를 교묘하게 활용하기도 한다. 예를 들어 알비누스가 영화관을 찾았을 때 스크린에 비치던 장면들, 즉 총을 든 남자 앞에서 여자가 뒷걸음질치는 장면과 차가 절벽 위의 도로를 달리는 장면은 모두 소설 내에서 복선 역할을 한다. 심지어 알비누스가 영화관에 들어설 때 본 포스터—한 남자가 잠옷을 입은 아이가 있는 창문을 쳐다보고 있는—도 소설의 중요한 사건을 암시한다.

나아가 등장인물들도 영화를 의식하는 행동을 하고, 나보코프도 거기에 맞춰 영화와 연결되는 표현을 사용한다. 예를 들어, 알비누스는 택시에서 돈을 낼 때 영화에서 하듯이 보지도 않고 동전 하나를 밀어 넣는다. 마르고트는 알비누스와 사귀면서 일급 영화에나 나올 법한 화려한 생활을 누린다. 또 알비누스와 옛 애인 렉스 사이에 있을 때 마치 영화 속의 여주인공이 된 듯한 기분이 들어, 실제로 그렇게 연기를 한다. 렉스는 눈이 먼 알비누스를 앞에 두고 자신을 감추기 위해 무성영화에서 식사하는 사람처럼 음식을 씹는다.

그러나 소설에 영화적 요소들이 들어가 있다는 사실보다 중요한 것은 나보코프가 영화화를 의식하고 이 소설을 썼다는 점일 것이다. 가령 앞이 보이지 않는 알비누스의 관점에서 진행되어, 영화로 본다면 스크린에 아무것도 나오지 않을 마지막 장면도 이 소설을 쓰던 시점에서는 최신 기술이었던, 영화와 소리의 결합(1929년에 최초로 시도되었다)을 염두에 둔 것이라는 견해도 있다. 지금은 상투적 수법이 된 지 오래지만, 완전한 암흑 속에서 소리만 들려줄 때 오히려 극적인 효과가 나타난다는 것이다. 실제로 알비누스의 관점에서 벗어나는 순간 다시 눈앞에 드러나는 현장을 나보코프가 "무대 지시 사항"이라는 말을 앞세워 묘사하는 것을 보면 그런 해석도 설득력 있어 보인다.

영화를 의식하고 이 소설을 썼다는 점은 플롯의 전개 속도, 또 등장 인물들의 대사에도 반영되어 있다. 딱 영화로 만들기 좋게 짜인 플롯과 대사이고, 그런 면에서는 오늘날의 대중소설과 흡사한 면이 많다. 그러나 무엇보다도 귀를 기울일 만한 대목은 이 소설의 등장인물들이 영화적이라는 평이다. 도대체 소설적 인물과 영화적 인물이 어떤 차이가 있느냐, 또는 둘 사이에 우열이 있느냐 하는 문제는 간단하게 이야기할 수 없을 것이다. 그러나 이런 지적은 대체로 나보코프가 영화로 표현하기 쉽게 단순화된 인물들을 설정했는데, 그런 인물은 화면에서 보여주기는 편할지 몰라도 소설 텍스트에서는 너무 얄팍해질 위험이 있다는 뜻을 전하고 있다. 다시 말해서, 영화와 관련을 맺으려고 애를 쓰는 바람에 소설로서는 아쉬운 면이 생겼다는 것이다. 이 소설의 약점을 지적하는, 언뜻 보면 일리 있는 평가다. 그러나 달리 볼 수는 없을까?

***

이쯤에서 다시 '어둠 속의 웃음소리'라는 제목을 생각해볼 필요가 있다. 어둠 속의 웃음소리는 무엇을 가리키는 말일까? 일단 '어둠'이라는 말은 이 소설에서 바로 두 가지를 떠올리게 한다. 하나는 물론, 원래의 제목인 '카메라 옵스쿠라'가 암시하듯이 어두컴컴한 극장 안이

이야기의 전부이며, 만일 이야기를 해나가는 과정에 이득
□이 없었다면 이쯤에서 그만두는 편이 나았을지도 모른다.
□인간의 삶을 축약한 이야기야 이끼로 장정된 묘비조차 꽉
□하는 것 아닌가. 늘 환영받는 것은 디테일이다.

□ 소설의 첫 대목인데, 원래 러시아어판에는 없다가 나보코
□ 번역하면서 들어간 것이다. 미국에서 『어둠 속의 웃음소
□ 나왔을 때, 혹평을 하던 사람들은 이 구절만 읽으면 이 책
□것이나 다름없다고 조롱했다. 사실 이 조롱은 중요한 것이,
□읽는가, 구체적으로 나보코프의 이 소설을 왜 읽는가를 생
□발점이 되기 때문이다. 앞서도 말했듯이, 플롯의 전개가
□ 소설을 읽는다면 누구보다 먼저 작가가 말릴 것이고, 실
□ 맨 앞에서 이같이 말리고 있다.
□니라면 무엇일까? 겉으로 보면 불륜을 다룬 이 소설에서
□가 이제까지와는 다른 깊이에서 새롭게 제기되었다고 말
□. 충분히 비극으로 그릴 수도 있는 소설 속 사건들을 웃음
□ 삼은 순간 그 문제는 사라져버린다. 작가는 관객석에 앉
□할 뿐, 적극적으로 등장인물의 심리나 윤리에 개입하지
□결과, 이 소설의 등장인물들은 생생하게 살아 있는 인물의
□보다는 정해진 자기 역을 연기하는 배우라는 느낌을 준다.
□서 벗어나지 못하고, 아니, 벗어나지 않고, 변화나 성장 없
□에서 움직인다. 그러나 이들은 자기 역을 연기하는 배우일

다. 또하나는 눈이 먼 상태로 인한 어둠이다.

두번째 어둠이 웃음소리와 연결되는 면은 꽤나 분명해 보인다. 알비
누스는 사랑에 눈이 멀고, 또 나중에는 실제로 눈이 멀기도 한다. 게다
가 돈은 많지만 재능도 부족하고 실생활에도 어설픈(예를 들어 마르고
트와 처음 사귀던 시절 그녀에게 휘둘리는 장면들도 그렇고, 작게는
운전도 제대로 못하여 이로 인해 진짜로 눈이 멀게 되는 대목도 그렇
다) 자신의 모습과 현실을 제대로 보지 못하는 것도 눈이 먼 상태에 비
유할 수 있다. 그리고 그는 이렇게 눈이 먼 상태 때문에 조롱을 당한
다. 무엇보다도 그의 강박의 대상인 마르고트에게 조롱을 당하고, 또
마르고트의 전 애인이자 현 애인인 렉스에게 조롱을 당한다. 따라서
어둠 속의 웃음소리란 상징적으로나 실제적으로나 어두운 상태에 처
한 알비누스의 귀에 들려오는 조롱의 웃음소리라는 뜻으로 해석할 수
있다.

어둠 속의 웃음소리에 대한 또하나의 해석은 앞에서도 이야기했듯
이, 어두운 영화관 안에서 들려오는 웃음소리다. 물론 이 웃음소리는
관객에게서 나오는 것이다. 이 소설을 정통 코미디라고 볼 수는 없으
니 이 웃음소리 또한 유쾌하게 들릴 리 없고, 이런 점에서 첫번째 해석
이든 두번째 해석이든 웃음소리에 조롱기가 섞여 있다는 점은 똑같다
고 볼 수 있다. 실제로 소설 속에서 마르고트는 알비누스 덕분에 영화
에 출연하게 되어 시사회를 보러 가는데, 마르고트는 자신이 스크린에
비친 모습과 형편없는 연기에 창피해서 견딜 수 없는 지경에 이르고,
맨 마지막에 어설픈 장면이 등장하자 시사실에는 웃음의 물결이 퍼져

나간다.

그러나 어두운 영화관에서 터져나오는 웃음소리라는 해석은 소설 속의 한 대목이 아니라 소설 전체에도 적용해볼 수 있다. 나보코프가 영화화를 염두에 두고 이 소설을 썼다면, 이 소설 전체를 스크린에 비치는 영화라 상상하고, 독자는 관객이 되어 이 영화를 보면서 웃음을 터뜨린다는 생각도 해볼 수 있는 것이다. 사실 나보코프 자신이 그렇게 영화관에 다니면서 웃음을 터뜨리던 관객이었다. 나보코프는 베를린에 살던 시절 두 주에 한 번은 아내 베라와 함께 영화를 보러 다녔다. 그는 보통 싸구려 극장을 자주 찾았는데, 카를 드레위에르의 〈잔다르크의 수난La Passion de Jeanne D'arc〉 같은 영화도 좋아했지만, 주로 버스터 키턴, 채플린, 막스 형제의 코미디를 무척 좋아했고, 영화적 클리셰가 그로테스크하게 펼쳐지는 것을 특히 좋아했다. 심지어 일부러 어설픈 미국 영화를 골라 보면서, 영화가 터무니없어질수록 더욱 큰 소리로 숨이 막힐 정도로 웃음을 터뜨렸다. 하도 심하게 웃음이 터지는 바람에 중간에 영화관을 나오는 일도 있었다. 한 평자는 나보코프의 이런 일화를 '어둠 속의 웃음소리'라는 제목과 연결시키기도 한다. 그렇게 본다면 원래의 제목 '카메라 옵스쿠라'는 어두운 영화관을 가리키고, 독자는 작가와 함께 영화관의 관객 자리에 함께 앉아 있게 된다.

***

이 작품의 제목을 이런 식으로 해석하는 것은 이 소설을 어떻게 보

아야 하는가 하는 문제와 연결된다
에 비극적 요소가 들어가 있고 또
고, 우리는 이 소설을 보고 (조롱가
들어, 마르고트와 렉스가 잔인하게
우리 독자는 조롱당하는 사람의
는, 이들 셋 모두를 향해 웃음을
방식으로 상호작용하는 뻔한 과정
다. 클리셰의 틀 안에서 움직이는
진지할수록 더욱 우스울 뿐이다.
도덕과 윤리의 문제를 따지며 울
도 아니고, 심지어 이후의 전개가
대로 밟아가니 궁금할 것도 없
것과는 다른 목적을 위해, 다른 자
이다.

누구보다 이 점을 잘 알고 있었
고 우리와 함께 객석에 앉아 자신
보코프였다.

옛날에 독일 베를린에 알비
고, 품위 있고, 행복했다. 하지
버렸다. 그는 사랑했으나, 사랑
하게 끝이 났다.

이것이
이나 기쁨
사실 한
채우지 못

이것은
프가 영어로
리』가 처음
은 다 읽은
소설을 왜
각해보는 출
궁금해서 이
제로 소설의

플롯이
윤리의 문제
할 수도 없
의 대상으로
아 함께 관
않는다. 그
재현이라기
즉 클리셰에
이 그 틀 안

뿐, 그 사람 자신은 아니다. 알비누스는 알비누스 역을 연기하는 배우일 뿐 알비누스가 아니고, 렉스는 렉스 역을 연기하는 배우일 뿐 렉스가 아니다. 따라서 이들에게 정색을 하고 알비누스와 렉스의 윤리와 도덕성을 물을 수 없다. 뭔가 둔하고 굼뜨고 물정 모르는 여자로 희화화되어 있는 엘리자베트, 그럼에도 결국 알비누스를 끌어안는 엘리자베트에게 구원과 사랑의 의미를 묻기 어려운 것과 마찬가지다.

이런 점을 두고 이 소설 속의 인물들이 윤리적 깊이가 없다고, 따라서 인물들을 제대로 형상화하는 데 실패했다고 비판할 수 있을까? 애초에 작가한테 그런 식으로 형상화하려는 의도가 없었다면, 실패니 뭐니 이야기할 필요도 없을 것이다—그렇게 쓰는 방식 자체가 마음에 들지 않는다고 말할 수는 있을지언정. 쿠엔틴 타란티노 감독에게 비극과 윤리 이야기를 하는 것이 뜬금없게 느껴지는 것이나 마찬가지일 것이다. 나보코프도 타란티노와 마찬가지로 클리셰 안으로 아주 깊이 들어가 그것이 클리셰임을 의식하지 못하게 하거나 아니면 클리셰에 아직 남은 새로운 면을 드러내는 데 관심이 있는 것이 아니라, 밖으로 나와 앉아 거리를 두고 자기가 만들고 있는 것이 클리셰임을 의식하며 자기 방식대로 그 클리셰의 틀 안에서 게임을 진행하는 데 흥미를 느낀다. 나보코프는 말하자면 일종의 메타 치정극을 쓰고 있는 셈이며, 따라서 치정극 내부에 들어가 울 생각은 전혀 없고 거꾸로 치정극을 희화화하면서 웃음을 터뜨리고 즐거워하는 것이다.

제목의 요구대로 하자면 우리도 알비누스의 비극적(?) 몰락을 보며 나보코프와 함께 웃음을 터뜨려야 한다. 그러나 이 책이 나온 당시에는 그렇게 웃는 독자가 많지 않았던 것 같다. 새로운 작가에게는 새로운 독자가 필요하기 때문인지도 모른다. 나보코프의 독자란 무엇보다도 뻔한 줄거리에 그다지 관심이 없는 독자, 나보코프가 이야기를 해나가는 과정에서 이득과 기쁨을 얻었듯이, 줄거리가 아니라 그의 이야기를 듣는 과정에서 이득과 기쁨을 얻는 독자, 즉 그가 깨알처럼 뿌려놓은 디테일에 환호하고, 낭창거리며 흘러가는 이야기의 리듬에 취하고, 색깔이며 소리며 온갖 감각적인 것들이 어울리는 묘한 조화에 신비감을 느끼고, 섬세하게 짜인 내레이션에 빨려들고, 어떤 대상과 접하든 결국 드러나고야 마는 세련된 취향에 감탄하는 독자일 것이다. 나보코프가 작가로서 성공한 것을 보면 이런 독자가 점차 늘어난 것이 분명한데, 이는 더 큰 맥락에서 생각해볼 만한 흥미로운 이야깃거리일 것이다. 그 맥락이 어떠하든, 그의 영어 소설의 시발점이 된 『어둠 속의 웃음소리』는 그 자체로서, 또 나보코프의 이후 발전의 맹아들이 담뿍 담겨 있는 작품으로서 작은 보석의 지위를 누릴 만하다.

정영목

1. 러시아(1899~1919)

1899년   4월 22일 수도 상트페테르부르크의 귀족 명문가에서 아버지 블라디미르 드미트리예비치와 어머니 옐레나 이바노브나 사이에서 장남으로 출생. 할아버지 드미트리 니콜라예비치는 알렉산드르 2세와 3세의 치세 때 법무상을 역임했고, 아버지는 관료가 되기를 거부하고 법학자의 길을 걷다가 정치에 입문하여 입헌민주당(카데트) 지도부의 일원이 된다.

1899~   자유주의적 분위기의 유복한 가정에서 다방면에 걸친 최상의
1910년   가정교육을 받으며 성장. 러시아어 외에 영어와 프랑스어를 익혔고(영국 숭배자였던 아버지의 영향으로 러시아어보다 영어를 먼저 익혔다), 테니스, 자전거, 권투, 체스 등 다양한 운동을 즐겼으며 곤충학(특히 나비 채집과 관찰)에도 몰두한다. 체스와 나비 연구는 평생에 걸친 관심사로 나보코프의 삶과 문학에 깊숙이 관여하게 된다.

1911~   테니셰프 학교에서 수학. 이 시기에 이기적이라고까지 부를 수
1916년   있는 우월 의식에 찬 개인주의적 성향이 발현된다. 어린 시절 상트페테르부르크의 삶이 남긴 인상은 나보코프의 창작에 큰 역할을 한다. 특히 나보코프 가족이 여름을 나곤 했던 교외의 모습은 작가의 기억 속에 지상낙원으로, '그의 러시아'로 영원히 남는다.

1914년	첫 시를 씀.
1916년	『시집Стишки』을 자비로 발간하며 문학에 입문.
1917년	아버지가 케렌스키 임시정부에 입각. 볼셰비키 혁명으로 임시 정부가 붕괴되자 나보코프 가족은 크림으로 이주.

2. 유럽(1919~1940)

1919년	크림이 적군에게 장악되고 내전이 적군의 승리로 끝나자 3월 에 배를 타고 영원히 러시아를 떠난다. 콘스탄티노플을 거쳐 런던으로 간다.
1919~ 1922년	동생 세르게이와 함께 케임브리지 대학에서 수학. 러시아문학 과 프랑스문학을 전공. 운명의 극적인 전환은 시인 나보코프의 창작에 강한 동기를 부여한다. 전 생애를 통틀어 망명 초창기 에 가장 많은 시를 쓴다.
1920년	8월에 가족이 베를린으로 이주. 아버지가 러시아어 신문 〈키 Руль〉의 편집자가 된다. 〈키〉에 나보코프의 첫 번역과 첫 산문 이 실린다.
1921년	필명 '블라디미르 시린'으로 작품을 발표하기 시작.
1922년	3월 28일 베를린에서 아버지가 러시아 극우파 테러리스트에게 암살당한다. 아버지의 죽음은 나보코프의 운명을 송두리째 흔 든다. 스스로 삶을 개척해야 했던 나보코프의 전업 작가로서의 삶이 시작된다. 6월에 케임브리지 대학을 졸업하고 베를린으로 이주.
1923년	3월 8일 어머니가 프라하로 이주. 베를린에서 미래의 아내 베라 예프세예브나 슬로님을 만난다. 베를린에서 시집『송이

Гроздь』와『천상의 길Горний путь』출간.

1924년   첫 장편희곡『모른 씨의 비극Трагедия господина Морна』
        집필.

1925년   4월 25일 베라 슬로님과 결혼. 첫 장편소설『마셴카Машень-
        ка』집필.

1926년   베를린에서『마셴카』출간. 두번째 희곡『소비에트연방에서 온
        사람Человек из СССР』집필.

1928년   베를린에서 소설『킹, 퀸, 잭Король, дама, валет』출간.

1929년   문예지『현대의 수기Современные записки』에 소설
        『루진의 방어Защита Лужина』발표. 작품의 첫 부분을 읽
        은 어느 망명 문인의 회고에 따르면, "망명 세대 모두의 삶을
        정당화하기 위해 불사조처럼 혁명과 추방의 불길과 재에서 태
        어난 위대한 러시아 작가의 작품".

1930년   베를린에서 단편집『초르브의 귀환Возвращение Чорба』과
        『루진의 방어』출간.『현대의 수기』에 소설『스파이Согля-
        датай』게재.

1931년   『현대의 수기』에『위업Подвиг』연재.

1932년   파리에서『위업』출간.『현대의 수기』에 소설『카메라 옵스쿠
        라Камера обскура』연재 후 파리에서 단행본 출간.

1933년   베를린에서『카메라 옵스쿠라』단행본 출간.

1934년   『현대의 수기』에 소설『절망Отчаяние』연재. 5월 10일에 외
        아들 드미트리가 태어남.

1935년   『현대의 수기』에 소설『사형장으로의 초대Приглашение на
        казнь』연재.

1936년   베를린에서『절망』단행본 출간.

1937년   나치의 위협을 피해 파리로 이주. 프랑스 문예지〈NRF(La

Nouvelle Revue Française))에 푸시킨에 관한 프랑스어 논문 발표. 프랑스 잡지들에 프랑스어로 번역한 푸시킨 시 발표. 『현대의 수기』에 소설『재능Дар』연재(체르니솁스키에 관한 4장을 제외하고 발표). 런던에서 나보코프가 영어로 옮긴 『절망*Despair*』출간.

1938년   파리와 베를린에서 『사형장으로의 초대』 단행본 동시 출간. 나보코프가 영어로 옮긴 『카메라 옵스쿠라』가 4월 미국에서 『어둠 속의 웃음소리*Laughter in the dark*』로 출간. 첫 영어 소설 『서배스천 나이트의 진짜 인생*The Real Life of Sebastian Knight*』집필.

1939년   3월 2일 어머니 작고.

3. 미국(1940~1960)

1940년   5월에 독일 점령군을 피해 미국으로 이주. 뉴욕의 자연사박물관에 일자리를 얻는다. 비평가 에드먼드 윌슨의 추천으로 〈뉴요커〉에 기고.

1941년   소설 『서배스천 나이트의 진짜 인생』출간. 웰슬리 칼리지에서 7년간 러시아문학 강의.

1942년   하버드 대학의 비교동물학박물관에서 6년간 연구원으로 활동.

1944년   고골 연구서 『니콜라이 고골*Nikolai Gogol*』출간. 푸시킨, 레르몬토프, 튜체프의 시를 번역한 시집 『세 명의 러시아 시인*Three Russian Poets*』출간.

1945년   미국 시민권 획득.

1947년   소설 『벤드 시니스터*Bend Sinister*』와 단편집 『아홉 편의 단편*Nine Stories*』출간.

1948년   코넬 대학 문학부 교수로 재직하며 10년간 러시아문학과 유럽
          문학 강의.

1951~   하버드 대학에서 강의. 후에 네 권의 강의록 출간. 『문학 강
1952년   의*Lectures on Literature*』(1980), 『율리시스 강의*Lectures on
          Ulysses*』(1980), 『러시아문학 강의*Lectures on Russian
          Literature*』(1981), 『돈키호테 강의*Lectures on Don Quixote*』
          (1983).

1951년   회상록 『확증*Conclusive Evidence*』 출간.

1952년   고골 선집에 부치는 서문 집필. 파리에서 러시아어 시선 『시.
          1929~1951Стихотворения.1929~1951』 출간. 『재능』 무삭
          제판 출간.

1954년   러시아어 회상록 『다른 해변Другие берега』 출간.

1955년   파리에서 소설 『롤리타*Lolita*』 출간.

1956년   1930년대에 러시아어로 쓴 단편 모음집 『피알타에서의 봄 외
          단편들Весна в Фиальте и другие рассказы』 출간.

1957년   소설 『프닌*Pnin*』 출간.

1958년   나보코프가 영어로 옮기고 역자 서문을 붙인 레르몬토프의
          소설 『우리 시대의 영웅*Hero of Our Time*』 출간. 단편 모음집
          『나보코프의 한 다스*Nabokov's Dozen*』 출간. 뉴욕에서 『롤리
          타』 출간.

1959년   영어 시집 『시*Poems*』 출간. 『롤리타』의 성공으로 대학 강의를
          접음.

4. 스위스(1960~1977)

1960년	스위스의 몽트뢰로 이주. 나보코프가 영어로 옮기고 상세한 주석을 단 『이고리 원정기 *The Song of Igor's Campaign*』 출간.
1962년	스탠리 큐브릭이 감독한 영화 〈롤리타〉 상영. 소설 『창백한 불꽃 *Pale Fire*』 출간.
1964년	기존 번역본의 오류를 바로잡고 방대한 주석을 단 푸시킨의 『예브게니 오네긴 *Eugene Onegin*』 출간.
1967년	영문 회상기 개정판 『말하라, 기억이여 *Speak, Memory*』 출간. 단편집 『나보코프의 4중주 *Nabokov's Quartet*』 출간.
1969년	소설 『아다 혹은 열정. 한 가문의 연대기 *Ada or Ardor: A Family Chronicle*』 출간.
1971년	러시아어와 영어로 쓴 시와 체스 문제가 수록된 『시와 문제 *Poems and Problems* (Стихи и задачи)』 출간.
1972년	소설 『투명한 대상들 *Transparent Things*』 출간.
1973년	단편집 『러시아 미인 외 단편들 *Russian Beauty and Other Stories*』 출간. 에세이와 인터뷰 모음 『굳건한 견해 *Strong Opinions*』 출간.
1974년	소설 『어릿광대를 보라! *Look at the Harlequins!*』 출간.
1975년	『재능』의 개정판 출간. 『독재자는 파괴되었다 외 단편들 *Tyrants Destroyed and Other Stories*』 출간.
1976년	나보코프가 영어로 옮긴 러시아어 단편집 『일몰의 세부 외 단편들 *Details of a Sunset and Other Stories*』 출간.
1977년	7월 2일 스위스 몽트뢰에서 영면.

2009년   드미트리 나보코프가 미완성 유작인 『오리지널 오브 로라*The Original of Laura*』를 정리, 편집하여 출간.

지은이 **블라디미르 나보코프**
1899년 상트페테르부르크에서 태어났다. 볼셰비키 혁명으로 조국을 등진 후 유럽과 미국을 전
전하다 1945년 미국 시민권을 획득한다. 케임브리지 대학에서 러시아문학과 프랑스문학을 공
부했고, 코넬 대학과 하버드 대학에서 문학을 가르쳤다. 『절망』 『어둠 속의 웃음소리』 『창백한
불꽃』 등을 발표했고, 1955년 출간한 『롤리타』로 세계적인 명성을 얻었다. 1977년 스위스 몽트
뢰에서 생을 마감했다.

옮긴이 **정영목**
서울대학교 영문과와 동 대학원을 졸업했다. 현재 이화여자대학교 통역번역대학원 교수로 재
직중이다. 옮긴 책으로 『선셋 리미티드』 『로드』 『죽어가는 짐승』 『네메시스』 『미국의 목가』 『포트
노이의 불평』 『울분』 『에브리맨』 『달려라, 토끼』 『책도둑』 등이 있다. 『로드』로 제3회 유영번역상
을, 『유럽문화사』로 제53회 한국출판문화상(번역 부문)을 수상했다.

문학동네 세계문학
어둠 속의 웃음소리

초판 인쇄 2016년 5월 20일
초판 발행 2016년 5월 31일

지은이 블라디미르 나보코프 | 옮긴이 정영목 | 펴낸이 염현숙

책임편집 김경은 | 편집 오동규 | 모니터링 황은주
디자인 김현우 최미영 | 저작권 한문숙 박혜연 김지영
마케팅 정민호 이미진 정진아 | 홍보 김희숙 김상만 이천희
제작 강신은 김동욱 임현식 | 제작처 영신사

펴낸곳 (주)문학동네
출판등록 1993년 10월 22일 제406-2003-000045호
주소 10881 경기도 파주시 회동길 210
전자우편 editor@munhak.com | 대표전화 031) 955-8888 | 팩스 031) 955-8855
문의전화 031) 955-1927(마케팅) 031) 955-3560(편집)
문학동네카페 http://cafe.naver.com/mhdn | 트위터 @munhakdongne

ISBN 978-89-546-4116-6 03840

www.munhak.com